《戏剧与影视评论》系列图书

〔英〕马丁·麦克多纳（Martin McDonagh） 著

暗黑阁楼
——马丁·麦克多纳戏剧集

Martin McDonagh Plays

胡开奇（Kaiqi Hu） 译著

枕头人　断手斯城
绞刑手　暗黑阁楼

南京大学出版社

图书在版编目(CIP)数据

暗黑阁楼：马丁·麦克多纳戏剧集 /（英）马丁·麦克多纳著；胡开奇译著. — 南京：南京大学出版社，2024.10(2025.6重印)
ISBN 978-7-305-27487-9

Ⅰ. ①暗… Ⅱ. ①马… ②胡… Ⅲ. ①剧本—作品集—英国—现代 Ⅳ. ①I561.35

中国国家版本馆 CIP 数据核字(2024)第 000263 号

(1) The Pillowman
Copyright © 2003 by Martin McDonagh
(2) A Behanding in Spokane
Copyright © 2011 by Martin McDonagh
(3) Hangmen
Copyright © 2015 by Martin McDonagh
(4) A Very Very Very Dark Matter
Copyright © 2018 by Martin McDonagh

Simplified Chinese Edition Copyright © 2024 by NJUP

江苏省版权局著作权合同登记　图字：10-2022-35 号

出版发行	南京大学出版社
社　　址	南京市汉口路 22 号　邮　编　210093
书　　名	暗黑阁楼——马丁·麦克多纳戏剧集
	ANHEI GELOU——MADING MAIKE DUONA XIJUJI
著　　者	〔英〕马丁·麦克多纳
译　　著	胡开奇
责任编辑	马蓝婕
照　　排	南京南琳图文制作有限公司
印　　刷	江苏凤凰数码印务有限公司
开　　本	880 mm×1230 mm　1/32　印张 10.375　字数 250 千
版　　次	2024 年 10 月第 1 版　2025 年 6 月第 2 次印刷
ISBN 978-7-305-27487-9	
定　　价	50.00 元
网　　址	http://www.njupco.com
官方微博	http://weibo.com/njupco
官方微信	njupress
销售热线	(025) 83594756

* 版权所有，侵权必究
* 凡购买南大版图书，如有印装质量问题，请与所购图书销售部门联系调换

总　序

樊国宾

　　南京大学有一种可以自由地关怀智性事物的气氛。南大文学院，特别是其戏剧学科，自吴梅、陈中凡、卢前、钱南扬、吴白匋、陈白尘、董健以来，黉宇之下，弦歌不辍，继承了"南雍学术"的传统、眼光、胆量和断制，以及价值观理念上的振衣得领——不仅"开民智"，而且"开士智"，讲究思想的清楚与深锐。以对剧作家的培养为例，肃肃松风，高而徐引。近年来，从李龙云、姚远、赵耀民到温方伊、朱宜、高子文，他们的作品无不赓续了该校先贤们的毓秀传统，追慕凛然独立、耻于奔竞、识见严谨、典雅丰赡的精神人格，崇尚临难不苟、忠贞峥嵘、德行崇劭、流风广被的境界。本系列图书主编吕效平教授曾多次与我讲起他导演的话剧《蒋公的面子》的"人类性"，他坚持认为这个戏"在云端低首看人类的种种实践，看我们的有限性"。我想，这个戏并不专门隐指南大的校史与校风，但客观上的确传递了某种校风的自我认知。

　　中国戏剧出版社、南京大学出版社和南京大学文学院联合编辑出版的这套当代戏剧评论、创作和翻译集，作为当代中国剧坛的一面棱镜，或可记叙正在发生深刻变化的我们这个时代的世相与品格，也从不同侧面折射出南大戏剧学人孜孜以求的价值观与美学

i

旨趣。

从《中国现代戏剧史稿》、《中国当代戏剧史稿》、《中国现代戏剧总目提要》、《中国当代戏剧总目提要》等鸿篇巨制,到这套"《戏剧与影视评论》系列图书"的出版,南京大学戏剧学科与中国戏剧出版社之间的诚恳合作,堪称学术担当与出版担当珠联璧合的一曲佳话。我们希望这两种担当,最终可以共同构成我们时代专业意义上的"道统"担当,此即策划并推出这套书的初心。

目录

i 译者前言

001 卡图兰弟兄遭遇暴力与极权的悖论
——《枕头人》

011 枕头人

097 直面美国社会的暗面和痼疾
——《断手斯城》

105 断手斯城

163 废除绞刑那年的英国奥镇
——《绞刑手》

171 绞刑手

257 穿越时空的血腥后殖民戏剧
——《暗黑阁楼》

265 暗黑阁楼

译者前言

胡开奇

本卷收入马丁·麦克多纳（Martin McDonagh）新世纪以来在欧美及世界各地公演的《枕头人》(*The Pillowman*)、《断手斯城》(*A Behanding in Spokane*)、《绞刑手》(*Hangmen*)和《暗黑阁楼》(*A Very Very Very Dark Matter*)四部非爱尔兰叙事剧作。其中《枕头人》与《丽南镇三部曲》和《阿伦岛三部曲》同为麦克多纳20世纪90年代前半期完成的非爱尔兰题材剧作，穿插了十篇"暗黑童话"的《枕头人》直到2003年才首演于伦敦国家剧院。首部美国叙事的剧作《断手斯城》2010年首演于纽约百老汇。《绞刑手》聚焦英国60年代废除绞刑之后的大绞刑手，在2015年9月首演于伦敦皇廷剧院。《暗黑阁楼》则在2018年10月伦敦大桥剧院（Bridge Theatre）首演后立即陷入争议的漩涡。

《枕头人》自2003年首演以来已在世界各地热演了二十年。早在1995年，《枕头人》初版于伦敦芬伯勒剧院公开朗读，定稿版在1998年公开朗读，1999年首次出版并在部分地区发行。2000年英国国家剧院开始制作《枕头人》，2003年首演并获奥利弗奖；2004年纽约版热演百老汇，连获托尼奖等数项大奖。那一年笔者与导演周可曾在曼哈顿商定将《枕头人》搬上京沪舞台。十年后，2014年4月，鼓楼西剧场周可版《枕头人》在北京首演，同年10月，上海锦辉版《枕头人》上演于沪上人民大舞台。《枕头人》戏剧化地呈现了虚构的东欧极权暴力国家的童话作家卡图兰因其暗黑童话故事被审讯并施以酷刑和处决的剧情，其主要场景为这一国家的警局审讯室和监房。这部故事中套着故事的剧作拷问的是：文学作品的内容或作家本人是否应对其作品影响力造成的社会行为负责；谁应为一部作品造成的社会行为负责。

《断手斯城》是麦克多纳专为百老汇创作的首部美国题材的剧作，也是他第一部首演于百老汇的剧作，此黑色喜剧既满足百老汇商业娱乐市场之需，又充满了批判精神与人性探索。《断手斯城》的故事就发生在美国中部小城塔灵顿一间老式旅店的客房中，四个美国社会的失败者的命运碰撞在一处。中年白人复仇者卡迈克年少时被一群恶棍砍去左手，然后他进行了二十七年的追杀与复仇，他的余生就在找回他失去的左手的仇恨中度过。他带着一只神秘的大皮箱来到塔灵顿，欲从毒贩黑人小伙和其小女友处用五百美元买回他那只左手。剧中满地板腥臭的血手，枪口顶住脑袋扣动扳机前的刹那，房间内汽油桶上蜡烛即将燃尽。

评论界指出麦克多纳在《断手斯城》中置入了一个宏大的政治影射，在2011年《断手斯城》的节目单导演寄语中，导演凯文·麦肯德里克(Kevin McKendrick)强调麦克多纳这部美国叙事剧创作于美国"9·11"事件的十年之后，是剧作家麦克多纳对美国在"9·11"惨案发生后无尽和无能的复仇心态的影射。显然，这并非麦克多纳本人的声明。他的剧作大都以非政治化著称，并较少政治影射的微妙。然而，剧中卡迈克确实陷入一种复仇的痴迷，且大量独白呈现一种说教的语气。

《绞刑手》2015年9月由马修·邓斯特执导，首演于伦敦皇廷剧院，后转入伦敦西区的温德姆剧院。这部以英国1965年废止绞刑后奥尔德姆镇一家酒吧为场景的剧作不仅得到剧评界一致赞誉，还荣获奥利弗奖、戏剧评论奖、晚报戏剧奖等各大奖项。《绞刑手》的舞台设置在英国小镇酒吧文化的背景中，以政治剧的风格抨击英国昔日绞刑的暴力和司法的不公，质疑人类社会中刽子手的存在。他继续了黑色喜剧风格中暴力的奇特表现，让人们重回并直面人类与人性的仇恨、野蛮与杀戮。剧中的绞刑手、绞刑犯和绞刑案均源自作者对史料的深究，剧作质疑了绞刑手在人们心中的"职业荣誉"和绞刑犯人被剥夺的司法正义。

黑色喜剧《暗黑阁楼》2018年的首演引起了极大的争议，因为麦克多纳将安徒生和狄更斯两位文学史上的伟大作家推入历史的黑暗与血泊。这部虚构的后殖民戏剧以时空穿越的场景和后现代戏剧结构呈现了挑战主流文学与文化的颠覆精神。安徒生哥本哈根家中阁楼上囚禁着一个被断肢的刚果黑人女侏儒，她被迫不断为作家安徒生写童话，她被断肢剜目的妹妹则在伦敦阁楼上为狄更斯写小说。从后殖民主义视角来看，《暗黑阁楼》的剧情极为黑暗，尤其是作者将暴力血腥的场景嵌入了殖民主义话语的叙事。

＊　　　　＊　　　　＊

从2003年首演的《枕头人》开始，到2010年的《断手斯城》，麦克多纳新世纪剧作与其之前爱尔兰叙事剧作回避政治主题的风格不同，明显改变了一直以黑色幽默来聚焦民族性与社会暴力的政治隐晦。《枕头人》拷问极权体制社会暴力与文学艺术的关联；《断手斯城》则反思美国"9·11"事件后的复仇心态。与之前剧作相比，《断手斯城》中的种族意识是对美国"政治正确"的抨击和鄙弃，它是麦克多纳首部将人物的肤色置于台前和中心的剧作；种族意识不仅贯穿全剧的对话，也毫无掩饰地出现于角色说明和舞台提示。

麦克多纳写了批判英国司法和绞刑制度的《绞刑手》之后，又写了抨击19世纪欧洲血腥殖民统治的《暗黑阁楼》。麦克多纳以

《暗黑阁楼》中这两位作家作为一个时代的符号，提醒人们不能只记住伟大的文学巨人而忽略那个血腥扩张和侵略的殖民历史年代。

与不再回避政治主题的《枕头人》《断手斯城》相较，《绞刑手》《暗黑阁楼》两剧出现了更加鲜明的政治化倾向的转变。其一表现为在剧中使用真实历史人物，《绞刑手》中是英国著名绞刑手皮尔朋和哈利，《暗黑阁楼》中的世界文学大师则是安徒生和狄更斯。其二表现为抨击与批判政治事件，前者为英国历史上实施死刑制度的国家暴力和司法不公；后者则揭露鞭挞欧洲历史上对非洲殖民的残酷和血腥。

揭示现代社会人世间的仇恨与复仇的滥用和戕害人们心灵的杀戮文化也形成了麦克多纳黑色喜剧的核心主题。恰如他的电影《三块广告牌》追溯一个美国南方小镇上人们的复仇冲动与任性，《枕头人》《断手斯城》《绞刑手》《暗黑阁楼》四剧的观众也在笑声中目睹暴力血腥的可怖镜像。这些戏剧场景逼使人们直面人类历史上与当下的野蛮与杀戮，直面现代人性的扭曲与荒芜；这种反思与审视促进了人类文明的前行，而这种自省与自审也正是直面戏剧和严肃戏剧的精神本质。

本卷中的译作《枕头人》曾首发于 2008 年第 5 期上海戏剧学院《戏剧艺术》，随后收入三辉和新星 2010 年联合出版的《枕头人：英国当代名剧集》，再后收入世纪出版集团 2014 年版《渴求：英国当代直面戏剧名作选》；译作《断手斯城》曾发表于 2018 年第 3 期《新剧本》；译作《绞刑手》和《暗黑阁楼》则先后发表于《戏剧与影视评论》。在此，谨向《戏剧艺术》杂志、三辉图书和新星出版社、世纪出版集团、《新剧本》杂志和《戏剧与影视评论》编辑部以及为这些译作付出辛劳与心血的责编们致以深深的谢意！

2023 年 9 月于纽约芮枸公园

卡图兰弟兄遭遇暴力与极权的悖论

——《枕头人》

胡开奇

马丁·麦克多纳(Martin McDonagh)《枕头人》(*The Pillowman*) 2003年首演伦敦后震撼英伦三岛,随后在纽约与世界各地热演不衰。该剧叙事为东欧某极权体制下小说家卡图兰因其作品中的血腥故事造成当地儿童虐杀案而被审讯处决。《枕头人》为麦克多纳20世纪90年代前半期完成的七部剧作之一。《枕头人》早期版本1995年于伦敦芬伯勒剧院首次公开朗读,定稿版在1998年公开朗读;剧作文本在1999年出版并在部分地区发行。2000年英国国家剧院开始制作《枕头人》,最终于2003年首演。《枕头人》获2004年英国奥利弗戏剧奖、2005年美国戏剧评论圈戏剧奖和托尼奖六项提名及两项大奖。该剧还获得2004年标准晚报最佳戏剧奖提名。

《枕头人》是一部兼具贝克特式黑色杂耍剧风格和皮兰德龙般质问每个角色生存境遇的作品。这部故事中套着故事的剧作拷问的是:文学作品的内容或作家本人是否应对其作品影响力造成的社会行为负责;谁应为一部作品造成的社会行为负责。剧中四个人物为作家卡图兰,作家的弱智哥哥米哈尔,警探图波斯基和警察埃里尔;剧中的作家卡图兰卷入了一连串儿童谋杀案,因为他写了一系列恶毒虐杀儿童的寓言故事。此剧共三幕五场戏,剧作整体上遵循了"三一律",事件地点始终为东欧某极权国家警局一间审讯室和监室;舞台上作家被审讯、拷打直至枪毙过程的戏剧时间与演出时间等长。三幕戏都以"真实世界"开头,以卡图兰叙述的故事场景收尾;其中前两幕戏的结尾是卡图兰故事旁述的哑剧表演。

第一幕第一场,寓言故事作家卡图兰黑布蒙眼坐在阴森的审讯室中,警官图波斯基和警察埃里尔正讯问作家为何他的小说情节与城里爆发的连环杀童案一致。审讯者盯上苹果里藏刀片的《小苹果人》和女孩被钉上十字架后活埋的《小基督》等几篇特别残忍的故事;惊恐的卡图兰声称他所写的四百篇故事绝无任何影射和意图,当被问及唯一那篇非虐杀儿童的故事《路口三个死囚笼》时,卡图兰也否认他有任何用意,图波斯基则一口咬定它别有所指。

尽管卡图兰拒绝任何人追索他故事的"用意",他为自己的艺术想象而欣喜,他仍然深深关注着他的小说的命运和警官的评论;当图波斯基朗读《小苹果人》血腥的结尾时,卡图兰不禁颇为自得地模仿小苹果人的语气。正当他们讨论卡图兰最得意的、也是唯一发表在《解放》杂志上的《河边小城的故事》时,突然传来卡图兰弱智哥哥米哈尔在隔壁遭受酷刑的惨叫声。这时,警官们向卡图兰呈示从他家中搜出那被杀犹太男孩的五个脚趾,并追问另一失踪的"哑巴女孩"。这正是麦克多纳对艺术家社会处境的揭示:政府有权力决定作品的命运,作家只能任人宰割。

第一幕第二场卡图兰讲述《作家和他的哥哥》的故事,舞台上出现了哑剧表演。最后,在作家十四岁生日的夜里他用枕头闷死了折磨他哥哥长达七年的父母。这是真实还是想象?观众在黑暗中困惑。在后来的第三幕中,卡图兰承认自己杀了父母,当问及他杀害父母的动机时,他回顾了《作家和他的哥哥》故事,而这恰是麦克多纳想象与现实交织一体的缩影:想象压倒了现实。

第二幕开场时,血迹斑斑、奄奄一息的卡图兰被扔进监房,米哈尔求弟弟给他讲《枕头人》的故事,因为他最爱那帮助孩子们自杀以逃脱悲惨命运的枕头人。他不经意地说出他藏匿的五个脚趾和自己如何模仿枕头人解救孩子,还声称自己用《小基督》方式杀了哑巴女孩;米哈尔在聆听《小绿猪的故事》中入睡,卡图兰用枕头闷死了哥哥,并向警官供认他参与了谋杀六人的罪行。

第三幕为卡图兰与警方的斗智较量:卡图兰认罪服法,警方不烧掉他的小说。可被杀害的"哑巴女孩"一身绿漆,突然上场,原来米哈尔模仿了《小绿猪的故事》。卡图兰较量失败,他的小说稿将被付之一炬。就在卡图兰戴上头套被处决前几秒钟里,他构思了一个新的故事,但图波斯基提前数秒开枪击穿了他的脑袋。死去的卡图兰爬起身叙述故事结尾的又一突转,"因为这位冷血的警察,出于只有他自己知道的原因,没有将那些小说稿付之一炬,而是小心翼翼地把它们放进了卡图兰的档案,贴上封条,以便将它们封存到五十年后。这一变故搅乱了作者原本时尚的悲凉结尾,但不管怎样……不管怎样……它多少保存了这一事件的精神本质"[1]。埃里尔用水浇灭桶中火苗,灯光渐暗,剧终。

《枕头人》戏剧化地呈现了极权体制下一个小说作家卡图兰所写的暗黑故事在现实生活中被模仿而遭受了审讯、酷刑和处决;随着剧情发展,人们发现几桩谋杀案是其智障哥哥米哈尔所为。麦克多纳剧中的人名地名体现了背景的虚构性,作家卡图兰全名似乎借用了亚美尼亚语"卡图兰·卡图兰·卡图兰"(Caturian Caturian Caturian),剧中小城卡梅尼斯(Kamenice)的地名是捷克语,"这是中东欧斯拉夫居住区十分常见的地名",其中叫拉梅内克(Lamenec)的犹太区地名则不是捷克语,以突出"真实"地点,而非特定地名。[2] 米哈尔的人名可以是捷克语或斯洛伐克语和波兰语;被杀女孩安德莉娅·乔瓦克维奇的姓名是塞尔维亚语或克罗地亚语和斯洛文尼亚语;被杀男孩的姓名艾伦·戈尔德伯格是中欧地区日耳曼语/犹太语

003

名字。警官图波斯基(Tupolshki)和警察埃里尔(Ariel)的名字则融合了波兰语。

无疑,《枕头人》中的卡图兰正是剧作者麦克多纳的舞台幽灵,卡图兰犹如麦克多纳的戏剧镜像,剧中一切都是双重镜像,如同游乐宫中的哈哈镜一般映照彼此。弟兄两人,警官两人,被谋杀的夫妇两人,被杀害的儿童两人。尽管是一部三幕剧,但每幕每场交织着双重情景,一重存在于剧中的"现实"里,另一重则在卡图兰笔下故事的超现实中。还有两个活生生的枕头人:用枕头闷死一家三口的作家卡图兰和用枕头闷死自己父亲的警察埃里尔。

麦克多纳一直因其剧作的原创性和批判性而备受赞赏,而他又和被称为英国戏剧界的"坏女孩"的凯恩一样,被称为英语戏剧界的"坏男孩";人们对他的戏剧作品的普遍看法是"剧作极其有趣,写作极佳"。[3]布莱恩·克利夫(Brion Cliff)指出,麦克多纳《枕头人》尤受称赞,因为它同时包含了极端的残酷和温柔,具有出人意外的新鲜感和道德悖论,也标志着与他早期剧作不同的风格。[4]然而,人们对《枕头人》有着截然不同的解读。有人理解卡图兰笔下的暴力与残忍是"想象的产物",也有人厌恶他故事中的暴力与血腥。布莱恩·克利夫文章中指出《枕头人》剧中的血腥暴力甚至令某些观众无法忍受看完全剧而中途离去。[5]显然,麦克多纳直面戏剧中的黑暗暴力一直存在争议。《枕头人》的冷嘲与荒诞在于,当人们纷纷指责与抨击文学作品中的暴力时,在国家名义下的拷打、酷刑、处决、残害的暴行正在肆虐。

* * *

《枕头人》的叙事揭示了极权体制下的种种暴力行径和隐蔽机制运作的暴力体系,简约的戏剧场景展现了国家机器对作家卡图兰的审讯、施刑和处决的暴力过程。卡图兰的智障哥哥米哈尔模仿卡图兰的血腥故事于"现实"生活引出了一连串悖论:米哈尔童年和少年时代受尽父母的家庭暴力折磨,为此卡图兰十四岁时用枕头闷死了父母。在米哈尔向警方供认自己罪行后,为使哥哥免遭处决的折磨和痛苦,卡图兰又用枕头闷死了米哈尔。以国家暴力折磨卡图兰弟兄的警员埃里尔和警官图波斯基也经受了家庭暴力与性虐的童年。《枕头人》提供的涵义世界、政治恐惧和暴力概念的描述比表层更复杂,悖论则在于剧中各种暴力复杂地交织,似乎都有某种合理性,以至很难划分受害者和施暴者的界限。

为何在《枕头人》中受害者与施害者间难以划出界限？研究表明,个体如遭受太多系统或主观的暴力,就会以暴力方式回应。在此错综复杂中,艺术发生着某种疗效作用,哥哥犯下暴力谋杀罪,弟弟却只写在故事中;这就是遭受系统性暴力的现代个体的命运。《枕头人》表面上传达了暴力性质之错综复杂,剧中人物则揭示了人类心理承受的暴力张性。它不仅展示了社会关系的暴力本质,还揭示了人类心理内在的暴力实施。对《枕头人》中暴力的描述亦可从触发到互致的三种维度来审视,即极权体制针对个体和艺术家的国家暴力；父母虐待孩子的家庭暴力以及卡图兰故事中的虚构暴力。

剧中对国家暴力最明显的展示当然是卡图兰与他哥哥米哈尔在全剧中的遭遇:极权国家中一个作家因其文学作品而受到惩处的过程。经受了心理和肉体上的残酷折磨,作家被迫承认他未犯之罪。他被宣读了他的权利,被带出家门,蒙上眼睛,被残酷拷打。无论人们如何看待,《枕头人》都描述了国家通过法律、军警和监狱等国家机器将主观暴力强加于它的人民。剧中警官告诉作家,"……我们喜欢处决作家。弱智者我们可以随便哪天来处决。我们会处决。但是,处决一个作家,那是一个信号,你明白吗？"[7]剧本揭示出卡图兰在心理上被迫接受了以"法规"之名掩盖的暴力,沃尔特·本杰明(Walter Benjamin)进一步指出这种暴力的恐怖之处更在于它的制度化;通过这种制度化，暴力被证明是一种必要的邪恶，或是作为认可和不认可的暴力；认可的暴力被视为可接受而合法，只要它用于公正的目标；这一观点源自法国大革命中恐怖主义的意识形态，暴力是自然的产物，就像一种原材料，只要暴力不被滥用于不公正目标，其使用没有任何问题。本杰明同时指出，作为实施暴力的警官图波斯基和警员埃里尔，只是乔治·埃尔韦特（Georg Elwert）所定义的"暴力市场"中的棋子。[8]乔治·埃尔韦特释义暴力市场为"长期暴力互动的舞台，不受总体权力结构规范或缓和的限制，若干蓄意行动者将暴力作为一种手段，为谋取权力和物质利益进行交易"。"在这种游戏中，那些实际实施暴力者仅仅是小角色。"[9]

家庭暴力。无论卡图兰《小基督》等故事中的人物，还是《枕头人》剧中四个角色，都经历过父母虐待和家庭暴力，这种"巧合"绝非偶然。虽然卡图兰声称他的故事和人物没有隐喻和暗指，但剧中"父母"和"虐童"绝非就事论事；显然"父母"是作为社会生存中的权威象征对"孩童"施虐，"孩童"则作为纯真与无辜的象征而饱受权力和暴力的蹂躏。这是整个人类犯罪与受虐的缩影；这种罪孽陈陈相因，世世代代折磨着人类。当卡图兰逼问警员埃里尔，图波斯基不仅说出埃里尔被父亲暴力性侵的悲惨童年，也暴露了自己童年时代经受了父亲的酗酒与暴力。埃里尔最终用枕头闷死了他父亲，图波斯基的儿子则选择了溺水自杀。这两位施暴者也遭受了童年时期的暴力创伤，他们通过对卡图兰弟兄施加同样的暴力来表现自己。

正如米哈尔给弟弟信中所述："整整七年，他们疼爱你而折磨我，只是为了一项艺术试验，一项成功的艺术试验。"[10]卡图兰父母珍视和培养小儿子卡图兰，残酷虐待和折磨大儿子米哈尔；为制止哥哥遭受身体折磨和自己遭受心理折磨，卡图兰用枕头闷死了父母。剧中所有故事几乎都反映了家庭暴力留在卡图兰心灵上的创伤，而剧中的"枕头人故事"则涵寓了全剧的精神本质。松软暖和的枕头人帮助孩子们自杀,以免除他们未来落入黑暗地狱;他悲伤而温情的泪水、善良与关爱的心灵犹如一丝光芒明灭在废墟之间。受尽童年折磨的米哈尔深爱枕头人,他仁慈地想用暴力来免除那些孩子遭受未来的苦难与黑暗。显然,为免除米哈尔面临暴力与处决的痛苦,卡图兰也用枕头闷死了哥哥,而使自己也成了枕头人。

虚构的暴力。从剧作自身的虚构性和卡图兰所写的故事中所表达的暴力两个方面可以观察到该剧的核心论点:艺术并不企图影响现实生活。所以卡图兰不断暗示,他故事中的暴力不是为了重演,艺术没有指令,其唯一目的是创作一个故事。卡图兰坚持强调这样一个事实:他写儿童被虐杀的故事,绝无意图引导其读者去谋杀儿童。麦克多纳强调,他的意图并非给出暗示或含义,而只是讲一个故事。正如卡图兰所说:"一位伟人曾说过,'讲故事者的首要责任就是讲一个故事',对此,我深信不疑。……这就是我的准则,我只讲故事。"[11] 何塞·兰特斯(Jose Lanters)认为,卡图兰拒绝为城里几桩儿童虐杀案背书,这与麦克多纳对待其作品遭受评论界负面指责的态度有相似之处。麦克多纳用卡图兰之口,为其创作的虚构作品被钉上十字架而争辩。剧中《路口三个死囚笼》中的汉子遭众人鄙视,到死不知他犯了何罪。面对指控,卡图兰只能申辩"我没想告诉你什么。它应该只是一个没有谜底的谜语而已"[12]。故事反映了卡图兰和麦克多纳作为作家遭受系统性暴力的困境。卡图兰与故事里笼中汉子很相似,看不到笼外的罪状牌,至死也不知自己的罪行,这种相似性也延伸至麦克多纳本人。布莱恩·克利夫认为,故事中的汉子可被视为"受极权国家压迫的作家形象,这一形象的前提就是迈克尔·比林顿评论中所说的'文学的危险力量'"[13]。

然而麦克多纳的爱尔兰前辈剧作家奥斯卡·王尔德指出,"生活模仿艺术远多于艺术模仿生活"[14];王尔德又在《谎言的衰落》"最终启示"中极致地强调"而谎言,讲述美丽的虚构之物,是艺术的正当目的"[15]。也许麦克多纳与王尔德对美的理解有所不同;这就是为何米哈尔付诸行动,而卡图兰付诸写作。在此意义上,写作成为一种表达不可表达的矛盾媒介,由于无法消解自己的创伤性经历,卡图兰通过写作来解决。而暴力具有辩证的性质,因为它既是想象的又是可行动的。在这种辩证关系中,卡图兰完成了想象,米哈尔完成了行动。在此意义上,他俩可被看作心灵和身体分裂的双胞胎;这让我们看到了剧中的另一层暴力。

《枕头人》拷问文艺作品与作者的社会责任。除了消遣与娱乐,文艺作品是否负有责任,特别是政治与道义的责任?对于艺术家作品的本质,麦克多纳提出了一个悖论:艺术想象是支配世界唯一的真实力量并不真实;艺术家们的想象对社会的危险远低于那些国家安全法案。卡图兰的境遇也使人们得出另一悖论:故事只是"存在"于叙述者与听众的心中而已;当然故事也能改变世界,关键在于它们在谁的手中。

《枕头人》自 2003 年英国国家剧院首演以来已在世界各地热演了二十年。2004 年纽约版上演期间,我和周可在曼哈顿约定在京沪搬演中文版《枕头人》。十年后周可导演、鼓楼西剧场制作的《枕头人》终于在 2014 年 4 月首演北京;同年 10 月上海锦辉版《枕头人》也上演于人民大舞台。《枕头人》从西方文本到中国舞台的十年漫长之路,也许可看作中国戏剧现代精神的攀缘之路。而鼓楼西《枕头人》首演以来又将要十年了,十年来巡演各地的鼓楼西版《枕头人》换了几茬演员,至今在全国热演不衰。这部代表英国直面戏剧成就之一的黑色喜剧在中国的热演标志着中国戏剧对现代精神追求的一种突破,展示了中国戏剧人与戏剧观众对现代戏剧舞台的一种渴求。

2023 年 9 月于纽约芮枸公园

参考书目

[1] Martin McDonagh, *The Pillowman*, London: Faber and Faber; New York: Dramatists Play Service, 2003, p. 69.

[2] Werner Huber, "From Leenane to Kamenice: the De-Hibernicizing of Martin McDonagh?" *Literary Views on Post-Wall Europe: Essays in Honour of Uwe Boker*, Trier: Wissenschaftlicher Verlag Trier, 2005, p. 285.

[3] Ondftej Pilny, "Martin McDonagh: Parody? Satire? Complacency?" *Irish Studies Review*, XII, No. 2 (2004), p. 229.

[4] Brion Cliff, "The Pillowman: a New Story to Tell", *in A Case Book: Martin McDonagh*, New York; London: Routledge, 2007, p. 136.

[5] Brion Cliff, "The Pillowman: a New Story to Tell", *in A Case Book: Martin McDonagh*, New York; London: Routledge, 2007, p. 135.

[6] Walter Benjamin, "The Critique of Violence", *Reflections: Essays, Aphorisms, Autobiographical Writings*, New York: Schocken Books, 1995, pp. 277–278.

[7] Martin McDonagh, *The Pillowman*, London: Faber and Faber; New York: Dramatists Play Service, 2003, p. 22.

[8] Walter Benjamin, "The Critique of Violence", *Reflections: Essays, Aphorisms, Autobiographical Writings*, New York: Schocken Books, 1995, pp. 277–279..

[9] Ingo W. Schréder and Bettina E. Schmidt, "Introduction: Violent Imaginaries and Violent Practices", *Anthropology of Violence and Conflict*, London; New York: Routledge, 2001, p. 5.

[10] Martin McDonagh, *The Pillowman*, London: Faber and Faber; New York: Dramatists Play Service, 2003, pp. 23–24.

[11] Martin McDonagh, *The Pillowman*, London: Faber and Faber; New York: Dramatists Play Service, 2003, p. 8.

[12] Martin McDonagh, *The Pillowman*, London: Faber and Faber; New York: Dramatists Play Service, 2003, p. 14.
[13] Brion Cliff, "The Pillowman: a New Story to Tell", *in A Case Book: Martin McDonagh*, New York; London: Routledge, 2007, p. 137.
[14] Wilde, Oscar. "The Decay of Lying", p. 179 and "Preface to The Picture of Dorian Gray", pp. 122 – 123, in Wilde, *The Soul of Man Under Socialism and Selected Critical Prose*, Penguin, 2001.
[15] Wilde, Oscar. "The Decay of Lying", p. 192 and "Preface to The Picture of Dorian Gray", pp. 122 – 123, in Wilde, *The Soul of Man Under Socialism and Selected Critical Prose*, Penguin, 2001.

2004年英国奥利弗奖最佳戏剧
2005年美国戏剧评论圈奖最佳戏剧
2005年托尼最佳戏剧奖提名

枕头人
The Pillowman

"*The Pillowman* was first presented by the National Theatre at the Cottesloe, London, directed by John Crowley, on 13 November 2003. The production was subsequently produced on Broadway by the National Theatre, Robert Boyett Theatricals LLC and RMJF Inc. opening at the Booth Theatre, New York City, on April 10, 2005."

人　物

图波斯基
卡图兰
埃里尔
米哈尔
母亲
父亲
男孩
女孩

第一幕

第一场

【警察局审讯室。双眼蒙着黑布的卡图兰坐在审讯室正中桌的对面。图波斯基和埃里尔上场后坐到桌前。图波斯基端着一只装着大卷卷宗的档案箱。

图波斯基 卡图兰先生,这是警官埃里尔,我是警官图波斯基……谁给你套上的?

卡图兰 什么?

【图波斯基拿下卡图兰头上的蒙眼布。

图波斯基 谁给你套上的?

卡图兰 哦,那个人。

图波斯基 你干吗不拿掉?看上去很蠢。

卡图兰 我想我不该拿掉。

图波斯基 看上去很蠢。

卡图兰 (停顿)是的。

图波斯基 (停顿)我说过了,这是警官埃里尔,我是警官图波斯基。

卡图兰 我只想说,我完全尊重你们和你们的工作,我也乐意尽我所能配合你们。我绝对尊重你们。

图波斯基　嗯,很高兴听到这些话。

卡图兰　我不像那些……你知道吗?

图波斯基　那些什么? 我不知道。

卡图兰　那些不尊重警察的人。 我一生中从未跟警察有过麻烦,从来没有。 我……

埃里尔　你是说,在这之前从来没有。

卡图兰　呵?

埃里尔　我再说一遍……你是说,在这之前你从来没跟警察有过麻烦。

卡图兰　我现在跟警察有麻烦吗?

埃里尔　那你干吗在这儿?

卡图兰　我想,我在配合你们询问。

埃里尔　那我们就是你的朋友喽。 那我们带你来这儿就像是一次串门,就像我们是你的朋友?

卡图兰　你们不是我的朋友,不是……

埃里尔　给你宣读了你的权利,把你从家里带来,蒙上这黑布,你觉得我们会对我们的好友干这种事儿?

卡图兰　我们不是朋友,不是的。 但同样道理,我希望我们不是敌人。

埃里尔　(停顿)我揍扁你的狗头。

卡图兰　(停顿)呵?

埃里尔　我口齿不清吗? 图波斯基,我口齿不清吗?

图波斯基　不,你没有口齿不清,你说得很清楚。

埃里尔　我觉得我没有口齿不清。

卡图兰　你没有……我会回答你要问我的所有问题。 你没必要……

埃里尔　"你会回答我们要问你的所有问题。"压根就没有问题,"你会回答我们要问你的所有问题。"有一个问题,"这会儿

015

你想怎样让我们收拾你？"就这问题。

卡图兰 我只想尽量不让你们收拾我，因为我会回答所有问题。

图波斯基 嗯，这是开头，对吗？（瞅着卡图兰，埃里尔踱到墙边抽烟）你为何怀疑我们抓你的理由？你一定有怀疑的原因。

埃里尔 嘿，我们干吗不立马收拾他，跟他啰唆什么？

卡图兰 什么……？

图波斯基 埃里尔，这案子谁说了算，是我还是你？（停顿）谢谢你。别听他的。不管怎样，你想过我们为何抓你吗？

卡图兰 我绞尽脑汁了，但我想不出。

图波斯基 你绞尽脑汁了，但你想不出。

卡图兰 想不出。

图波斯基 真的，想出了还是想不出？

卡图兰 想出了。

图波斯基 噢？

卡图兰 因为我啥也没干过，我从没干过反对警察的事儿，我从没干过反对国家的事儿……

图波斯基 你绞尽了脑汁，但想不出一条我们抓你的理由？

卡图兰 我能想出一条理由，或者，不是理由，只是一件我认为与此相关的事儿，虽然我不明白其中的关联。

图波斯基 什么关联？？什么同什么？或者，什么同什么的关联？

卡图兰 什么？就是你们抓我时也带来了我的小说，它们就在你这儿，就这事儿。

图波斯基 小说在我哪儿？你在读我面前这份报纸？

卡图兰 我没在读……

图波斯基 也许，就你所知道的来说，可能类别极高，属于绝密的事情。

卡图兰　我瞥了一眼,看到了标题。

图波斯基　哦,从你的侧视角度?

卡图兰　是的。

图波斯基　可是,打住,如果从你的侧视角度,你得侧过身来这样……(图波斯基侧过身来,瞥着报纸)看,就像这样。从旁边,像这样……

卡图兰　我是说……

图波斯基　看到吗?像这样。侧角。

卡图兰　我是说从我眼睛下方的视角。

图波斯基　哦,从你眼睛下方的视角。

卡图兰　我不知道是否有这个词。

图波斯基　没有这个词。(停顿)你的小说和你被抓来,为何有关联?你写小说,并不犯罪。

卡图兰　我是这么想的。

图波斯基　按特定的法规……

卡图兰　那是当然。

图波斯基　国家安全,社会安全,诸如此类。我甚至不称它为法规。

卡图兰　我不称它为法规。

图波斯基　我会称其为准则。

卡图兰　对,准则。

图波斯基　按特定的准则,不管是何种安全准则,你写小说,并不犯罪。

卡图兰　我正是这么想的。整个事情就是这样。

图波斯基　整个事情就是怎样?

卡图兰　我是说,我同意。你读这些东西,这些所谓的"小说","警察就是这样","政府就是这样",所有这些政治的……

你怎么称他们呢？"政府应该这样做。"好了。屁话。你知道我怎么说？我说你要是有政治企图，你要是有啥政治用意，那就去写文章，我会知道我的立场。我说我不管你左派还是右派，你给我讲个故事！你明白吗？一位伟人曾说过，"讲故事者的首要责任就是讲一个故事"。对此，我深信不疑。"讲故事者的首要责任就是讲一个故事"。或者是"讲故事者的唯一责任就是讲一个故事"。对，也许应该是"讲故事者的唯一责任就是讲一个故事"。我记不清了，但不管怎样，这就是我的准则，我只讲故事。没有企图，没有用意。没有任何社会目的。这就是为什么，我不明白，你们抓我的原因，如果你们是为这事，除非有偶然涉及政治的内容，或者有涉及貌似政治的内容,如果那样，就告诉我它在哪一页，指出是哪段哪句。我一定把那稿子抽出来，一把火烧掉，你明白吗？（停顿。图波斯基直直地盯视着他）你明白我的意思吗？

图波斯基 现在我得填好这张表格，以防你在滞留期间发生不测。（停顿）我想，这里我们弄错了你的姓名。你姓卡图兰，对吗？

卡图兰 对。

图波斯基 瞧，我们把你的名写成了卡图兰。

卡图兰 我的名就是卡图兰。

图波斯基 （停顿）你姓是卡图兰？

卡图兰 是的。

图波斯基 你名还叫卡图兰？

卡图兰 是的。

图波斯基 你的姓名叫卡图兰·卡图兰？

卡图兰 我父母挺滑稽的。

图波斯基 嗯。中名缩写呢？

卡图兰 卡。

【图波斯基看着他。卡图兰点头，耸了耸肩。

图波斯基 你名叫卡图兰·卡图兰·卡图兰？

卡图兰 我说过，我父母很滑稽的。

图波斯基 嗯。我猜想这里"滑稽"应该读作"混账白痴蠢货"。

卡图兰 我不反对。

图波斯基 你的住址是卡梅尼斯4443号？

卡图兰 是的。

图波斯基 和你同住的……

卡图兰 我哥哥。米哈尔。

图波斯基 啊，米哈尔。至少不再叫啥狗屁的"卡图兰"！

埃里尔 你哥他弱智，对吗？

卡图兰 他不弱智，不。他有时候迟钝。

埃里尔 他迟钝。好的。

图波斯基 直系亲属？

卡图兰 米哈尔。我的直系亲属？

图波斯基 手续而已，卡图兰。你明白我的意思？（停顿）工作单位。

卡图兰 卡梅尼斯屠宰场。

埃里尔 你这个作家。

卡图兰 那儿还行。

图波斯基 你喜欢那份工？

卡图兰 不喜欢，但它还行。

埃里尔 宰杀畜牲。

卡图兰 我不宰杀，我只清洗。

埃里尔 哦，你不宰杀，你只清洗。

卡图兰 是的。

埃里尔　我明白。

卡图兰　我只清洗。

埃里尔　你只清洗。你不宰杀。

卡图兰　是的。

埃里尔　我明白。

【停顿。图波斯基放下笔，将填好的表格撕成两半。

图波斯基　这不是以备你滞留期间发生不测的表格。我随便说说。

卡图兰　那它是什么？

图波斯基　就是一张撕成两半的纸。（图波斯基逐页翻着小说稿直到他发现他要找的那一篇）找到了，《小苹果人》。

卡图兰　它怎么啦？（埃里尔踱回桌前坐下，他扔掉烟蒂，图波斯基在浏览那篇小说）它不是我的最佳作品。（停顿）不过，也蛮好的。

图波斯基　这是一个故事，故事开头是，有一个小女孩，父亲待她很坏……

卡图兰　他时常毒打她。他是一个……

图波斯基　你似乎有很多故……他怎样？

卡图兰　怎样？

图波斯基　那个父亲。

埃里尔　你刚说，"他是一个……"什么来着。

图波斯基　他代表了什么来着，对吗？

卡图兰　他代表了一个坏父亲。他是个坏父亲。你说"代"是何意思？

图波斯基　他是个坏父亲。

卡图兰　他时常毒打小女孩。

图波斯基　所以他是个坏父亲。

卡图兰　是的。

图波斯基 "他是个坏父亲",他对小女孩还干了什么?

卡图兰 我想,故事从头到尾就是说那父亲怎样虐待小女孩。你们可以作出你们自己的结论。

埃里尔 噢,现在,我们可以作出我们自己的结论,对吗?

卡图兰 行吗?

埃里尔 你说现在我们可以作出我们自己的结论,对不对?!

卡图兰 不对! 对!

埃里尔 我们知道我们可以作出我们自己混账的结论!

卡图兰 我明白。

埃里尔 对吗?

卡图兰 我明白。

埃里尔 他妈的……对吗?!

【埃里尔站起身来踱步。

图波斯基 埃里尔有点愤愤不平,因为"我们可以作出我们自己的结论",那是,我们的事儿。(停顿)我们要作出的第一个结论是你到底有多少篇故事是关于"一个小女孩被虐待",或者"一个小男孩被虐待"?

卡图兰 有几篇。有几篇。

埃里尔 "有几篇"。我说有他妈的好几篇。我们查到这开头的二十篇故事中全他妈的是"一个小女孩被这样虐待,或一个小男孩被那样虐待"……!

卡图兰 但它们并没有说啥,我没打算说啥……

埃里尔 你没打算什么?

卡图兰 什么?

埃里尔 没打算什么?

卡图兰 什么,你是说我想说孩子代表什么来着?

埃里尔 "我想说"……?

021

卡图兰　孩子代表人民，或什么？

埃里尔　（扑向卡图兰）"我想说"。他现在把话塞我嘴里，"我想说"，还他妈的让我们自己作结论……

卡图兰　不……！

埃里尔　现在我们连话都不能说了，这个混蛋！放下你的手……！

【埃里尔狠狠抓住卡图兰的头发，将他从椅子上猛地拖起摔在地上；他骑在卡图兰身上，双手狠抠他的脸。图波斯基看着，叹了口气。

图波斯基　你好了吗，埃里尔？（埃里尔停下手，喘着气，坐了回去。图波斯基转过脸对着卡图兰）请坐回你的位子。（卡图兰忍着痛楚爬起来坐下）噢，我几乎忘了提起……我是个好警察，他是个坏警察。（停顿）好，我们继续谈文学。那个父亲，我们已讨论过了，虐待小女孩；一天小女孩用刀把几个苹果刻成几个苹果人，他们有小手指、小眼睛和小脚趾，她把苹果人给了她父亲，还告诉他苹果人不能吃，希望他保存好他唯一的小女儿童年时给他的纪念品。可这个猪一样的父亲，出于恶意，把几个苹果人都吞了下去，苹果人的肚子里嵌着锋利的剃刀片，那父亲痛苦地死去。

卡图兰　这类故事的结局，应该就是这故事的结局，父亲遭到应得的报应和惩罚。可故事还在继续。

图波斯基　可故事还在继续。女孩在夜里醒了过来，几个苹果人走在她胸口上，它们把她的嘴掰开，对她说……

卡图兰　（轻声地）"你杀了我们几个小兄弟……"

图波斯基　"你杀了我们几个小兄弟。"它们钻进她的喉咙。于是女孩被自己的鲜血呛死。故事结束。

卡图兰　这故事有个突转。你们以为它有理想的结局。可它不是。（停顿）怎么啦？我说过它不是我最好的作品。

埃里尔 卡图兰,你常去犹太区转悠?

卡图兰 犹太区? 不。 我有时路过那儿,我去拉梅内克区我哥哥的学校接他。 那不是犹太区。 得穿过犹太区。

埃里尔 你接你哥哥,他比你大,他还在上学?

卡图兰 那是一家特教学校。 提供特殊教育。(停顿)这和犹太人有关吗? 我不认识任何犹太人。

埃里尔 你不认识任何犹太人?

卡图兰 我对犹太人没有任何反感,但我不认识任何犹太人。

埃里尔 但你对犹太人没有任何反感?

卡图兰 是的。 我干吗反感?

图波斯基 "我干吗反感?"回答得好。 "我干吗反感?"一方面显得懦弱屈从,另一方面却含着嘲讽挑衅。 "我干吗反感?"

卡图兰 我没想要挑衅。

图波斯基 那你想要屈从。

卡图兰 没有。

图波斯基 那你是想要挑衅。 现在埃里尔又要收拾你了……

卡图兰 听着,我不理解我为何在这儿。 我不明白你们要我说什么。 我不反对任何人任何事。 不管是犹太人或是你们或是任何人。 我只是写小说。 仅此而已。

【埃里尔站了起来,走到门口。

埃里尔 这提醒了我。 我去跟他哥谈。

【埃里尔下,图波斯基微笑。

卡图兰 (惊呆、恐惧)我哥在学校。

图波斯基 我和埃里尔,我们有这滑稽的习惯,当这事儿并没有提醒我们正在说的事儿,我们总是说,"这提醒了我",而这句话提醒了我们俩。 这真是很滑稽。

卡图兰 我哥在学校。

023

图波斯基　你哥就在隔壁。

卡图兰　（停顿）可他会受惊吓……

图波斯基　你自己似乎有些害怕。

卡图兰　我是有些害怕。

图波斯基　你害怕什么？

卡图兰　我害怕我哥哥独自待在一个陌生的地方，我害怕你朋友会把他打个半死，我也害怕他过来把我也打个半死，当然，他打我不要紧。我是说如果你们不喜欢这些故事中的某些内容，那你们就对我下手，我哥很容易受惊吓，他不懂这些内容，同这些故事也毫无关系，我只是给他读过这些故事，所以我觉得你们把他抓来极不公正，我觉得你们现在就该立马过去放他走人！现在就去！

图波斯基　（停顿）我肯定你现在冲动得发狂了，对吗？"嗬，对警察大吼大叫，""嗬，什么不应该，嗬，什么勃然大怒。"嗬。你他妈的冷静些。明白吗？你以为我们是畜牲？

卡图兰　我没有。

图波斯基　我们不是畜牲。我们，有时候，对付畜牲。我们不是畜牲。（停顿）你哥不会有事。我向你担保。（图波斯基读着档案中的另一篇故事）"《路口三个死囚笼》的故事"，这似乎不是你的主题。

卡图兰　什么主题？

图波斯基　你清楚啊，你的主题是，"某个可怜的孩子被虐待"。这是你的主题。

卡图兰　这不是主题。有些故事就是那么写的。它不是一个主题。

图波斯基　不管怎样，也许表述手法隐晦，但你的确有你的主题。

卡图兰　我没有主题。我写了多少，四百篇小说，可能十到二十篇牵涉到儿童。

图波斯基 牵涉到杀害儿童。

卡图兰 即便故事中有杀害儿童的内容又怎样呢？你觉得我在说，"去谋杀孩子吧"？

图波斯基 我没觉得你在说"去谋杀孩子吧"。（停顿）你是否想说"去谋杀孩子吧"？

卡图兰 不！不能这样血腥！你开玩笑吧？我啥也没想说！这就是我。

图波斯基 我明白，我明白，这就是你，小说家的首要职责就是……

卡图兰 正是如此……

图波斯基 ……等等，等等，等等，我明白。这篇《路口三个死囚笼》……

卡图兰 要是故事中有孩子，那是偶然。要是故事中有政治，那也是偶然。并非蓄意。

图波斯基 不过，你打断我说话是蓄意……

卡图兰 不是蓄意，我很抱歉……

图波斯基 如果我直接问你事儿，或是我用眼神示意，比如，"你说吧"，就像我现在的眼神，那么你开口说事儿，但如果我正在说事儿的当中……

卡图兰 我明白，对不起……

图波斯基 你他妈的又来了！我直接问你事儿了吗？！我用眼神示意你说话了吗？！

卡图兰 没有。

图波斯基 没有，我没说，对吗？（停顿）我说过吗？注意，这是一个直接问题而且我做了眼神，"你说吧。"

卡图兰 对不起。我太紧张了。

图波斯基　你有权利紧张。

卡图兰　我知道。

图波斯基　不对,你没明白我。我说,"你紧张……是正常的。"

卡图兰　为什么?

图波斯基　(停顿)《路口三个死囚笼》。这个故事你想告诉我们什么?

卡图兰　我没想告诉你什么。它应该只是一个没有谜底的谜语而已。

图波斯基　那么谜底是什么?

卡图兰　(停顿)没有谜底。它是一个没有谜底的谜。

图波斯基　我觉得有谜底。不过,那我就太聪敏了。

卡图兰　嗯,我想,你说得对,含义就是你得思考谜底是什么,但真相就是没有谜底。因为,因为故事中另外俩人犯的事儿没比他犯的更坏,有吗?

图波斯基　没有比它更坏的吗?

卡图兰　(停顿)有吗?

图波斯基　(复述故事)一个关在死囚笼里将被饿死的汉子醒了过来。他知道他犯了罪所以他被判锁笼里饿死,可他想不出他犯了啥罪。十字路口对面还有两个死囚笼;一个笼上的告示牌写着"强奸犯",另一笼上的告示牌写着"杀人犯"。强奸犯的死囚笼里蜷着一具灰蒙蒙的白骨骷髅;杀人犯的死囚笼里蹲着一个奄奄一息的老头。这汉子看不到自己笼上的告示牌,不知道自己犯了啥罪,就央求对面的老头给他读告示牌。瞅了瞅告示牌和这汉子之后,老头憎恶地对着他脸唾了一口。(停顿)几个修女路过,她们为强奸犯祈祷。呜呼。她们给杀人犯老头送上水和食物。嗯哼。可看了这汉子告示牌上的罪行后,修女们面无血色流着泪走开了。(停顿)一个强盗骑马路过，啊哈。他没啥兴趣地瞥了强奸犯一眼。看到杀人犯老头时，他一斧头劈开笼上铁锁，把老头放了。强盗来到这汉子的铁笼前，读着他的罪状。那强盗微微一笑。汉子也朝他微微一笑。强盗端起枪朝汉子的胸口开了一枪。快要咽气的汉子叫喊着，"告诉我，我干了啥？！"强盗一言不发，策马而去。汉子挣扎着问了最后一句，"我会下地狱吗？"他死前听到的最后的话语是强盗的一声冷笑。

卡图兰 那是一个好故事。一种风格。哪种"风格"呢？我记不起了。不过我并不真正喜欢那种"风格"的作品，但这个故事没有任何问题。对吗？

图波斯基 对，这个故事没有任何问题。这故事中没任何东西能让你指责写这故事的人是个有病的脏货。没有。这故事我只有一个感觉，这故事是一个暗示。

卡图兰 一个暗示？

图波斯基 它是一个暗示。

卡图兰 噢。

图波斯基 我感觉得到，表面上说这件事，骨子里说的是另一件事。

卡图兰 噢。

图波斯基 它是个暗示。你明白吗？

卡图兰 是的。它是个暗示。

图波斯基 它是一个暗示。（停顿）你说它是你最好的故事，是吗？

卡图兰 不是。它是我最好的故事之一。

图波斯基 噢，它是你最好的故事之一。你有那么多好故事。

卡图兰 是的。（停顿）我最好的故事是那个《河边小城》。《河边小城》的故事。

图波斯基 你最好的故事是《河边小城》的故事？等等，等等，等等，等等……（图波斯基飞快地找到了那篇故事）找到了……在这儿。啊哈。"这是你最好的故事"，我明白了。

卡图兰 怎么，啥意思，它也是一个暗示？（图波斯基盯视着他）唔，它是我唯一的一部发表作品。

图波斯基 我们知道它是你唯一的一部发表作品。

卡图兰 迄今为止。

图波斯基 （似笑非笑。停顿）它发表于《解放》。

卡图兰 是的。

图波斯基 《解放》。

卡图兰 我不读《解放》。

图波斯基 你不读《解放》。

卡图兰 我到处投稿，你明白吗，希望能有任何刊物发表它们。我不读任何……

图波斯基 你不读《解放》。

卡图兰 我不读。

图波斯基 你就是读《解放》，也不违法。

卡图兰 我知道。在《解放》上发表作品也不违法。我知道。

图波斯基 这篇是你的主题。（停顿）《解放》杂志提供你主题吗？比如，"写篇一匹小马的故事"，或者"写篇一个孩子被虐杀的故事"，他们这样约稿吗？

卡图兰 他们只给一篇文稿的字数。不超过就行。

图波斯基 它是你自己选的主题。

卡图兰 它是我自己选的主题。

【图波斯基将故事递给卡图兰。

图波斯基 读给我听。

卡图兰 全文？

图波斯基　全文。站起来。

【卡图兰站了起来。

卡图兰　这有点儿像是在学校里。

图波斯基　嗯。不过,在学校里他们不会最后枪毙你。(停顿)除非你去过一个真正野蛮的学校。

【停顿,接着卡图兰开始朗读故事。他激情投入地朗读他故事中的词句、细节和突转。

卡图兰　(停顿)嗯。从前,一条水流湍急的河边有一座小城。城里一条鹅卵石路的小街上住着一个小男孩。街上的孩子们都不喜欢这个男孩;他们捉弄他,欺负他,因为他家里穷,他父母是酒鬼,他衣衫破烂赤着脚。但这男孩天性快乐,充满梦想,他不在乎辱骂殴打和无尽的孤独。他知道他的善良和挚爱,他知道不管何时何处、总会有人明白他心中的爱而以善良回报他。于是,一天夜晚,正当他在通往城外的跨河木桥下抚弄他新的伤口时,他听到夜色中马车在鹅卵石路上驶来的响声,当马车靠近时,他看到车夫穿着漆黑的长袍,黑头套下阴影中的那张狰狞的脸给了男孩一阵透心的恐怖。男孩忍着恐惧,拿出他当天的晚餐——小小的一块三明治,当马车驶过正要上桥时,他向裹着头套的车夫递上三明治。马车停了,车夫点着头跳下车来坐在孩子身旁,两人分吃了三明治,还聊了一会儿。车夫问孩子为何穿着破衣赤着脚,独自一人,男孩一边告诉车夫他贫穷和痛苦的生活,一边往车后看;车上高高地堆着一摞空空的小兽笼,又臭又脏。当孩子正要问车夫那些兽笼里关过啥动物时,车夫站起身来说他得继续赶路。"你那么善良,自己一点点干粮也愿同一个困乏的老车夫分享",车夫对他耳语:"在我走之前,我要给你一件东西,也许今天你不会明白它的价值,但总有一天,等你再长大些后,也许,我想你会珍惜它并感激我。现在闭上你眼睛。"于是小男孩按他的吩咐闭上双眼，车夫从他长袍内暗袋中抽出一把闪亮、锋利的切肉长刀，高高举起，砍向孩子的右脚，剁下了他五个沾着尘土的小脚趾。小男孩坐在那儿无声地惊呆了，他茫然地凝视着黑夜中的远处，车夫捡起五个血淋淋的脚趾将它们扔给了桥下阴沟里吱吱尖叫、窜作一处的老鼠群。接着他跳上马车，悄悄地驶过木桥，将那男孩、老鼠、河水和夜色中的哈梅林小城远远地留在了他的身后。

图波斯基 哈梅林小城。

卡图兰 你明白了吗？这小男孩就是当那花衣魔笛手回到小城拐走所有孩子时，他因跛足而无法跟上。他就为这被弄跛的。

图波斯基 我知道。

卡图兰 这是一个伏笔。

图波斯基 我知道这是一个伏笔。

卡图兰 他就是要拐孩子。

图波斯基 谁就是要拐孩子？

卡图兰 花衣魔笛手就是要拐孩子。从开头起。我的意思就是他带来了老鼠。他带来了老鼠。他知道市民们不会付他钱。他本意就是要拐走孩子。

图波斯基 （点头。停顿）这提醒了我。

【走到档案柜前，取出一饼干盒般的铁盒，回到桌前坐下，将铁盒放在两人间桌上。

卡图兰 什么？哦，"这提醒了你"。在它还未提醒你任何事情的时候。（图波斯基盯视着他）盒子里是什么？（另一监房里传来一男子受刑的惨叫声。卡图兰心神不宁地站了起来）那是我哥。

图波斯基 （听着）是的。我觉得是他。

卡图兰　他在对他干什么？

图波斯基　那，自然在用酷刑。我不知道，对吗？

卡图兰　你说过你们不会碰他。

图波斯基　我没碰他。

卡图兰　但你说过他不会有事。你许诺过我。

【惨叫声停。

图波斯基　卡图兰，我他妈的是极权独裁体制中的一位高阶警官。你干吗要我给你许诺？

【埃里尔上，用白布裹着他流血的右手。

卡图兰　你对我哥干了什么？（埃里尔示意图波斯基。两人在角落里低语片刻后，坐回原处）你对我哥干了什么，我问你呢？！

图波斯基　听到吗，埃里尔？卡图兰在问你呢。先是，"盒子里有什么？"在你拷打弱智病人时，他就问，"你们在对我哥干什么？"

卡图兰　去他妈的"盒子里有什么"，你对我哥干了什么？！

图波斯基　唔，埃里尔有童年问题，明白吗，他容易在我们监管的弱智人身上发泄。这不好，真的，如果你想到这一点。

卡图兰　你对他干了什么？！

埃里尔　你明白吗，你这样满屋子骂骂咧咧，又吼又叫，我早该打得你满地找牙，但我刚这样收拾了你那个白痴哥哥，我手还疼着呢，所以我暂且先饶你一问，这是对你的严正警告。

卡图兰　我要见我哥。马上见他。

图波斯基　埃里尔，你把他的脸打得稀烂了，是吗？不过，你得住手，这可属于警察暴行，是不是？哦，不行！

埃里尔　把我手弄伤了。

图波斯基　瞧你那只血淋淋的手！

埃里尔 我知道,很疼。

图波斯基 我跟你说过多少遍了?用警棍,用那东西。埃里尔,你用手打?而且打一个弱智者?他甚至从中得不到任何教训。

卡图兰 他只是个孩子!

埃里尔 我现在休息一下,等我再过去,我会用根尖东西戳进他屁眼里再转上两转。

图波斯基 噢,埃里尔,那绝对属于"警察暴行"。

卡图兰 我要马上见我哥哥!

图波斯基 那第三个孩子怎样了?

卡图兰 什么?(停顿)什么第三个孩子?

埃里尔 就是你和你哥,对吗?你和你哥,你们很亲密?

卡图兰 我只有他了。

埃里尔 你和你的弱智哥哥。

卡图兰 他不弱智。

图波斯基 《作家和他的弱智哥哥》,卡图兰,一篇小说的题目。

卡图兰 (流泪)他只是一个孩子。

图波斯基 不,他不是。你知道谁是?安德莉娅·乔瓦克维奇才是。你知道她是谁?

卡图兰 (停顿。坐了下来)只从报上看到。

图波斯基 只从报上看到。你怎么知道她,"只从报上看到"?

卡图兰 这女孩的尸体出现在壁炉里。

图波斯基 这女孩的尸体出现在壁炉里,是的。你知道她的死因吗?

卡图兰 不知道。

图波斯基 你为啥不知道她的死因?

卡图兰 报上没说。

图波斯基 报上没说。 你知道谁是艾伦·戈尔德伯格？

卡图兰 也只从报上看到。

图波斯基 是的。 这男孩的尸体出现在犹太区楼后的垃圾堆里。 你知道他的死因吗？

卡图兰 不知道。

图波斯基 是的，报上没说。 报上没说许多事情。 报上根本没提起第三个孩子，一个哑巴小女孩，三天前失踪，同一地区，同样年龄。

埃里尔 今晚报上会说某件事情。

图波斯基 今晚报上会说某件事情。 今晚报上会说许多事情。

卡图兰 关于那哑巴女孩？

图波斯基 关于那哑巴女孩。 关于认罪。 关于处决。 关于整个事件。

卡图兰 可是……我不明白你想对我说什么？ 你是否想说我不应该写杀害儿童的故事，因为生活现实中存在杀害儿童的罪行？

埃里尔 他要我们以为我们跟他作对只是因为我们不喜欢他混账的写作风格。 就像我们不知道他哥刚才对我的坦白交代。

卡图兰 我哥刚才对你说了什么？

埃里尔 就像我们不知道盒子里有啥。

卡图兰 不管他对你说了什么，是你逼他对你说的。 他不对陌生人说话。

埃里尔 （扯了扯浸透血的纱布）他对我说了。 他对陌生人说话。 他说你和他对陌生人说话。

卡图兰 我要见他。

埃里尔 你要见他？

卡图兰 我要见他。 我说过了。

埃里尔 你要求见他？

卡图兰　我希望见我的哥哥。

埃里尔　你要求见你的哥哥?

卡图兰　我就他妈的要求,没错。 我要看他是否还好。

埃里尔　他永远不会好了。

卡图兰　(站起)我有权利见我的哥哥!

埃里尔　你没啥狗屁权利……

图波斯基　请你坐下。

埃里尔　没有了,你没有权利了。

卡图兰　我有权利。 人人都有权利。

埃里尔　你没有。

卡图兰　为啥我没有?

图波斯基　打开盒子。

卡图兰　嗯?

埃里尔　一分钟后我给你权利。

卡图兰　没错,我断定你也给了我哥权利。

埃里尔　我同样给了他他的权利。

卡图兰　我断定你给了。 我断定你他妈的给了。

图波斯基　打开盒子。

埃里尔　没错,我肯定我给了。

卡图兰　没错,我断定你他妈的给了。

埃里尔　没错,我肯定我他妈的给了!

卡图兰　我知道你肯定你他妈的给了……!

图波斯基　(大吼)打开这混账的盒子!!!

卡图兰　那我就打开这混账盒子! (卡图兰愤怒地扳开了盒盖,盒内的东西吓得他往后退缩,恐惧得颤抖起来)那是什么?

图波斯基　请坐回你的位子。

卡图兰　它们是什么?

【埃里尔扑了过去，将卡图兰拖回他的座位并扯着他的头发，按着他的头，强逼他往盒子里看。

埃里尔　"它们是什么？"你知道它们是什么。我们在你家里发现的。

卡图兰　不……！

埃里尔　你哥已经承认他的……

卡图兰　不！

埃里尔　但他不可能出谋划策。你知道壁炉里女孩的死因吗？她的细喉咙里卡着两片剃刀，裹在苹果里，很有趣。（图波斯基把手伸进盒子……）你知道那犹太男孩的死因吗？

【……他拎出五只血淋淋的脚趾。

图波斯基　他的脚拇指、脚食指、脚中指、脚四指、脚五指。

埃里尔　那可怜的犹太小男孩的五个脚趾头就在你家里，这跟你毫无关系吗？

卡图兰　（哭叫）我只是写小说！

埃里尔　它们埋下了一处奥妙的伏笔，对吗？

图波斯基　让他把脚趾吞下去。

【埃里尔把卡图兰从椅子上拖起。

埃里尔　哑巴女孩在哪儿？！哑巴女孩在哪儿？

【埃里尔狠命地将脚趾朝卡图兰的嘴里塞。

图波斯基　别让他吞下去，埃里尔。你在干吗？

埃里尔　你说让他吞下去。

图波斯基　只是吓唬他！它们是物证！长点脑子！

埃里尔　去你的"长点脑子"！别再嘲弄我！别再胡说什么"童年问题"。

图波斯基　可你是有童年问题……

埃里尔　住口，我说过了。

图波斯基　看看你的手，那血迹明显是假的。

埃里尔　哦，垃圾！

图波斯基　你说什么？

埃里尔　我说"垃圾！"

【埃里尔将脚趾扔在地上，怒气冲冲下。图波斯基捡起脚趾，把它们放回盒内。

图波斯基　太意气用事了。（停顿）

卡图兰　我不理解眼前发生的事情。

图波斯基　不理解？我们现在是四号星期一下午五点十五分。这是我们在你家中发现的物证，你哥哥，不管是否弱智，不管是否被胁迫，所供认的虐杀足以让我们在今晚之前处决他；但是，正如埃里尔所说，他不可能出谋划策，所以我们要求你也认罪。我们喜欢处决作家。弱智者我们可以随便哪天来处决。我们会处决。但是，处决一个作家，那是一个信号，你明白吗？（停顿）我不清楚这是一个什么样的信号，那不是我的职责，但它发出了一个信号。（停顿）不，我明白了。我知道这信号是什么。这信号就是"不要……到处……虐杀……他妈的……小孩"。（停顿）哑巴女孩在哪儿？你哥似乎不愿交代。

卡图兰　图波斯基警官？

图波斯基　卡图兰先生？

卡图兰　我一直在听你的胡说八道，现在我要告诉你两点。我不相信我哥对你说过一个字。我确信你们企图陷害我们是出于两个原因。一，由于某种缘故，你们不喜欢我写的故事；二，由于某种缘故，你们不喜欢弱智者在你们的大街上乱窜。而且我肯定在我见到我哥之前我不会再对你说一个字。所以，图波斯基警官，你可以用任何酷刑，我不会再说一个字。

图波斯基 （停顿）我明白了。（停顿）那我得去拿电刑刑具。

【图波斯基捧着铁盒下。门在他身后关闭。卡图兰的头垂下。暗场。

第二场

【卡图兰坐在儿童间里的一张床上,四周摆满了玩具、彩色颜料、笔、纸,隔壁一间相同的儿童间,好像是用玻璃隔成,但上了锁,一片漆黑。卡图兰叙述着这部短篇小说,故事中的他、戴钻石项链的母亲和留山羊胡子戴眼镜的父亲出现了。

卡图兰 从前有个小男孩,父母对他慈爱关怀。在一片美丽树林中的这所大房子里,他有自己的小房间。一切他都应有尽有:世界上所有的玩具他都有;所有的颜料、所有的书、纸、笔。从孩提时代起父母就在他身上种下创作的萌芽;而写作成为他的最爱:故事、童话故事、短篇小说,所有那些小熊、小猪、小天使等快乐而五彩缤纷的传说,有的故事有趣,有的故事精彩。他父母的试验成功了。他父母试验的第一部分成功了。(母亲和父亲爱抚并亲吻卡图兰后,走入隔壁房间——下场)他七岁生日那夜起,恶梦开始了;隔壁房间为何一直锁着,男孩从不明白也从未问过,直到隐约的电钻声、咯吱的门闩声、某种电器的嘶嘶声和一个孩子被蒙住的惨叫声透过厚厚的砖墙传了过来。一天夜里。(一个男孩问母亲的声音)"妈妈,昨夜里哪来的那些噪声?"(正常声)在每一个漫长、痛苦、无眠的夜晚后，他都会这样提问，而他母亲总是这样回答……

母亲　哦，宝贝，那只是你那美妙而又过分敏感的想象力在跟你开玩笑。

卡图兰　（男孩声）噢，所有跟我同年的男孩都会在夜里听到那种可怕的声音吗？

母亲　不，亲爱的。只有那些绝顶聪敏的孩子才会听到。

卡图兰　（男孩声）噢，酷。（正常声）于是事情就这样过去了。男孩继续写着故事，他父母亲继续疼爱鼓励着他，但那电钻声和惨叫声继续着……（在恶梦中，隔壁半明半暗的房间里，在一瞬间，似乎闪现了一个八岁的男孩被绑在床上，被进着火花的电钻折磨着）……于是，他的故事变得恐怖，而且越来越恐怖。在慈爱、关怀和鼓励下他的故事越来越精彩，同样，在虐待和拷打孩子的声音中他的故事也越来越恐怖。（隔壁房间的灯光暗转。房内母亲、父亲和孩子也随之隐去。卡图兰清理掉所有的玩具和其他物件）十四岁生日那天，他正等候着故事写作选拔赛的结果，隔壁上锁房间的门下塞出了一张纸条……（一张带着血红色字迹的纸条从门下塞出。卡图兰捡起它）……上面写着："整整七年，他们疼爱你而折磨我，只是为了一项艺术试验，一项成功的艺术试验。你不再写小绿猪的故事了，对吗？"纸条上的签名是："你的哥哥。"字迹用鲜血写成。（卡图兰猛地破门冲进隔壁房间）他猛地破门冲了进去……（灯光下，只有父母亲在房间里，两人操弄着电钻和其他噪声）……只有他的父母亲微笑着坐在那儿。他父亲摆弄出电钻声，他母亲发出一个孩子被蒙住的惨叫声；两人身旁还有一小罐猪血，他父亲让他看那张血书的反面。男孩翻过纸条来看，发现他赢得了短篇小说比赛的一等奖——五十英镑。三个人大笑。他父母试验的第二部分完成了。（母亲和父亲并肩躺在卡图兰的床上。灯光暗转）不久,他们就搬家了。虽然那恶梦般的声音结束了,他写的故事还是那么怪异扭曲但十分精彩,他最终感谢他父母给他这种怪异的体验。几年后,在他第一本书出版的那天,他决定去重游他童年时代的家,这是他们搬家后的第一次。他在他当年的房间里转悠,所有的玩具,彩色颜料还是摊了一地……（卡图兰走进隔壁房间,坐在床上）……接着他走进隔壁房间,生锈的电钻、门锁和电线还搁在那儿。他微笑着想起了当年荒唐念头的一切,但他的微笑突然消失了,他发现……（睡床显得异常笨重。他拖开床垫,发现了一具可怕的孩子尸体……）……一具十四岁孩子的尸骨,每根骨头不是断裂便是烧焦。尸骨的一只手上攥着一篇用血写的故事。男孩读了那篇故事,那篇只能在最毛骨悚然的苦难中写成的故事,却是他读过的最美好、最温情的故事；更糟的是,这篇故事好过他所写过或他将要写的所有的故事。（卡图兰摸出一个打火机把那页故事点着）于是他烧了那篇故事,把他哥哥的尸体盖好。他没对任何人提起这事,无论是他的父母还是他的出版人,他一字不提。他父母的文艺教培试验的最后部分结束了。（灯光在隔壁房间里转暗,但一束弱光照着躺在床上的他的父母）卡图兰的小说《作家和作家的哥哥》以一种时尚的悲凉结尾,但并未触及同样悲凉但多少有着更真实的自证其罪的故事细节：在他读了那血写的字条后,他冲进了隔壁房间,当然……（那孩子的尸体直坐了起来,大口地喘息）……他发现他哥哥还活着,但受伤的脑子已无法恢复。那天夜里,当他父母熟睡时,这刚过了十四岁生日的男孩用一个枕头压在他父亲的脸上……（卡图兰用枕头压住了他父亲的脸,他父亲的四肢痉挛着,顷刻间死去了。他拍了拍他母亲的肩膀。她睁开迷糊的双眼看到了张着嘴巳死去的丈夫）唤醒母亲,让她看到死去的丈夫后,他又将枕头压在他母亲的脸上。

【卡图兰表情冷漠,将枕头压在尖叫的母亲脸上。她的身体剧烈地挣扎着,但他用力压着枕头。灯光渐暗至暗场。

【第一幕终。

第二幕

第一场

【一间监室。米哈尔坐在一把木椅上,一边拍着自己的双腿,一边听着邻室他弟弟卡图兰被酷刑折磨、时断时续的惨叫声。地上有一薄床垫、一条毯子和一个枕头。

米哈尔　"从前……在很远很远的地方……"(卡图兰又惨叫起来。米哈尔一遍遍模仿着惨叫声,直到惨叫声停止)"从前,在很远很远的地方,有一只小绿猪。他是绿色的。嗯……"(卡图兰又惨叫起来。米哈尔模仿着,直到惨叫声停止。他站了起来,踱步兜着圈)"从前,在很远很远的地方,有一只小绿猪……"是很远很远的地方吗?在哪儿呢?(停顿)是的,是很远很远的地方,他是一只小绿猪……(卡图兰又惨叫起来。这次米哈尔恼怒地模仿着)噢,闭嘴,卡图兰!我都想不起小绿猪的故事了,就听你不停地嚎!(停顿)接着小绿猪怎样呢?他……他对那人说,"你好……先生……"(卡图兰惨叫。米哈尔只是听着)哎,反正我没法像你那样讲故事。我希望他们快些,别再折磨你了。我听够了。这里真无聊。我希望……

【邻室的开门声。米哈尔听着。米哈尔监室的门被推开,血迹斑斑、奄奄一息的卡图兰被埃里尔扔了进来。

埃里尔 我们一会儿再来收拾你。我去吃个晚饭。

【米哈尔向他翘着大拇指。埃里尔走出监室锁上了门。米哈尔看着在地上抽搐的卡图兰。他走过去抚他的头,可只会笨拙地摸一下。他又回到椅子前坐下。

米哈尔 嗨。(卡图兰抬头看着他,他爬过来双手抱着米哈尔一条腿。米哈尔觉得不舒服,两眼瞪着卡图兰)你干吗?

卡图兰 我抱着你的腿。

米哈尔 噢。(停顿)为啥呀?

卡图兰 我不知道,我痛死了!我痛的时候我不能抱我哥哥的腿吗?

米哈尔 你当然可以抱,卡图兰。只是有点怪。

卡图兰 (停顿)你怎么样啊?

米哈尔 好极了。就是有点无聊。因为你叫得那么响。他们在干吗,拷打你?

卡图兰 是啊。

米哈尔 (喷嘴。停顿)痛吗?

【卡图兰放开米哈尔的腿。

卡图兰 米哈尔,如果不痛,那就不是拷打了,对吗?

米哈尔 对,我想是。

卡图兰 你痛吗?

米哈尔 我痛吗?

卡图兰 他们拷打你的时候?

米哈尔 他们没有拷打我。

卡图兰 什么?

【卡图兰开始从头到脚打量他,见他没有任何伤痕。

米哈尔 哦,没有,那人说他要拷打我,但我想,"那不行,小子,那多痛啊"，所以他要我说啥我就说啥，他没再找事儿。

卡图兰　可我听到你惨叫声。

米哈尔　是啊。他让我惨叫。他说我叫得真棒。

卡图兰　那他让你说啥你就说啥？

米哈尔　是的。

卡图兰　（停顿）你以你的生命向我起誓，你没杀害那三个孩子。

米哈尔　我以我的生命向你起誓，我没杀害那三个孩子。

【卡图兰舒了口气，重新抱着米哈尔的腿。

卡图兰　你签了你的名字吗？

米哈尔　嗯？你知道我不可以签名的。

卡图兰　那么，也许我们还能免于这项指控。

米哈尔　免于什么？

卡图兰　免于因杀害那三个孩子而被处死刑。

米哈尔　噢。免于因杀害三个孩子而被处死刑。那多好。怎样呢？

卡图兰　他们指控我们的唯一证据就是你的供词和他们说在我们家里发现的物证。

米哈尔　什么物证？

卡图兰　他们拿到这装了脚趾头的盒子。不，等等。他们说那是脚趾头。看上去不那么像。可能是别的东西。混蛋。（停顿）他们还说他们拷打了你，那家伙双手都是血。你不是说他根本没碰你吗？

米哈尔　是啊，他给了我一个火腿三明治。只是我得把生菜拿掉。没错。

卡图兰　让我想一下，让我想一下……

米哈尔　你喜欢想，对吗？

卡图兰　我们干吗那么傻呀？我们干吗要相信他们说的这一切？

米哈尔　为啥呀?

卡图兰　这不过是编故事。

米哈尔　我知道。

卡图兰　一个人进屋说"你母亲死了",对吗?

米哈尔　我知道我母亲死了。

卡图兰　不,我知道,可这是故事。一个人进屋对另一人说,"你母亲死了。"我们怎么知道?我们知道另一人的母亲死了吗?

米哈尔　知道。

卡图兰　不,我们不知道。

米哈尔　不,我们不知道。

卡图兰　我们唯一知道的就是一个人进屋对另一个人说"你母亲死了"。我们只知道这些。讲故事的第一规则。"别相信报上说的一切。"

米哈尔　我不读报。

卡图兰　好。你将永远比别人先行一步。

米哈尔　我觉得我肯定不明白你在说什么。但是,你很滑稽。

卡图兰　一个人走进屋来说,"你哥刚才供认杀了三个孩子,我们还在你家发现了装有其中一个孩子脚趾头的盒子。"我们怎么知道?

米哈尔　啊哈!我明白了。

卡图兰　我们怎么知道那哥哥是否杀了那三个孩子呢?

米哈尔　不知道。

卡图兰　不知道。我们怎么知道那哥哥是否供认杀害了三个孩子呢?

米哈尔　不知道。

卡图兰　不知道。我们怎么知道他们是否在他们家发现装了孩子脚趾头的盒子呢?不。我们怎么……哦,天哪……

045

米哈尔　怎样呢？

卡图兰　我们甚至不知道孩子们是否被杀。

米哈尔　报上说的。

卡图兰　谁管着报纸？

米哈尔　警察。噢。你真聪明。

卡图兰　哦，上帝。"极权国家的一个作家受到讯问，他小说中的恐怖情节与发生在他们城里的系列儿童虐杀案的手段极为相似。系列儿童虐杀案……实际上根本就没有发生。"我希望我现在手中有支笔。我可以就此写一篇精彩的小说，如果他们一小时后不枪毙我们。（停顿）不管他们怎样，米哈尔，不管怎样，你别在任何文件上签名。不管他们怎样对你，你别在任何文件上签名。你明白吗？

米哈尔　不管他们怎么整我，我不签名，随便他们怎么整我，我不签名。（停顿）我能签你的名吗？

卡图兰　（微笑）特别不能签我的名。特别不能签我的名。

米哈尔　"我杀了好多孩子。"签名：卡图兰·卡图兰。哈！

卡图兰　你胡说什么……

米哈尔　"这事儿跟我哥哥米哈尔无关，丝毫无关。"签名：卡图兰·卡图兰。哈！

卡图兰　我揍扁你……

米哈尔　别……

【卡图兰拥抱他。米哈尔也用力地回抱，碰痛了卡图兰的伤口。

卡图兰　啊，天哪，米哈尔！

米哈尔　对不起，卡图兰。

卡图兰　没事。（停顿）我们不会有问题，米哈尔。我们不会有事。我们会出去。只要我们俩一条心。

米哈尔 就是。今天我屁股痒极了。我不知道为什么。我们还有药粉吗?

卡图兰 没了。你用光了。你总这样。

米哈尔 嗯。可我们一时还不能回家,是吗?

卡图兰 是的。

米哈尔 那还得坐这儿让屁股痒。

卡图兰 是啊。不过,你要是不断提醒我,就能让我精神振奋。

米哈尔 真的?不,你在装傻。一个屁股能让你精神振奋,真的吗?

卡图兰 那就要看屁股了。

米哈尔 什么?傻屁。(停顿)反正它痒得要命。我要告诉你,我尽力不让它痒啊难受啊,你知道的,因为你在这里;可我要告诉你,哥们,它真痒。(停顿)我的屁股真痒。(停顿)卡图兰,讲个故事吧。让我忘掉我屁……

卡图兰 让你忘掉你屁股痒……

米哈尔 我屁股痒,是啊……

卡图兰 你想听啥故事?

米哈尔 嗯,《小绿猪》。

卡图兰 算了。那故事太傻了。

米哈尔 那故事不傻,很棒。《小绿猪》。我刚才还想背出来呢。

卡图兰 不,我讲个别的。我讲个什么呢?

米哈尔 讲个《枕头人》。

卡图兰 (微笑)为啥是《枕头人》?(米哈尔耸了耸肩)哎呀,这故事有日子没讲了,是吗?

米哈尔 是啊,这故事好像,有日子没讲了。

卡图兰 让我想想,怎么开头的……?

047

米哈尔　"从前"……

卡图兰　我知道,但我在回想这故事怎么开头的……

米哈尔　(不耐烦)"从前"……

卡图兰　好了,天哪。(停顿)从前……有一个人,长得跟正常人不一样。他有九呎高……(米哈尔抬头看着,轻轻地吹着口哨)他全身上下是松软的粉色枕头:他的胳膊是枕头,他的腿是枕头,他的身体也是个枕头;他的手指头是细细的小枕头,甚至他的头也是个枕头,一个圆形的大枕头。

米哈尔　一个圆枕。

卡图兰　一个意思。

米哈尔　可我喜欢"一个圆枕"。

卡图兰　他的头是一个圆枕。头上有俩纽扣眼睛,还有一张微笑的大嘴一直在微笑。所以你总能看到他的牙齿,他的牙齿也是枕头,小小的白枕头。

米哈尔　"枕头"。你的嘴笑起来就像那个枕头人。

【卡图兰傻呵呵地微笑了一下。米哈尔轻轻地抚着他的双唇和脸颊。

卡图兰　枕头人必须这个样子,他得让人感到温和与安全,因为这是他的工作。因为他的工作是很悲伤、很艰难的……

米哈尔　嗯,是这样。

卡图兰　每当一个男人或女人由于生活极其苦难而非常非常悲哀时,他们只想了断这生活,他们只想了断他们的生命,了断他们的痛苦,正当他们自杀时,用剃刀、用子弹或用煤气或……

米哈尔　或跳下什么高楼。

卡图兰　对。用他们喜爱的自杀方式——"喜爱"这个词应该不对,但不管怎样,正当他们自行了断时,枕头人会来到他们身边,坐在他们身旁,轻轻地揽着他们;他会说,"等一等",时间会奇怪地慢下来,当时间慢下的这会儿,枕头人便会回到那男子或那女子的童年时代,回到他们可怕的生活还不曾开始的时候;枕头人的工作是非常非常悲哀的,因为他的职责就是让孩子们自杀,以避免他们日后在经历了苦痛的岁月之后再走同样的路:对着煤灶,对着枪口,对着湖水。"可我从没听说过年幼的孩子会自杀。"你会这样说。而枕头人总是建议孩子们把自杀弄得像是不幸的事故:他会指给他们那种像装了糖豆一样的药瓶;他会告诉他们从两辆车之间突然窜出是多么危险;他会提醒他们怎样扎紧没有透气孔的塑胶口袋。因为对妈妈和爸爸的情感来说,五岁的孩子死于不幸的事故总要好过五岁的孩子为了逃避痛苦的生活而自杀。不过,并非所有的孩子都喜欢枕头人。有一个快乐的小女孩,就不相信枕头人。当枕头人告诉她生活的阴暗以及她面临的苦难时,她赶走了他,枕头人哭着走了,他滴下了一颗颗那么大的泪珠,积了一大摊水。第二天夜里又有人敲那女孩卧室的门,女孩说:"你滚开,枕头人,我告诉你了,我很快乐。我一直很快乐,我会永远快乐。"但这次不是枕头人;是另一个男人。女孩妈妈不在家,这个男人每当她妈妈不在家时就钻进她的卧室,不久,她变得很痛苦很痛苦;当她二十一岁坐在煤灶前时,她对枕头人说,"你为什么不想法子劝说我?"枕头人说,"我想尽了办法劝说你,可你那时实在是太快乐了。"当她把煤气阀开到最大时,她说,"可我一直不快乐。我一直不快乐。"

米哈尔 嗯,请你跳到结尾,好吗?这有点无聊。

卡图兰 米哈尔,这很粗鲁,真的。

米哈尔 哦。对不起,卡图兰。(停顿)可是请你跳到结尾,好吗?

卡图兰 (停顿)好吧……枕头人的结尾……听着,当枕头人成功时，一个孩子就悲惨地死去。而当枕头人失败时，一个孩子就活在苦难中，长大成人后依然过着痛苦的日子，然后悲惨地死去。枕头人，那么高大，那么松软，只能整天转来转去地痛哭，他的屋子里积满了一摊摊泪水，于是，他决定再做最后一次，就不做了。他去了一条清澈美丽的小河边，那儿令他想起过去……

米哈尔　我喜欢这……

卡图兰　他随身带了一小罐汽油，小河边有棵大垂柳，他坐在垂柳树下，他坐着等了一会儿，树下堆着所有的小玩具，还有……

米哈尔　你说都有哪些玩具。

卡图兰　有一辆小汽车、一只小玩具狗，还有一个万花筒。

米哈尔　一只小玩具狗？！它会叫吗？

卡图兰　它会什么？

米哈尔　它会叫吗？

卡图兰　呃……会叫。总之，不远处停着一辆小小的大篷车，枕头人听到开门声和脚步声，接着听到一个男孩说："妈妈，我去外面玩一会儿。"妈妈说："好的，儿子，别忘了回来吃点心。""我不会忘的，妈妈。"枕头人听到那孩子的脚步声越来越近，大垂柳树下站着的不是一个小男孩，是个枕头孩。枕头孩对枕头人说："你好。"枕头人对枕头孩说："你好。"他们俩玩了一会儿玩具……

米哈尔　玩小汽车、万花筒和那只会叫的小玩具狗。不过我敢说玩得最多的是那只小玩具狗，对吗？

卡图兰　枕头人告诉枕头孩他痛苦的工作和那些死去的孩子以及所有的那些事儿，小枕头孩一听就领会了，因为他是那么快乐的一个孩子，而且他一心一意想帮助别人，他把那罐汽油洒满全身，他那张微笑的嘴微笑着。枕头人两眼含着大颗的泪珠对枕头孩说："谢谢你。"枕头孩说："不用谢，你告诉我妈我不能去吃晚饭了。"枕头人撒谎说："好，我会的。"枕头孩划着了火柴，枕头人坐在那儿看着他自焚，当枕头人正要隐去时，他最后一眼看到的是枕头孩那张微笑的嘴渐渐变为灰烬，只剩下虚空。这是他看到的最后一眼。而他最后听到的是他从未想到的声音。他最后听到的是那数千个在他帮助下自杀了的孩子们的惨叫声，他们现在又活了过来而不得不忍受他们命中注定的冷酷黑暗的生活；由于他无法再帮他们避免这种苦难，他们当然只能孤独地自我虐杀，所以他们在悲苦地号叫。

米哈尔　嗯。（停顿）我还不理解这结尾，呵，于是枕头人就消失了？呵。

卡图兰　他就消失了，是的，就像他从未存在过。

米哈尔　消失在天空中。

卡图兰　消失在天空中。消失在所有的地方。

米哈尔　消失在天堂。

卡图兰　不。消失在所有的地方。

米哈尔　我喜欢枕头人。他是我的最爱。

卡图兰　我承认，这故事悲观了点。现在你屁股痒得好些了吗？

米哈尔　好些了，不过你提醒了我！哎哟！（扭动着）嗯。可我还是猜不出。

卡图兰　猜不出什么？猜不出《枕头人》？

米哈尔　不是。我觉得我藏得很好。

卡图兰　什么藏得很好？

米哈尔　那装男孩脚趾头的盒子。我觉得我藏得非常好。我是说，起初我把它藏在抽屉里我的袜子和裤子底下，不过，这样藏不好，因为后来脚趾头开始发臭了；于是我就把它们藏到阁楼上圣诞树盆的土里，因为我知道我们很久才会把圣诞树盆拿出来，总要等到圣诞节，这样就有足够时间让它们烂掉。它们已经开始烂了。你看到它们烂了吗？（卡图兰点头，已面无血色）他们一定用了警犬或啥东西。你知道那些警犬吗？他们一定用了警犬。因为，他们没别的法子，我藏得太棒了。圣诞树的盆底。你每年只用一次。

卡图兰 你刚对我说过……你刚对我说你没碰那些孩子。你在撒谎。

米哈尔 不，我没撒谎。我只是告诉你，那人进来说他要拷打我，除非我说我杀了那些孩子，所以我说我杀了那些孩子。那并不是说我没杀那些孩子。我杀了那些孩子。

卡图兰 你对我发过誓，以你的生命，你没有杀那些孩子。

米哈尔 噢。瞧你，"你对我发过誓，以你的生命，你没有杀那些孩子。"没错，我是跟你逗着玩的。对不起，卡图兰。（卡图兰退后几步，倒在床垫上）我知道这样是错的。真的。可那真是有趣。那小男孩跟你说的一模一样。我割掉他的脚趾头，他喊都没喊一声。他就坐那儿看着它们。他好像很吃惊。我猜想你也会的。他叫艾伦，戴着一顶滑稽的小帽，不停地说起他的妈妈。天哪，他流了那么多血。你不会想到这么个小男孩会流出那么多的血。后来，他不再流血了，脸也发青了。可怜的小东西。这时我感觉很糟，可他似乎挺好。"请问，我现在可以回家去看妈妈了吗？"可那女孩真是麻烦，眼睛瞪得大大的。她不愿意吞下去。她不愿意吃那些苹果人，我费了好一阵子才让她咽下去。把剃刀片塞在苹果人肚里真不容易。你在故事里没提到怎么弄，对吗？我试过。反正，我硬是让她吞了下去。只吞了两个。真没劲，不过，至少让她闭上了嘴。（停顿）把衣服扔掉真是难，都是血，对吗？第二天得洗衬衫。真费时间。你会知道的。（停顿）

卡图兰？（停顿）如果你愿意，我来替你洗。我有经验了。

卡图兰 （停顿。轻声地）你为什么要那样做？

米哈尔 嗯？你嘟哝什么。

卡图兰 （流泪）你为什么要那样做？

米哈尔 别哭，卡图兰。别哭。

【米哈尔上前欲抱住他，卡图兰厌恶地后退。

卡图兰 你为什么要那样做？

米哈尔 你知道的。因为你告诉我那样做。

卡图兰 （停顿）因为我什么？

米哈尔 因为你告诉我那样做。

卡图兰 （停顿）我记得我告诉你按时完成家庭作业。我记得我告诉你每天晚上刷牙……

米哈尔 我是每天晚上刷牙……

卡图兰 我记得我从未告诉你去劫持儿童并残杀他们。

米哈尔 我没有残杀他们。"残杀他们"像是……（米哈尔模仿残忍的砍杀动作）我只是……（米哈尔模仿轻快地切割脚趾头，然后将脚趾头优雅地抛在一边）还有……（模仿将两个苹果人塞入一张小嘴，然后吞下）"残杀他们"，这说得过分了。如果你没告诉我，我不会干的，所以你别装得那么无辜。你给我讲的每个故事中都有人遭受了可怕的事儿。我只是证实它们是否真实。因为我总觉得它们有些不真实。（停顿）你知道怎样？它们没那么不真实。

卡图兰 你为什么从不模仿那些美好的事情呢？

米哈尔 因为你从来没写过美好的事情。

卡图兰 我写了许多美好的事情。

米哈尔 唉，没错，好像，两个。

卡图兰 不止。现在我来告诉你你为啥不模仿那些美好的事情，好吗？

米哈尔　好。

卡图兰　因为你是个弱智变态的施虐狂，你虐杀儿童来取乐，即使我写的所有故事都是世间最美好的事情，结果还是一个样。

米哈尔　那……就不知道了，对吗，你从来没写过。（停顿）我杀这些孩子也没啥快乐。很麻烦。特费时间。我也不存心杀他们。我只是想割下一个孩子的脚趾头，把剃刀片塞到另一孩子的喉咙里。

卡图兰　你想对我说你不知道割掉那个男孩的脚趾头和把剃刀片塞进那女孩的喉咙会把他们弄死？

米哈尔　嗯，我现在知道了。（卡图兰双手抱头，试图想出个法子来）那个打手显然同情我。他似乎同意这都是你的错。主要是你的错。

卡图兰　（停顿）你跟他说了什么？

米哈尔　只说了实话。

卡图兰　具体哪些实话？

米哈尔　就那些，你知道的，我对那些孩子干了你写的和给我读的故事中的那些事儿。

卡图兰　你对警察说了那些事儿？

米哈尔　嗯。你知道的，全是实话。

卡图兰　那不是实话，米哈尔。

米哈尔　是，是实话。

卡图兰　不，不是。

米哈尔　那，你有没有在故事中写虐杀孩子？

卡图兰　有，但是……

米哈尔　你有没有对我读过？

卡图兰　有……

米哈尔 好,我是否在外面虐杀了几个孩子?(停顿)回答是,"是的,我是干了。"所以,我不明白为啥"这不是实话"。更别说"弱智变态的施虐狂"。我是说,你是我弟弟,我爱你,但是你知道,你刚刚用二十分钟时间给我讲了一个家伙的故事,这家伙生活中的目标就是摆弄那一帮小孩子,最起码,把他们挑动起来。所以,你知道吗?而他是一个英雄!我不是批评他。他是一个非常出色的人物。他是个非常非常出色的人物。他提醒了我许多我的事儿。

卡图兰 他怎么提醒了你许多你的事儿?

米哈尔 你知道的,把孩子弄死。就这事儿。

卡图兰 米哈尔,枕头人从未杀过任何人。所有那些死去的孩子将会生活在地狱般的痛苦中。

米哈尔 你说得对,所有那些孩子都将生活在地狱般的痛苦中。你也能让他们免受苦难。

卡图兰 并不是所有孩子都将生活在地狱般的痛苦中。

米哈尔 嗯,唔。你童年时,是否过着痛苦的生活?是的。嗯,我童年时,是否过着痛苦的生活?是的。这两人中就有两人了。

卡图兰 枕头人是思想深刻的君子,他痛恨自己的所作所为。而你恰恰相反,在各个方面。

米哈尔 好吧,你知道我不擅长相反,但我想我懂你说的话。谢谢。(停顿)卡图兰,《枕头人》是个好故事。是你最好的一个。你知道吗,我想有一天你会成为著名作家,老天保佑你。我能看到。

卡图兰 我会成为著名作家,啥时候?

米哈尔 会有一天的,我说过了。

卡图兰 他们就要在一个半小时后处决我们。

055

米哈尔　哦,是的。那么,我猜想你成不了著名作家了。

卡图兰　现在,他们要毁掉一切。他们要毁掉我们,他们要毁掉我的小说。他们要毁掉一切。

米哈尔　不过,卡图兰,我觉得我们应该担忧的是我们。不是你的小说。

卡图兰　哦,是吗?

米哈尔　是啊。那些小说就是些纸。

卡图兰　(停顿)它们就是什么?

米哈尔　它们就是些纸。

【卡图兰将米哈尔的头按到石头地面上撞了一下,米哈尔摸着流血的脑袋,显得吃惊大于疼痛。

卡图兰　如果他们现在过来说:"你,你哥和你的小说这三样中,我们现在要烧掉两样。"我会让他们先烧了你,再让他们烧了我,让他们留下我的小说。

米哈尔　你把我的头往地上撞。

卡图兰　我注意到了。

米哈尔　(哭着)你把我的头往地上撞!

卡图兰　我说了,我注意到了。

米哈尔　你就像妈和爸!

卡图兰　(大笑)再说一遍?!

米哈尔　你就像妈和爸!打我,骂我!

卡图兰　我就像妈和爸?那让我来说……

米哈尔　哦,别再说……

卡图兰　妈和爸将他们的大儿子关在一间屋里整整虐待了七年,而你的残杀使一个男孩流血致死,使一个女孩割喉致死,天知道另一个女孩怎样,你不像妈和爸;我不过把一个混账白痴的头往地上撞一下,我就像妈和爸了。

米哈尔 是,就是,就是。

卡图兰 米哈尔,我明白了你的逻辑。我明白了你的理由。

米哈尔 好。你应该明白。

卡图兰 我要告诉你,如果爸妈现在看到你,我想,看到你成为那样的儿子,他们会很快乐,很自豪。

米哈尔 别说……

卡图兰 真的很自豪。你是他们活脱脱的翻版。也许你应该在这里长一撮山羊胡,戴副眼镜,就像他……

米哈尔 别说了!

卡图兰 或者戴上一大串钻石项链,像她那样。这样说话,我的儿子……

米哈尔 别再说了,要不我杀了你!!!

卡图兰 你杀不了我,米哈尔。我不是七岁。

米哈尔 我不像他们。我不想伤害任何人。我只是照你的故事去做。

卡图兰 你把第三个女孩怎样了?

米哈尔 我不说,我不告诉你。你伤了我的心。弄伤了我的头。

卡图兰 等他们对你下手,你立马开口。

米哈尔 我顶得住。

卡图兰 你连这都顶不住。

米哈尔 (低声)你不知道我能顶住什么。

卡图兰 (停顿)我想我不知道。

米哈尔 刚才听你在隔壁惨叫时,我想那几年你一定也是这样听着。不过,让我告诉你,你这边要容易得多。

卡图兰 我知道。

米哈尔 你不过经受了一个小时,你就在这叫冤叫屈、垂头耷脑。要是天天这样呢。

057

卡图兰 这不能成为任何理由。

米哈尔 这就是你谋杀两个人的理由。为什么不能成为我杀两个人的理由？

卡图兰 我杀了两个折磨自己孩子达七年之久的施虐狂。你杀了从未折磨过任何人的三个孩子。这是不同的。

米哈尔 你相信他们没折磨过任何人，那个剃刀片小女孩好像也是个小坏蛋，我肯定她至少折磨过蚂蚁。

卡图兰 你怎么杀的第三个女孩？米哈尔，我必须知道。她也死得像故事里一样吗？

米哈尔 嗯。

卡图兰 哪个故事？

米哈尔 你会生气的。

卡图兰 我不会生气。

米哈尔 你会不开心。

卡图兰 她像那个故事？

米哈尔 像，嗯……她像在，嗯……《小基督》里。《小基督》。

【卡图兰瞅了米哈尔片刻，双手蒙住自己的脸，他眼前浮现了故事中的可怕情节，他渐渐哭出声来。米哈尔走上前去想说又说不出，卡图兰轻声地哭着。

卡图兰 为什么是那个故事？

米哈尔 （耸肩）一个好故事。你是个好作家，卡图兰。别让任何人失望。

卡图兰 （停顿）你把她扔哪儿了？

米哈尔 就在埋我爸妈的地方。在希望井那儿。

卡图兰 （停顿）那可怜可怕的事儿。

米哈尔 我知道。那很可怕。

卡图兰 嗯，我想你弄得很快。

米哈尔　快极了。（卡图兰又哭起来,米哈尔用手拍着他的肩膀）别哭了,卡图兰,没事。

卡图兰　怎么没事？怎么还会没事？

米哈尔　我不知道。这就像你常说的,对吗？"没事"。因为这不会没事儿。几分钟后他们就会过来处死我们,对吗？这并不是没事儿,对吗？这好像是没事儿的反面。嗯。（停顿）他们把我们分开处死呢还是一起处死？我希望我们死在一起。我不要一个人分开死。

卡图兰　我啥也没干!

米哈尔　又来了,别再提了,不然我跟你急。就算他们分开处决我们,他们一定把我们埋在一块儿,省得挖两个坑,我讨厌一个人埋在那儿。那太可怕了。孤零零一个人在地下,呃!但至少,不管发生什么,我们会在天堂相聚。和上帝一起度日。彼此彼此。

卡图兰　米哈尔,你会去哪个特别天堂？儿童杀手的天堂？

米哈尔　不是,精灵鬼,不是儿童杀手的天堂。一般的天堂。电影里的那种。

卡图兰　你想知道你死后会去哪儿吗？

米哈尔　去哪儿？你可别因为心情不好就说那可怕的地方。

卡图兰　你要去一个小树林中一座小屋中的一间小房,从此以后,一个叫妈和一个叫爸的人将照看你,他们就像过去对你那样来照看你,不过这次我没法再来救你,因为你我去的不是一处,因为我从未虐杀过任何孩子。

米哈尔　这是任何人对别人说的最恶毒的事儿,从现在起我永远永远不理睬你了。

卡图兰　好。那就让我们安静地坐在这儿等待他们来处决我们。

米哈尔　我听到过的最恶毒的事儿!我告诉过你不要说任何恶毒

059

的事儿。我说："别说任何恶毒的事儿。"你说了什么？你说了什么？你还是说了恶毒的事儿。

卡图兰 我过去那么爱你。

米哈尔 （停顿）你什么意思，"过去"？这比你说过的那恶毒的事儿还要恶毒，而你说过的那恶毒的事儿是我听到过的最恶毒的事儿！天哪！

卡图兰 那就让我们安静地坐在这儿。

米哈尔 我是想安静地坐在这儿。你不停地说恶毒的事儿。（停顿）你没说吗？（停顿）我说了，你没说吗？哦，这就是所谓安静地坐在这儿吗？好。（停顿。米哈尔挠着他的屁股。停顿）不过，我还有一事儿要跟你挑明，真的。就是我之前读过的一篇垃圾故事。一篇名叫《作家和他的哥哥》的垃圾故事，故事就叫这名字，这是我读过的最垃圾的东西。

卡图兰 我没给你看过这故事，米哈尔。

米哈尔 我知道你没给我看过。但无论怎样，它就是垃圾。

卡图兰 看来我上班时，你一直在我房间里窥探。

米哈尔 你上班时我当然在你房间里窥探。你以为我在你上班时做什么？

卡图兰 我以为你在残杀婴儿。

米哈尔 噢？没错，在我残杀婴儿以外的时间里我就窥探你的房间。发现那些连结尾都不真实的蠢得要死的故事。那一个结尾尤其愚蠢。我死了而妈和爸却活着。那个蠢得要死的结尾。

卡图兰 现在傻瓜兼杀人狂正向我传授写作技巧。

米哈尔 你为什么不写真实生活中那样皆大欢喜的结尾？

卡图兰 真实生活中没有皆大欢喜的结尾。

米哈尔 什么？我的故事就是一个皆大欢喜的结尾。你过来救了我，你杀了爸和妈。这就是一个快乐的结尾。

卡图兰 然后又怎样呢？

米哈尔 然后你把他们埋葬在希望井的后面，在他们身上撒了些石灰。

卡图兰 我在他们身上撒了石灰。"在他们身上撒了些石灰。"我在干吗，在他妈的拌一盘色拉？然后又怎样？

米哈尔 然后又怎样？然后你把我送到学校，我开始学习，那是好事儿。

卡图兰 然后发生了什么？

米哈尔 然后发生了什么？（停顿）当我赢了铁饼比赛时？

卡图兰 然后大约在三个礼拜前发生了什么？

米哈尔 哦。然后我对几个孩子下了手。

卡图兰 然后你对几个孩子下了手。那还是一个快乐的结尾吗？然后你被抓住被枪决，被你连累的兄弟也被枪决，他什么也没干。那还是一个快乐的结尾吗？还有，等等，你啥时候赢过铁饼比赛？铁饼比赛你是第四名！

米哈尔 我们说的不是……

卡图兰 铁饼比赛四个人中你得第四！你还"在我赢得铁饼比赛时"！

米哈尔 我们说的不是我在铁饼比赛中的输赢，我们在说该有一个什么样的快乐结尾！我赢了铁饼比赛，这就是一个快乐结尾，明白吗？在你无聊的故事中，我死掉，尸体在野外烂掉，就不是一个快乐的结尾。

卡图兰 那就是一个快乐的结尾。

米哈尔 （几乎流泪）什么？我死掉，尸体在野外烂掉，那是一个快乐的结尾？

卡图兰 你死的时候手里还拿着什么？一篇故事。一篇比我的任何故事都要精彩的故事。看，《作家和他的弟弟》……你是作家。我是作家的弟弟。那是为你写的一个快乐结尾。

米哈尔 可我死了。

卡图兰 它不在于死或不死。它在于你留下了什么。

米哈尔 我不明白。

卡图兰 就像现在，我不在乎他们是否杀我。我不在乎。但他们不能毁了我的小说。他们不能毁了我的小说。这些小说是我唯一的所有。

米哈尔 （停顿）你有我呢。（卡图兰注视了他片刻，然后悲哀地看着地面。米哈尔泪流满面地转过脸去）好吧，不过，我们说好，你得改写《作家和他的哥哥》，故事结尾时我活着，爸和妈死掉，我赢了铁饼比赛。那就可以了。你应该把原来的故事烧掉，那样就没人读到也不会觉得我死掉的故事是正常的。应该烧掉它。

卡图兰 好，米哈尔，我按你说的做。

米哈尔 真的？

卡图兰 真的。

米哈尔 哇。酷。那就简单了。你知道，那样的话，你应该烧掉你好多篇小说，因为其中一些故事，我不是开玩笑，有些故事真的很恶心。

卡图兰 米哈尔，我们干吗不一把火全烧了它们呢？省得花许多时间来挑出恶心与不恶心的故事。

米哈尔 不，不，那太傻，不能全烧。只烧掉那些唆使人们去杀孩子的故事。挑出那些不唆使人们去杀孩子的故事用不了多少时间，因为你只有两篇小说没有唆使人们去杀孩子，对吗？

卡图兰 哦，真的吗？

米哈尔 真的。

卡图兰　哪两篇小说呢？我写的四百多篇故事中哪两篇能使你行善救人呢？

米哈尔　嗯，关于小绿猪的那篇，那篇很好。那篇不会让人去谋杀任何人，真的……而且……（停顿）而且……我觉得就是这篇故事，确实这样。《小绿猪》的故事。

卡图兰　就是这篇？

米哈尔　是。我是说，如果你希望安全的话。我是说，你有些故事会让人去伤害人，不是真的杀害他们，但是，你知道，如果你要安全的话，那就是《小绿猪》的故事。它也许会让什么人去把别人漆成绿色，或别的颜色，哈！但不会干别的。

卡图兰　问题不在这里，事实上你选择模仿这三个最可怕的故事正巧是你需要选择它们来实施你的杀人动机。这三个故事并非你偶然读到并模仿它们，它们只是最透彻地迎合了你凶残的杀人心理。

米哈尔　那又怎样，我就选择不到比这三个更可怕的故事了？那《地下室的人脸》呢？割下他们的脸，把脸放一罐中，藏在地室楼梯的顶层？或者《莎士比亚的居室》？老莎士比亚和锁在箱子中的黑人小仙女，每当他要她写一部新剧时，就用刀杖捅她一刀？

卡图兰　那些剧作并不全都是他自己写的。

米哈尔　但你明白我的意思吗，卡图兰？它们都很恶心。你挑不出一个不那么恶心的故事。

卡图兰　可为啥就一定是《小基督》呢？

米哈尔　噢，卡图兰，事情做了就做了，无法倒转。够了！我有点困，我现在小睡一会，没准能忘掉我的屁股，它现在痒得要死，我都没跟你说。

【米哈尔在床垫上躺下。

卡图兰　你要睡觉?

米哈尔　嗯。

卡图兰　可他们就要来拷打和处死我们。

米哈尔　一点没错,所以这可能是我们能睡的最后一觉。(停顿)没准是我们睡的最后一觉。那不是太可怕了?我喜欢睡觉。你说天堂的人睡不睡觉?他们最好是睡的,不然,我可不去。(停顿)卡图兰?

卡图兰　怎么啦?

米哈尔　给我讲个故事。

卡图兰　你不是要烧掉我所有的故事嘛。

米哈尔　给我讲个小绿猪的故事。这个别烧掉,给我讲这个。讲这个我就饶恕你。

卡图兰　饶恕我什么?

米哈尔　饶恕你说的那些恶毒的事儿,妈和爸在小树林里管我一辈子没人来救我。

卡图兰　(停顿)我忘了它的开头,《小绿猪》……

米哈尔　你不会忘的,来吧,卡图兰。第一个词是"很久",第二个词还是"很久"。第三个词是……哦,亲爱的,第三个词什么来着?

卡图兰　你还是有点小聪明,对吗?

米哈尔　呵,"以前"是第三个词,我想起来了。"很久很久以前……"

卡图兰　好吧。躺躺好……(米哈尔挪了挪身子,枕头靠在他的头边)很久很久以前……

米哈尔　这很像过去的日子。过去温暖的日子。故事……

卡图兰　很久很久以前,异乡的土地上有一个农庄,非常遥远……

米哈尔　非常遥远……

卡图兰　那儿生活着一只小猪，他同猪群中别的猪都不一样。

米哈尔　他是绿色的。

卡图兰　你来讲还是我来讲？

米哈尔　对不起。你讲，我堵住嘴，嘘。

卡图兰　他同猪群中别的猪都不一样，因为他是鲜绿色。几乎闪着深绿的光泽。

米哈尔　闪着深绿的光彩。就像火车隧道里的油漆，就像火车隧道里那种闪着深绿的光泽？

卡图兰　是的。

米哈尔　是的。

卡图兰　现在我们是打断呢，还是边听边睡呢？

米哈尔　我们边听边睡。

卡图兰　那好。小猪，非常喜欢他的绿色。他并不讨厌正常的猪的颜色，他觉得粉红色也挺好，但他喜欢自己的颜色，他喜欢有些不同，有些特别。可是，其余的猪不喜欢他的绿色。他们很嫉妒，总是欺负他，让他受罪……

米哈尔　受罪……

卡图兰　猪们没完没了的抱怨惹恼了农夫们，于是他们……

米哈尔　对不起，卡图兰，"惹恼"什么意思？

卡图兰　没事。就是惹他们生气的意思。

米哈尔　（呵欠）惹他们生气……

卡图兰　这惹恼了农夫们，他们想，"唉，这事我们得想想法子。"于是一天夜里，当所有的猪都在野地里睡觉时，农夫们溜出屋子，抓住了那只小绿猪把他弄到猪棚里，小绿猪尖叫着，其余的猪都嘲笑着他……

米哈尔　（轻声）这帮畜牲……

卡图兰　农夫们把小猪弄进猪棚后，打开了一个巨大的漆桶，桶里盛着非常特别的粉色漆。他们把小猪浸在漆中，直到把他从头到脚都漆遍，不剩一点绿色，然后把他拴住，直到晾干了他身上的油漆。这种粉色漆的特点是永远洗不掉也永远盖不住。小绿猪说（猪的声音）："求求你，上帝，别让他们弄得我跟别人一样。我喜欢有点不同。"

米哈尔　"我喜欢有点不同。"他对上帝说。

卡图兰　可这时已经太晚，油漆干了，小猪被放回野地里的猪群，在他穿过猪群，坐到他最喜欢的一小块绿草地上时，所有粉色的猪都嘲笑着他。他想弄明白上帝为啥没听进他的祈祷，可他弄不明白，他哭着哭着就睡着了，他那么多的泪水也洗不掉那可怕的粉色油漆，因为……

米哈尔　他永远洗不掉也永远盖不住。

卡图兰　正是那样。他睡着了。但是那天夜里，当所有的猪们都在熟睡时，那些稀奇古怪的乌云开始聚集到他们的头顶，接着下起了暴雨，雨越下越大，越下越大。可这雨不是普通的雨，这是非常特别的绿色的雨，像油漆一样的稠，它的特点是永远洗不掉也盖不住。它永远洗不掉……（卡图兰看着米哈尔。他睡着了。卡图兰轻声地继续述说故事）……也永远盖不住。当早晨来临时，雨已经停了，所有的猪都醒了过来，他们发现自己每一个都成了鲜绿色。每一头猪都是绿的，只有原来的那头小绿猪，现在成了小粉猪，因为奇怪的雨洗不掉也盖不住农夫们早先给他漆的粉色的漆。"无法油漆的"。（停顿）当他看着四周奇怪的绿色猪群的海洋时，看到大多数猪儿们像婴儿一样地痛哭流涕时，他微笑了，他感谢仁慈的上天，感谢上帝，因为他知道他仍然，像过去一样，稍稍地与众不同。（停顿。卡图兰听着米哈尔的熟睡声，轻轻地抚着他的头发，片刻）米哈尔，你喜欢这故事，对吗？（停顿）你一直就喜欢这故事。它里面没有脚趾头……它里面没有剃刀片。很美的故事。（停顿）也许你本该模仿这个故事。（停顿）这不是你的错，米哈尔。这不是你的错。（停顿。流泪呜咽）甜蜜的梦，孩子，我很快就会来了。（卡图兰拿起枕头，用力地压住米哈尔的脸。当米哈尔开始挣扎时，卡图兰骑在米哈尔的胸前双腿压住他的双臂，双手仍然紧按着枕头。一分钟后，米哈尔的挣扎减弱了。又一分钟后，米哈尔死去。当卡图兰确信米哈尔已死去，他拿开枕头，俯身吻了米哈尔的唇，痛哭着，用手轻轻合拢米哈尔的双眼。他走到门前，用力摇动铁栅门）警官？！（停顿）警官？！我要供认我参与谋杀六人的罪行。（停顿）我有一个条件。（停顿）关于我的小说。

【暗场。

【幕间休息。

第二场

【卡图兰讲述故事,小女孩和父母表演。同一对夫妇,从亲生父母变为养父母,服装稍变。】

卡图兰 从前,在不远的地方住着一个小姑娘,虽然疼爱她的父母在对她的教养中并没有宗教上的严厉苛求,她却笃信自己是耶稣基督的第二次再生。(女孩戴上一撮假胡子,套上一双拖鞋,四处为人们祝福、祈祷)六岁的孩子这样行事好生奇怪。她戴上一撮假胡子,套上一双拖鞋,到处祈祷祝福。她总在访贫问苦,安抚乞讨者、酒鬼和吸毒上瘾者,六岁的她总同那些她父母觉得不该来往的人混在一处。每次她父母把她从那些人中拉回家后她总会跺脚、尖叫、摔她的玩具;她的父母就会说……

父母 基督从来不会跺脚、尖叫、摔他的玩具。

卡图兰 她回答说:"那是老基督!懂吗?"一天,小姑娘又溜了出去,可怕的是整整两天她父母找不到她的踪影,直到一位陌生的教士恼怒地打来电话,"你们最好到教堂来。你女儿在这里胡闹。开头还好,现在开始撒野了。"(善良的父母微笑着,灯光渐暗)听到她还平安地活着,她父母如释重负,别的都不计较了。父母二人急急忙忙开车去接她,匆忙中撞上了一辆装肉的大卡车,两人头破血流地死去。(灯光照着血泊中这对善良的夫妇）小姑娘听到这个消息,只流了一滴眼泪。她没有第二滴眼泪,因为她觉得如果基督的父母在车祸中丧生也会这样;政府用船把她送往居住在森林中的养父母住处……（邪恶的养父母上,牵着女孩的手,紧紧地拉着）这对凶狠的夫妻……在向政府申请的表格中隐瞒了他们的虐童前科;他们恨宗教,恨基督,恨任何人,事实上他们也没恨任何人,就是恨这个小姑娘。（养父母扯下她的胡子扔在地上）小姑娘以一颗快乐的心容忍了他们的仇恨,她宽恕了他们,但这似乎毫无用处。当她坚持在礼拜天去教堂时,他们夺走她的拖鞋,让她赤脚踩着石子和碎玻璃的路去教堂;她几小时地跪在教堂里,祈求天父宽恕她的养父母,教堂的地面上到处流着她脚上的鲜血。他们不说定时间,但她回去晚了要挨打;把饭分给穷苦同学吃要挨打;为那些丑孩子叫好要挨打;跟麻风病人来往要挨打。她的生活就是不断地被折磨虐待,但她微笑着忍受并变得越来越坚强,直到有一天,她遇到一位在路边乞讨的瞎子……（卡图兰扮作瞎子。她将尘土与唾沫擦在他的眼皮上）她将一点尘土与她的唾沫拌在一起抹在他的眼睛上。瞎子向警察告发了她。当她的养父母将她从警察局领回家后,他们说……

养父母 你要像基督一样,对吗?

卡图兰 她说,"你们总算明白了!"（停顿）他们瞪了她片刻。开始折磨她。（骇人的情景在舞台上展现）养母将一顶铁丝缠绕的荆棘头冠箍在小姑娘的头上,而养父用一根九尾鞭抽打她。两小时后,当她苏醒过来,他们问她……

养父母 你还要像基督一样吗?

卡图兰 她虽然流着泪,但她说,"是的,我还要。"（养父母将一具沉重的十字架放在她背上。她背负着它痛苦地挪动着步子）于是,他们强迫她背着一具沉重的木十字架在客厅里走一百圈，直到她腿弯胫折无法动弹，只能盯着自己那双已经麻木的细腿，他们问她……

养父母 你还要像基督一样吗？

卡图兰 她几乎晕厥了，但她强忍自己的虚弱，直视着他们的眼睛，她说："是的，我还要。"他们把她双手用钉子钉在十字架上，再把她双腿朝右弯后把她双脚也钉在架上。然后他们把她和十字架竖起靠在后墙上。他们开始看电视。当看完所有的节目，关了电视机后，他们操起一把磨得锋利无比的匕首走到她面前问道……

养父母 你还要像基督一样吗？

卡图兰 小姑娘强咽泪水，深深地吸了口气，说，"不要了，我不要像基督一样，我就是基督！"（停顿）养父母将那把匕首刺入她的体侧……（两人作此状）……他们扔下将要死去的她，自己去睡了。（女孩的头慢慢垂下，闭上了双眼。清晨的曙光，养父母上）早晨，他们十分惊奇地发现小姑娘还没有死……（女孩缓缓地睁开双眼，向他们点头问好。他们轻轻地将女孩从十字架上放下。她摸着他们的脸好像是她宽恕了他们。他们将她放入一个玻璃棺材然后封上了棺盖）于是他们把她从十字架上放下来，放入一个玻璃棺材，活埋了她，留了能让她再活三天的空气……（他们将土铲在棺材盖上）在地下的她听到了她养父母最后的声音，他们喊道……

养父母 嘿，如果你是基督，三天后你就能爬出来，你会吗？

卡图兰 小姑娘想了一会儿，对自己微笑着，她轻轻地说，"我会的，我会的。"（停顿）于是，她等啊。等啊。等啊。（当女孩缓缓地用手指抠着棺盖时，照着棺材的灯光渐暗。卡图兰走上前来）三天后，一个走过树林的汉子被一座小小的新坟绊倒，可这汉子是个瞎得厉害的盲人，他爬起来继续往前走，没有听到他身后一具尸骨在抠挖棺盖的可怕声响,悲哀的抠挖声渐渐逝去,永远消失在这空旷、阴霾、荒凉的树林里那暗黑暗黑的深处。

【暗场。

【第二幕终。

第三幕

【审讯室。卡图兰匆匆写下一篇长长的认罪书。他将第一页递给端坐着的图波斯基。埃里尔站在一旁,抽着烟。

图波斯基 "我供认我参与谋杀六人的罪行;其中三人被杀是我的个人行为,另外三人是被我和我哥哥模仿我所写的一系列残忍而变态的小说的内容所杀。"括号,"附上相关小说",括号。(停顿)"我最后谋杀了我哥哥,米哈尔……"没错,谢谢你,卡图兰。不然,我们将永远无法给你定这项谋杀案。"用枕头压住他的头……"等等,等等,等等……"让他免受遭到处决的恐惧与折磨……"等等,等等,等等。关于他是如何热爱他哥哥的话。是的,你确实展示了这一情感。"在最后的这次谋杀之前我还谋杀了一个哑巴小女孩,大约三天前。我不知道她的姓名。这小女孩……是……"

埃里尔 (停顿)这小女孩怎样?

图波斯基 在这一页的结尾。

埃里尔 写快些。

图波斯基 写快些。(停顿)或"快点写"?"写快些。""快点写。"

埃里尔 是"写快些"……

图波斯基　是"写快些"。

【埃里尔扭着脖子，倒看着卡图兰写的第二页。卡图兰几乎本能地用手捂住他写的内容。埃里尔在他后脑上扇了一巴掌。

埃里尔　你他妈的不是在考试！

卡图兰　对不起……

【埃里尔从他肩后看着他写的内容。

埃里尔　"按照一篇叫《小基督》的故事里的方式……杀害的。"哪篇叫《小基督》？我没见到那篇……

图波斯基　什么？

【埃里尔翻找着纸箱中的稿件，他找出了《小基督》的故事。

埃里尔　他说他们像《小基督》的故事里那样杀害她的。你看这篇故事了吗？

图波斯基　（厌恶、悲哀地）我看了。（埃里尔开始读那篇故事。卡图兰瞥了一眼图波斯基，图波斯基盯视他的眼神令他惊恐。把认罪书的第二页递给图波斯基之后，他继续写着）你把她的尸体放在何处？

卡图兰　我画了张地图。在卡梅尼斯森林我们家后院约一百码外有一口许愿井。她的尸体就埋在那口井的后面。同另外两人埋在一处。两个成年人。

图波斯基　哪两个成年人？

卡图兰　我正在写。

【图波斯基查看他的手枪，卡图兰留意到了，但继续写着。

图波斯基　（对埃里尔）你看到哪了？

埃里尔　"她会戴上一撮胡子并穿着拖鞋四处走动。"

图波斯基　埃里尔，如果你读故事只是为了发现一个孩子如何被谋杀，干吗不直接跳到故事的结尾？

埃里尔　哦。对。

图波斯基　比如，跳到"荆棘头冠"或者"背着十字架在屋内兜圈直到两腿弯折"那一段，或者后面紧接的一段。（停顿）我得让他们派法医去，把尸体弄回来。

【图波斯基手持卡图兰画的地图下。读完故事的埃里尔开始无声地流泪哭泣。卡图兰看了他片刻，又继续写认罪书。埃里尔坐着，神态厌恶至极。

埃里尔　这世上怎么会有你这种人？（卡图兰写完一页，又开始另一页。埃里尔读着第一页）"我按住他，我哥把他的脚趾头切下来，这法子来自小说《河边小城》的故事。附上小说。"（停顿）"我按住她，他逼着她吞下两个肚里塞了剃刀片的小苹果人，这法子来自小说《小苹果人》。附上小说。"（停顿）你真的以为你死后我们不会烧掉你所有的故事吗？

卡图兰　我按照我的许诺，如实地供认了一切罪行。我相信你们会按照你们的许诺，保存好我的小说和档案，在我死后五十年内不予泄露。

埃里尔　你凭啥相信我们会信守诺言？

卡图兰　因为我相信，在你们内心深处，你们是正直的人。

埃里尔　（站起来，激愤地）内心深处？！还他妈内心深处？！

卡图兰　等我写完这页你再拷打我好吗？我已经写到我如何谋杀我父母，（卡图兰继续写着，埃里尔点了支烟）谢谢。

埃里尔　（停顿）你杀了你父母？（卡图兰点头）这似乎问得荒唐，但是，呃，为什么？

卡图兰　嗯……我有一篇小说叫《作家和他的哥哥》。我不知道你是否看过……

埃里尔　我看过。

卡图兰　噢……我讨厌那种变相自传体作品。我认为那些只写自己经历的写家是因为他们实在太愚蠢而缺乏任何创造构思，但

《作家和他的哥哥》，我认为，是我唯一的非虚构作品。

埃里尔　哦。（停顿）他多大年纪？他们开始的时候。

卡图兰　他八岁。我七岁。

埃里尔　事情持续多久？

卡图兰　七年。

埃里尔　你整整听了七年？

卡图兰　开始我不明白那种声响，直到最后，是的。

埃里尔　然后你杀了他们？

【卡图兰点头，将写完的认罪书交给埃里尔。

卡图兰　我用枕头挨个压在他俩脸上，然后把他们埋在我们家屋后许愿井的后面。我觉得许愿井那儿合适。不管怎样，那聋哑女孩也埋在同样的地点。

【埃里尔在文件箱里翻找着。

埃里尔　你知道，你的童年遭遇在法庭上可成为有力的辩护。当然，如果我们不准备立马处决你，那就难免麻烦的法庭程序。

卡图兰　我不要任何麻烦的程序。我只要你们信守诺言。就按原先说的杀了我，保管好我的小说。

埃里尔　好，当然你对我们只能半信半疑。

卡图兰　我能相信你。

埃里尔　你咋知道你能相信我？

卡图兰　我不知道。你牵涉到某种事情。我不清楚那是什么。

埃里尔　哦，真的？好，你知道，我来告诉你关于我的事情。那就是我有着压倒一切的、根深蒂固的仇恨……对你这种人……仇恨。那种哪怕是对孩子……碰一手指头的人。我每天带着这种仇恨醒来，它把我唤醒。它跟着我坐车上班。它在我耳边说，"他们别想溜掉。"我早早上班。准备好所有的刑具绳索和电源，免得我们浪费时间。我承认，有时候，我暴力

075

过度。有时候我对一个完全无辜的人过度暴力。但我要告诉你，一个完全无辜的人走出这房间到了外面的世界，他们想都不敢再想对孩子提高他们的嗓门，就怕被我听见了拖回来再给一顿过度暴力。那么在执法机构，这种行为是否构成道德问题呢？当然是！但你知道吗？我根本不在乎！因为当我上了年纪时，你知道吗？孩子们将围着我，他们将知道我是谁，知道我坚守了什么，他们会感谢地送给我他们的糖果，我会接受这些糖果，谢谢他们，祝福他们平安地回家。我会很快乐。不是为了这糖果，我并不真地喜欢这糖果，但我明白……我心中明白，如果没有我，他们中有的孩子就没法来了。所以我是个好警察。并不是说我有多大能耐，因为我没有，但我坚守我的位置。我坚守我的位置。我站在正义一边。我也许并不永远正确，但我站在正义的一边。孩子们的一边。站在你的对立面。所以，当我听到一个孩子被那样的方式残杀……就像《小基督》故事中的那种方式……你知道吗？就凭你写这个故事，我非把你弄死，更别说你还动手杀了孩子！所以，你知道吗？（从橱中取出一笨重、形状可怖的电刑具和电插头）去他妈的你父母对你和你哥干的事。去他妈的。如果我抓住他们我也弄死他们，就像我现在弄死你一样。因为以牙还牙一样犯罪。以牙还牙一样犯罪。现在请你跪下，我要给你上电刑。

【卡图兰往后退着。

卡图兰　够了，别再来了……

埃里尔　来这儿，请，我说过……

【图波斯基上。

图波斯基　出了什么事？

埃里尔　我正要给他过电。

图波斯基　天哪，你们怎么了？

埃里尔　我们谈话呢。

图波斯基　谈什么？

埃里尔　没谈什么。

图波斯基　你在发表你"等我老了孩子们会过来送我糖果"的讲话？

埃里尔　你混蛋。

图波斯基　（吃惊地）对不起？ 今天你这是第二次……

埃里尔　（对卡图兰）你！ 跪这儿，请。 我已经客气地告诉你了。

【卡图兰缓缓走到埃里尔面前。 图波斯基在桌前坐下，扫视着认罪书的另外几页。 卡图兰跪下。

卡图兰　第一个让你下跪的人是谁？ 你母亲还是你父亲？

【埃里尔死寂般地不吭声。 图波斯基张着嘴。

图波斯基　我混蛋。

卡图兰　我猜想是你父亲，对吗？

图波斯基　你没有对他说过你父亲的那些破事，你说了吗，埃里尔？ 天哪！

埃里尔　没有，图波斯基，我没对他说过我父亲的那些破事。

图波斯基　什么？ 哦，垃圾。 那个老毛病。

埃里尔　（对图波斯基）你没完没了地挖苦那破事，你是不是？ 挖苦那"问题童年"的破事？

图波斯基　我没有没完没了挖苦任何事情。 是你自己老把你那问题童年兜出来。

埃里尔　我从来一字不提我的童年问题。 我不会用"问题童年"这个词儿来描述我的童年。

图波斯基　你会用什么词？ "被你爹糟踏的"童年？ 那不是一个词儿。

【埃里尔开始微微颤抖。

埃里尔　你想对罪犯透露更多信息吗，图波斯基？

图波斯基　我只是厌倦了所有人都在这儿用他们童年的破事为他们自己的丑恶行为辩护。我父亲是个狂暴的酒鬼。我是个狂暴的酒鬼吗？是的，我是，但那是我的个人选择。我毫不隐瞒地承认。

埃里尔　现在还是让我拷打这罪犯吧。

图波斯基　你还是拷打罪犯吧。你让他等得够久了。

【埃里尔一边说一边用电线接头拴住卡图兰。

埃里尔　今天你踩过了线，图波斯基。

图波斯基　我在读罪犯的认罪书，埃里尔，保证我们对此案的处理没有任何漏洞。我在做我的工作。我没有用拷打一个已经定罪的智力犯人来满足我自己施虐狂的复仇心理。

埃里尔　你踩过了线。

图波斯基　请你赶紧折磨罪犯吧，埃里尔。还有半小时我们就得处决他。

【埃里尔在将电极接通电池。

卡图兰　现在你父亲在何处，埃里尔？

埃里尔　一个字也别说，图波斯基！一个字也别说！

图波斯基　我一个字也不说。我在读他的认罪书。我在做我的工作。就像我说的。

卡图兰　他在监狱里吗？

埃里尔　你给我闭嘴，变态狂。

卡图兰　不然你想怎样？你想折磨我处决我？（停顿）他在监狱里吗？

埃里尔　嘘，嘘，嘘，让我集中……

图波斯基　他没在监狱里，没有。

埃里尔　我刚才怎么说的？

卡图兰　他们从来没有逮捕他？

图波斯基　他们没法逮捕他。

埃里尔　图波斯基！对于所有当事人来说你太恶劣了，继续这种……这种谈话。

图波斯基　我有一种可怕的感觉——你是对的。

埃里尔　所以我要接通这最后一根电极，我要接通这最后一根电极……

卡图兰　他们干吗不逮捕他？

埃里尔　嘘，嘘，嘘……

卡图兰　他们干吗不逮捕他？

【埃里尔接通了电极，正当他要启动电源时，图波斯基在这最后一刻开口了。

图波斯基　因为埃里尔已经谋杀了他，当然喽。（埃里尔轻声笑了，他又颤抖起来。他没有启动电源）当然，这不是真正的谋杀，对吗？更像是自卫，正当防卫，等等。我称之为谋杀是取笑他。嘿，如果我父亲在我八岁起每礼拜跟我上床我也会杀了他，你明白吗？（停顿）嗯，趁他父亲睡觉时他用枕头压在他脸上。我发现你们这俩小子有许多共同之处。

【图波斯基将认罪书平摊在桌上。停顿。

埃里尔　我要向局长报告，报告你侦讯此案整个过程中的行为。侦讯从开头起就毫无目标毫无头绪。从开头起。比如那个"侧视角度"的东西？那个"你眼睛下方的侧视角度"的东西？那到底啥呀？

图波斯基　用胡言乱语来打乱及破坏罪犯的心理状态是所有侦讯条例中的内容之一，埃里尔，现在我希望在你不用电刑的状态下继续审问罪犯，你不介意解除卡图兰先生身上的电极吧，我希望他能够专注。

埃里尔 我将要求局长由我来代替你担任此案的一号侦讯,再说这不是第一次了,对吧,局长信任我,他曾这么说过,一号也多次被撤换过,你会遭到申斥,这案子将由我来结案。由我来根据种种线索和物证对此案做出最后决定。由我来定案。

图波斯基 那你定案过程的第一步是什么?

埃里尔 我计划是,在你进来说这么一大堆之前,我的第一步就是用电刑拷问犯人,对吗?

图波斯基 为什么?

埃里尔 为什么?因为他杀了那帮孩子!

图波斯基 你看,我的第一步是讯问他一系列关于杀害哑巴女孩的问题。

埃里尔 嗯哼?

图波斯基 我的第一个问题"这是否属实,卡图兰先生……"我会以这种,正式的口气。"这是否属实,卡图兰先生,你同你哥哥,以《小基督》故事中的方式,将一顶带刺的头冠套在女孩的头上?"

卡图兰 是的,情况属实。

图波斯基 情况属实。我的第二个问题,"在此之后还是之前你用九尾鞭抽她?"

卡图兰 之后。

埃里尔 这些我们都知道。

图波斯基 我的第三个问题,"你是否逼迫她背负一个沉重的木十字架绕圈走动,然后将她钉在十字架上?"

卡图兰 是的,我们是那样干的。

图波斯基 你们是那样干的。最后,你们是否将一把匕首插入她瘦弱身体的一侧?

卡图兰 是的,我们是那样干的。我感到耻辱。

图波斯基　然后你们是否掩埋了女孩？

卡图兰　是的。

埃里尔　我说过了，这些我们都知道。

图波斯基　在故事的原文中，掩埋她的时候，小女孩还活着。在你们掩埋那哑巴女孩的时候，她是活着还是已经死去？

卡图兰　（停顿）什么？

图波斯基　在你们掩埋那小女孩时，她是活着还是已经死去？

【卡图兰寻思着答案，但想不出来。

卡图兰　（轻声）我不知道。

图波斯基　你说什么？

卡图兰　我不知道。

图波斯基　你不知道。你不知道她是死是活。嗯，埃里尔？你去见你的局长朋友时，顺便给搜救队打个电话，让他们赶紧过去，如果那哑巴小女孩还活着，能否让他们就挖出来？谢了，哥们。（埃里尔注视了他一眼，冲出门去。图波斯基踱步到跪在电刑具旁的卡图兰面前）你怎么会不知道？

卡图兰　很难说清。她没什么呼吸了。我想她死了。她是死了。她现在应该死了，还没死？埋在土里还能活吗？

图波斯基　她死了吗？她应该死了？我不知道。我从没把一个孩子钉在十字架上再用棺材埋掉。我不知道。（图波斯基开始摆弄电刑的接线。卡图兰定了定身子准备承受电击。图波斯基切断电源回到桌前坐下）我估计她死了。我估计。但我不知道。我突然觉得我像是在同法学院学生交谈。你只说你模仿《小基督》。那也许能蒙混埃里尔。"对不起，警官，是我干的。"结了！可蒙混不了我。你明白吗，埃里尔是个警察。他执警。警犬也执警。我是个警探。我，有时候，喜欢侦查。

卡图兰　我肯定她已经死了。

图波斯基　不太肯定，对吗？（停顿）你知道吗，我曾经写过一篇小小说。它多少表达了我的某种世界观。不，它没有真正表达我的世界观。我没有世界观。我觉得世界就是一堆垃圾。那不是真正的世界观，对吗？或者是一种世界观？嗯。（停顿）总之。我写了这篇小故事，而且……等等，没错，不，如果说它没有表达我的世界观，那它表达了我对警探工作以及警探工作与整个世界的关系的观点。对，就是这样。你干吗还跪着？

卡图兰　我不知道。

图波斯基　样子很傻。

卡图兰　是的。

【图波斯基示意他坐回椅子。卡图兰解去手上最后一个电极，在椅子上坐下。

图波斯基　那么，你要听我的故事吗？

卡图兰　要。

图波斯基　你不愿说不要，是吗？

卡图兰　不是。

图波斯基　不是。那好，我的故事叫……它叫什么来着？它叫……《长长铁轨大道上聋子小男孩的故事。在朝鲜》（停顿）怎么样？

卡图兰　什么？

图波斯基　你觉得这故事名字好吗？

卡图兰　我觉得这故事名字好，是的。

图波斯基　（停顿）你的真实想法是什么？我允许你绝对地说真话，哪怕这话会伤我的心。

卡图兰　我觉得它应该是我听到过的最差的故事名字。它需要两个逗号。你不能在一个标题中用两个逗号。你也不能在标题中有一个逗号。这标题中甚至可能还有一个句号，这个名字，这故事名字近乎愚蠢。

图波斯基 （停顿）也许这标题的形式正好比较超前。

卡图兰 也许是。也许那些糟糕的标题形式都比较超前。也许这将成为新潮流。

图波斯基 也许会的。

卡图兰 我只是觉得这是个糟糕的故事名字。

图波斯基 我们对此取得了共识！现在我收回我让你实话实说的许可，你很幸运我没赏你一个大头耳光！（停顿）好。我说到哪了？

卡图兰 聋哑男孩，长长的铁路。（停顿）抱歉。

图波斯基 （停顿）好，那么，从前有个聋了小男孩，啥也听不到，聋子男孩都那样。哦，对了，故事发生在朝鲜，所以，它是个聋子朝鲜小男孩。我不知道我为何选朝鲜。哦，我知道了。我就喜欢那些朝鲜孩子的眼神，很滑稽。（大笑）反正，有一次男孩从某地沿着铁路走回家；他走在大平原延伸远方的铁轨上，那朝鲜的平原，你明白吗？没有树，只有光秃秃的大地，什么也没有，只有他，走在铁轨的枕木上。也许他有点弱智，这孩子，也许他是个有点弱智的聋子朝鲜小男孩，因为，我是说，他是聋子，走在那种铁道上，那是很危险的。如果火车从他身后开来会怎样？他听不见，他会被碾得粉碎。所以，没错，也许他弱智。好，一个弱智的朝鲜聋子男孩正沿着长长的铁轨走回家，你猜怎样？一列火车正沿着铁道向他身后开来。由于铁道那么长，火车那么远，所以火车一时还撞不到他，但会撞到他的。这火车开得如此之快即便司机看到他也来不及刹车。而且这孩子不起眼，你明白吗？他就像，你见

083

过那种矮小乖巧的朝鲜孩子吗？头发长长的？对，就那种。所以司机甚至可能看不到他。不管怎样，有人看到了这孩子。你知道谁看到了？嗯，就在孩子前方两里路外的铁路旁，有一座奇怪的古塔，这塔也许有一百英尺高，塔顶住着一个奇怪的老人，这奇怪的老人留着那种长长的朝鲜胡子，你知道的，还有那眯缝的眼睛，还有那种滑稽的小帽子。因为，你知道，他住在这高塔的塔顶，有人觉得他极有智慧，但有人觉得他有点可怕，你明白的。不管怎样，多少年来没人跟他说过话。人们甚至不知道他的死活。当然，他还活着，不然故事里就没这人了。所以他就住在那塔顶上，他做种种数学计算，画各式设计图纸，搞形形色色的发明，发明那些还没被发明的东西。在他居室里，堆地上、钉墙上的资料有一百万页，而所有这一切就是他全部的生活。这些设计、这些计算是他唯一的寄托。世界就在他脚下。当他正从他那拱形的小窗往外眺望时，他看到一英里外，现在是半英里了，那聋子小男孩正在走来，在男孩身后仅仅两英里之外，也许三英里，一列火车呼啸而来。这老人对他眼前的情况看得很准确，"一个聋子男孩走在铁轨上。这聋子男孩将听不到他身后的火车。这男孩会被轧得粉身碎骨。"于是……

卡图兰　他怎会知道小男孩是个聋子？

图波斯基　（停顿）呵？

卡图兰　他怎会知道小男孩是个聋子？

图波斯基　（想了一下）他看到他的助听器。（卡图兰微笑着点头。图波斯基松了口气）孩子从书包里拿出助听器……他看着这聋子男孩，也看着火车，但他没像平常人那样，冲下塔去救孩子，当然他愿意的话他来得及。那他做什么呢？他什么也没做，他什么也没做，只是自得其乐地开始在一张纸上计算。我想那计算是关于火车的车速,铁道的距离,还有那小男孩两条细腿的行走速度。他要算出火车在铁道上飞速碾向那可怜男孩后背的确切时刻。铁轨上的男孩继续走着,显然毫不知觉火车正呼啸而来,越来越靠近他,当男孩走到离高塔塔底大约三十码处时,老人完成了计算,他发现火车将分秒不差地在距离塔底的十码处碾过男孩。距离塔底的十码处。老人显得漫不经心,他将那张写着算式的稿纸折成一只纸飞机后将它掷向窗外。然后他坐回桌前继续他的作业,不再想那聋子男孩的事儿了。(停顿)在距离塔底的十一码处,小男孩跳下铁轨去抓那只纸飞机。火车在他身后呼啸而过。

【卡图兰微笑着。

卡图兰 相当不错。

图波斯基 "相当不错"。你所有的垃圾故事加起来也不如它。"一百零一种法子来杀害一个五岁孩子"?

卡图兰 不,它比不上我写的那些故事,但它相当不错。

图波斯基 对不起,我已经收回我让你泼我脏水的许可,对吗?我的故事要好过你所有的故事。

卡图兰 是,没错。我再次感谢你保存我档案中那些微不足道的故事。

图波斯基 嗯。

卡图兰 (停顿)但是,不管怎样,这故事如何体现了你的世界观?或者你对警探职业,或对任何事物的观点?

图波斯基 哦,你没理解吗?(自豪地)你看,那智慧的老人,明白吗,他代表我。他整天坐在塔顶,他计算着,他和他的同胞们并无太多的亲密关系。这又聋又傻的男孩路过,他代表了我的同胞,明白吗?他这么走过来,显然,毫无知觉,甚至不知道火车在轧过来,但我知道,而根据我的精密计算,我在那精确的时刻扔出我的纸飞机,我将从火车轮下救出这小傻瓜,我将从罪犯的手中救出我的同胞,我甚至得不到一句感谢的话。那聋子男孩并没感谢那老人,对吗? 他只是玩他的纸飞机。但那不要紧,我不需要感谢。 我只需知道正由于我的辛勤侦查,那孩子没被火车伤害。(停顿)如果是你这种案例,那我就必须追查轧死这穷孩子的火车司机,然后倒过来追查他的混账同伙。

卡图兰 (停顿)那么这个老人就是要这聋子男孩去接他的纸飞机?

图波斯基 是的。

卡图兰 噢。

图波斯基 怎么,你不明白?

卡图兰 不,我只是以为男孩碰巧去抓那纸飞机,像是一个巧合。

图波斯基 不。 不,老人就是要救那男孩。 所以他扔出了那纸飞机。

卡图兰 噢呵。

图波斯基 他确实擅长于扔纸飞机。 他确实擅长于这一切。

卡图兰 但他不是转过身来就像忘了这事吗?

图波斯基 不。 他,喜欢,转过身去,因为他是如此擅长于扔纸飞机,他甚至不需要看它落在何处,他明白这一前提:"哇呜,傻小子。 他们喜欢纸飞机,对吗。 他一定会跳起来去抓它。"(停顿)这还不清楚吗?

卡图兰 我觉得它还可以更清楚。

【图波斯基点着头,思考着,他好像突然想起了他的身份。

图波斯基 闭嘴! 我不用听你任何狗屁的写作指导!

卡图兰 不,我只是想……

图波斯基 我觉得你们将三天前被虐杀的小女孩埋到土里时,她的死活你应该写得清楚。我觉得你应该交代得更清楚。你要不要我明说,就算我们答应过你,我一怒之下照样一把火烧掉你所有的故事?(图波斯基一手拿着故事的文稿,一手拿起火柴)要不要我明说?

卡图兰 求求你,图波斯基。你的故事真的很好。

图波斯基 我的故事好过你所有的故事。

卡图兰 你的故事好过我所有的故事。

图波斯基 故事很清楚,老人要救那个聋子小男孩。

卡图兰 绝对清楚。

图波斯基 (停顿)你只是不喜欢那个聋子小男孩最终没有死去!

卡图兰 我喜欢这故事,图波斯基。这跟别的事儿毫无关系。跟烧掉我的故事或其他事儿毫无关系。我真的喜欢你这故事。如果我写了这个故事我会自豪的。我会的。

图波斯基 (停顿)是吗?

卡图兰 是的。

【图波斯基放下手中的故事文稿。

图波斯基 不管怎样,我不会烧掉它们。我是个守信用的人。如果别人信守诺言,我也信守诺言。

卡图兰 我知道你这点。我尊重你这点。我也知道你不在乎我是否尊重这点,但无论你在乎与否,我尊重你这点。

图波斯基 但我尊重你尊重我这点。呵,那我俩不是很默契吗?不过真是太糟了,还有二十分钟我就得向你的脑袋开枪。

【图波斯基微笑着。卡图兰首次对自己的死亡思考了片刻。

卡图兰 嗯。

【图波斯基停住微笑。停顿。

图波斯基 不,我……你有些故事也非常出色。有些故事我不喜欢。

卡图兰　哪些？

图波斯基　（停顿）我忘不了那个《枕头人》故事中的某些东西。某些温暖的感觉。（停顿）那个主题，一个孩子死去，孤独地，出了事故，他并不真的孤独。他有这么个善良的人，伴随着他，牵着他的手之类。而那正是孩子自己的选择，不管怎样。这多少让人感到欣慰，无论如何。这决不是无聊的胡说。

卡图兰　（点头。停顿）你失去过一个孩子？

图波斯基　（停顿）我不像老埃里尔，不会跟犯人计较那一类事儿。（卡图兰点头。悲哀地停顿）我儿子淹死了。（停顿）他自己去钓鱼。（停顿）傻瓜。

【卡图兰点头。图波斯基将电刑具放回橱里。

卡图兰　下面该怎样？

图波斯基　我们等那个哑巴女孩的消息……（图波斯基从橱里拿出一个黑色的头套，优雅地比试给卡图兰看，前前后后）……我们把它套在你头上，带你到隔壁房间，对着你的脑袋开枪。（停顿）明白了吗？不对，我们带你到隔壁房间，然后给你戴上头套，再朝你的脑袋开枪。你知道吗，如果先给你戴上头套再带你去隔壁房间，你可能撞上什么，伤了你自己。

卡图兰　干吗去隔壁房间？干吗不在这儿？

图波斯基　隔壁房间，比较容易清理。

卡图兰　（停顿）你会突然开枪吗，就是突然向我开枪呢，还是给我一分钟祈祷之类的？

图波斯基　嗯，首先我唱一首关于小马的歌，然后埃里尔拿出他的刺猬弹。你知道他行刑用的刺猬弹吗？拿出刺猬弹后，嗯，你还有十三秒到二十七秒的时间，要看他的刺猬弹的大小。（停顿）如果我突然开枪，我不会告诉你我将突然开枪，对吗？！上帝！作为一个天才的作家杀手——心理杀手，你也太蠢了点！（停顿）从你戴上头套到开枪大约十秒钟吧。所以，你的祷告词要尽量简短。

卡图兰　谢谢你。

图波斯基　别客气。

【图波斯基将头套扔在卡图兰面前的桌上。停顿。

卡图兰　我只想追忆一下我哥哥。

图波斯基　哦？想你哥哥，是吗？不想那三个被你杀害的孩子，只想你哥哥。

卡图兰　没错。不想那三个被我杀害的孩子，只想我哥哥。

【门开了，埃里尔目瞪口呆地走进来，满脸茫然。他慢步走向卡图兰。

图波斯基　他们找到她了？

【埃里尔走到一脸恐惧的卡图兰面前。埃里尔将一只手放在卡图兰头顶，抓住他头发，轻轻仰起卡图兰的头，俯视着他。

埃里尔　（轻声地）你到底干了什么？老实说你到底干了什么？

【卡图兰无法回答。埃里尔轻轻地放了他，慢慢走回门口。

图波斯基　埃里尔？

埃里尔　嗯？

图波斯基　他们找到她了？

埃里尔　是的，他们找到她了。

图波斯基　她已经死了，对吗？

【埃里尔站在门口。

埃里尔　没有。

【卡图兰恐惧地将头埋入双手。

图波斯基　她还活着？

【埃里尔朝门外打着招呼。一个八岁左右的哑巴女孩走了进来，她的脸、头发、衣裙和鞋袜都漆成了鲜绿色，她快乐地微

089

笑着，用手语向两人问好。

埃里尔　他们在希望井那儿找到了她，在一间小小的儿童游戏室里。 她身旁还有三头小猪。 她有足够的食物和水。 小猪也是。 她似乎对这一切感到很快乐，对吗，玛丽娅？（埃里尔对她比划"你快乐吗？"她微笑着，用手语比划着）她说是的，她很快乐，但她能带走那些小猪吗？（停顿）我说，我得问你。（图波斯基盯着他们两人，目瞪口呆。 停顿）我说我得问你小猪的事儿。

图波斯基　什么？ 噢，是的，她可以带走小猪。

【埃里尔对她竖起拇指。 她跳了起来，快乐地尖叫着。 卡图兰微微一笑。

埃里尔　好，好，我们现在带你去洗干净，再送你去见你妈妈和爸爸。 他们一直在担心你。（埃里尔牵着她的手，她快乐地向每个人挥手道别。 埃里尔带她出了门。 图波斯基和卡图兰缓缓地转过脸来相互对视。 顷刻，埃里尔缓缓走进，将身后的门掩上）他们发现她身旁还有一大桶绿色的油漆，你知道铁路隧道里那种暗中闪光的油漆吗？ 所以这桶油漆我们可以用了。 他们在他说的地方还发现了他父母亲的尸骨，就在希望井边。 所以他供认他谋杀了我们完全不知的两个人，他还供认他谋杀了一个没有被谋杀的女孩。

图波斯基　为什么？

埃里尔　为什么？ 你在问我为什么？

图波斯基　是的，我在问你。

埃里尔　噢？ 图波斯基，你知道吗？ 你是一号，你自己回答。

图波斯基　埃里尔，今天我不希望看到你的违抗。

埃里尔　呃，行，你说了算。

图波斯基　这个案子，到此为止，你可以向局长汇报了。

埃里尔　你似乎并不高兴这小女孩还活着！可连这家伙都很高兴！你不高兴不就是他作弄你的笔录嘛！

【图波斯基在故事稿件中翻找着那一篇。

图波斯基　显然这女孩被漆成绿色并与小猪放在一起是模仿……

埃里尔　是模仿《小绿猪》那故事。太棒了，图波斯基。你的想法肯定来自绿漆和小猪。问题在于，为啥？为啥他们没有也杀了她？而他为啥说他杀了？

图波斯基　嘘，我在细读这故事，看看有没有任何线索。

埃里尔　（大笑）我们只要问他！

图波斯基　我说了，我在细读这故事。

埃里尔　（对卡图兰）你能告诉我们那哑巴女孩为啥还活着吗？

卡图兰　（停顿）不。不能，我没法说。但我很高兴她活着。我很高兴。

埃里尔　我相信你很高兴她活着。我相信你很高兴她活着。我相信你比他更高兴她活着。我要问你另一个问题，凭我刚才的一点直感，因为现在我也有了直感。我觉得图波斯基先生的侦案才华正影响着我。那个你们割掉他脚趾，让他流血致死的犹太小男孩，他的头发什么颜色？

卡图兰　什么？

埃里尔　他的头发什么颜色？

卡图兰　棕黑色。那种棕黑的颜色。

埃里尔　"那种棕黑的颜色。"很好。因为他是个犹太男孩，"那种棕黑的颜色。"很好。可惜他母亲是个爱尔兰人，所以她儿子完全像个红发的混血。你还要我问你那个被弄死在野地里的女孩吗？

卡图兰　不要。

埃里尔　不要。因为这两个孩子你一个也没杀，对吗？

卡图兰 是的。

埃里尔 你甚至从来也没见过这两个孩子,对吗?

卡图兰 是的。

埃里尔 是你指示你哥哥杀了他们吗?

卡图兰 我根本不知道这一切,今天才知道。

埃里尔 你哥哥还杀了你父母?

卡图兰 我杀了我父母。

埃里尔 你杀了你哥哥,这是我们唯一能够确凿指控你的谋杀罪。根据罪行已减轻的情况,我非常怀疑你会被处决。所以我认为你应该极为谨慎,承认杀了……

卡图兰 我杀了我父母。(停顿)我杀了我父母。

埃里尔 我相信你杀了。(停顿)但你没有杀任何孩子,对吗?(卡图兰点头,他垂着头)你作证,图波斯基。

【埃里尔点了支烟,图波斯基恢复了他的神情,在桌前坐下。

图波斯基 干得漂亮,埃里尔。

埃里尔 谢谢,图波斯基。

图波斯基 还有,我刚才很高兴小女孩还活着。我只是不想在办案时流露自己的真实情感,就是这样。

埃里尔 哦,我明白……

图波斯基 你明白吗?(停顿)哼。那么,嗯,只是出于我个人的好奇,在你因谋杀另外三人而被处决之前,卡图兰先生,你为何要供认你杀了那些孩子呢?

卡图兰 是你们逼我杀了米哈尔。当你们发现第三个孩子时,你们会发现我杀了我父母。我觉得如果我自己承担这一切,正像你所希望的那样,我至少能保住我的小说。至少我的小说还在。(停顿)至少我的小说还存在。

图波斯基 哼。那真是太遗憾了,对吗?

卡图兰　什么遗憾？

图波斯基　我们保留你小说的先决条件是你老老实实地坦白犯罪的整个过程。现在你没有杀害另外两个孩子的供词以及我这地板上踩满的这混账的绿色油漆，确凿地证明了你原先的供认与事实不符，对吗？这样的话，显然，由于你的虚假供认，你的小说就得烧掉。

【图波斯基搬过垃圾桶，往里浇了些汽油，拿起了火柴。

卡图兰　你没在开玩笑吧。

图波斯基　这是你的头套。请你套上。我把火点上。

卡图兰　埃里尔，这是……？

图波斯基　埃里尔？作为信守诺言的人，我们曾许诺，如果他如实供认，我们将不烧掉他的小说，这是否属实？

埃里尔　天哪，图波斯基……

图波斯基　这是否属实，我们曾许诺，如果他如实供认，我们将不烧掉他的小说，是或不是？

埃里尔　是的，情况属实。

图波斯基　他是否供认他杀了一个犹太男孩而事实上他并没有杀？

埃里尔　是的，他供认了。

图波斯基　他是否供认他用剃刀片杀了一个女孩而事实上他并没有杀？

埃里尔　是的，他供认了。

图波斯基　他是否供认他杀了那绿得刺眼的孩子而那孩子根本就没死？

埃里尔　是的，他的确供认了。

图波斯基　那么，作为信守诺言的人，我们是否有权烧掉卡图兰先生所有的小说？

卡图兰　埃里尔……

埃里尔　（悲哀的）是的。

图波斯基　我们是有这权力。我们这里大约有四百篇故事，如果把刊载了他一篇故事的那些本《解放》收缴过来，那就是他一生的作品，对吗？那就是他一生的作品。（图波斯基掂了掂他手中的小说）合在一起也没多少。我是否该在他的小说上再浇点汽油，是否有点危险？我担心会烧到我自己。

卡图兰　埃里尔，请……

图波斯基　套上头套，我说过了。

【图波斯基点燃了桶中的火，小说文稿还在他手中。

卡图兰　埃里尔！

图波斯基　（停顿）埃里尔？

埃里尔　（停顿）我知道这一切都不是你的过错。我知道你没有杀那些孩子。我知道你不想杀你的哥哥，我知道你杀你的父母完全有正当理由，我为你难过，我真的为你难过，我过去从不对任何被拘留者说这种话。但这最后一刻，我要告诉你，我从来就没喜欢过你的故事。你知道吗？（埃里尔将图波斯基手中的小说文稿拿了过去）你还是把头套戴上吧。

【卡图兰走上前去戴头套，但他停住脚。

卡图兰　我记得你说过你要带我去隔壁房间，你要我在那里戴上头套，对吗？

图波斯基　不，不，我们就在这里枪毙你。我刚才在胡说。就跪在那儿什么地方，别让你的血溅我身上。

卡图兰　但你说戴上头套后你给我十秒钟，你这也是胡说吗？

图波斯基　嗯……

埃里尔　我们给你十秒钟……

图波斯基　我们给你十秒钟，我开玩笑，我开玩笑。

【卡图兰跪在地上，图波斯基掏出手枪，上膛。卡图兰悲哀地盯着埃里尔。

卡图兰　我曾经是个好作家。（停顿）这是我唯一的愿望。（停顿）我曾经是。我曾经是。

图波斯基 "曾经是"是个关键词。

卡图兰 （停顿）是的。"曾经是"是个关键词。

（卡图兰套上头套。图波斯基瞄准他）

图波斯基 十。九。八。七。六。五。四……

【图波斯基击中了卡图兰的脑袋。他倒在地上，死去，鲜血渐渐渗出头套。

埃里尔 喂，你干吗干这种事？

图波斯基 我干了哪种事？

埃里尔 你说过你给他十秒钟。你真不地道。

图波斯基 埃里尔，让他跪着，头上套着头套，枪毙他，这还有什么地道不地道？

埃里尔 那也得干得地道。

图波斯基 听着，我今天听够了你的牢骚话。你怎么啦？不管你用哪种方式看待它，我们破了这个案子，对吗？嗯，对不对？

埃里尔 我想是的。

图波斯基 那就是你七十岁时更多的糖果，对不对？（埃里尔叹息）听着，把手续表格做好，把房间冲洗干净，把这些小说烧了。好吗？我得去同哑巴女孩的父母谈一下，警告他们小猪的事。

【图波斯基下。埃里尔朝桶里加了些汽油，然后看着手中的一叠小说手稿。死去的卡图兰慢慢地站了起来，脱下头套，露出鲜血淋漓、弹孔炸开的额头，他注视着桌前的埃里尔，说道……

卡图兰 在临死前给他的七又四分之三秒的那一刻，卡图兰构思着最后一篇故事来为他的哥哥祈祷。他的构思更像是一篇故事的脚注，那脚注说……（米哈尔出现在门口的弱光中）一个名叫米哈尔·卡图兰的健康快乐的男孩，在即将遭受他父母连续七年拷打折磨的那个夜晚，见到了一个长着一张微笑大嘴的枕头人。他同米哈尔坐在一起,聊了一会儿。枕头人告诉孩子他将面临的可怕生活以及他将死在他唯一最亲密的弟弟手中,被闷死在监牢冰冷的地面上。枕头人建议,为了避免这恐怖的一切,米哈尔最好自己结束自己的生命。而米哈尔说……

米哈尔　但如果我自杀的话,我弟弟就永远听不到我被拷打的惨叫,对吗?

卡图兰　"是的。"枕头人说。

米哈尔　如果我弟弟从未听到我被拷打而惨叫,他可能永远不会写那些他要写的小说,对吗?

卡图兰　"是的。"枕头人说。于是米哈尔想了一会儿后说道……

米哈尔　那么,我想我们应该保持事情的原样,我被拷打而他听到了我惨叫的整个过程,因为我想我会喜欢我弟弟的小说。我想我会喜欢它们。(米哈尔在追光中暗转)

卡图兰　故事以一种时尚的悲凉结尾,米哈尔受尽了折磨,卡图兰写下了那全部的小说,可是被一位冷血的警察将它们一烧而光而永绝于世。故事原本该这样结束,可突然被打断,因为一颗子弹提早两秒钟打穿了卡图兰的脑袋。也许故事不那样结束更好,因为那个结尾并不确切。这位冷血的警察,出于只有他自己知道的原因,没有将那些小说稿付之一炬,而是小心翼翼地将它们放进卡图兰的档案箱,贴上封条,以便将它们封存到五十年后。(埃里尔将小说稿放进档案箱)这一变故搅乱了作者原本时尚的悲凉结尾,但不管怎样……不管怎样……它多少保存了这一事件的精神本质。

【埃里尔用水浇灭桶中的火苗,灯光缓缓变暗至暗场。

【剧终。

2008 年夏日一稿初译于纽约芮枸公园
2023 年 7 月二稿复译于纽约芮枸公园

直面美国社会的暗面和痼疾

——《断手斯城》

胡开奇

2020年北京鼓楼西剧场首演了马丁·麦克多纳的《断手斯城》(*A Behanding in Spokane*)。《断手斯城》是麦克多纳第一部美国叙事背景的剧作,2010年首演于纽约百老汇斯肯菲尔德剧院,是他在英国以外首演的第一部戏剧。该剧讲述了卡迈克,一个大半生都在追寻自己失落左手的男人与两个大麻贩的一场"交易"以及一个颓废的旅馆前台的故事。剧名中"斯城"即美国华盛顿州的第二大城斯波坎(Spokane)。这部《断手斯城》在百老汇上演了一百零八场。爱尔兰裔剧作家麦克多纳在此剧中冲破了美国的"政治正确",毫不隐讳地揭示了美国社会污浊的暗面和痼疾。《断手斯城》获2010年戏剧联盟优秀剧作奖提名;扮演卡迈克的著名演员克里斯·沃肯(Chris Walken)获得该年度托尼奖最佳男主角、外评论圈奖最佳男演员、戏剧文学奖最佳男演员三项表演奖的提名。此剧的导演正是2003年执导英国国家剧院《枕头人》的约翰·克罗利(John Crowley)。

麦克多纳的电影素为中国大众喜爱,而《枕头人》《丽南山的美人》等剧作在中国出版和演出数年后,中国戏剧读者和观众对他也颇为熟悉。麦克多纳为百老汇创作的《断手斯城》是他的第一部美国题材的剧作,也是他第一部在百老汇首演的剧作。此剧呈现了一种独特的美国的感觉,这感觉颇似自70年代后失落的山姆·谢泼德。其独特的风格正如亚历克斯·谢尔茨所指出的,"马丁·麦克多纳与安东尼·尼尔逊的剧作揭示了生活中的恶黑仍可以大笑来忍受,即便是严酷的黑暗。这无疑是典型的英国方式。"[1]无疑,《断手斯城》既是一部符合百老汇商业娱乐标准的好故事,又是一部充满了批判精神与人性探索的黑色喜剧。

故事就发生在美国小城塔灵顿一间老式的旅店房间中,四个美国社会的失败者的命运碰撞在一起。中年白人复仇者卡迈克经历了二十七年的追杀与追寻,带着他那只神秘的大皮箱来到小城,与毒贩黑人青年托比和他的白人小女友玛丽琳完成一笔交易:五百美元买回他失去的左手。惯骗成性的托比从博物馆偷出的那只黑人的手被卡迈克当场识破,而两人立刻落入死亡的绝境。对生活绝望而曾吸毒的旅馆接待莫文认出了诈骗过他的托比,又被性感貌美的玛丽琳所吸引。全剧九十分钟,独幕场景,悬念丛生,起伏跌宕。此剧编剧艺术的出色之处是时时置剧中人物于危境的极致状态,通常是血腥的死亡,比如枪口顶住脑袋扣动扳机前的刹那,或房间内汽油桶上的蜡烛即将燃尽……为了活命,为了逃生,剧中人物此刻的谎言、欺骗、狡诈,他们的音容姿态,形神毕肖。对于麦克多纳独特的黑色喜剧风格,戏剧评论家帕垂克·洛纳根(Patrick Lonergan)指出:"正如我们的期待,《断手斯城》同麦克多纳其余许多剧作一样,它回避解答剧场中观众的所有问题;它似乎在赞美剧作自身的模糊性;它对电影、音乐及其他形式的流行文化的影射让我们更深刻地理解此剧自身。"[2]

正如人们认为麦克多纳近年屡获大奖的《伊尼西林岛的女妖》是对20世纪20年代爱尔兰内战的影射,评论界当年也指出麦克多纳在《断手斯城》中置入了一个宏大的政治影射,其来源为2011年《断手斯城》的节目单导演说明,导演凯文·麦肯德里克(Kevin McKendrick)在其导演说明中表示,此剧为麦克多纳首部完全以美国为背景的剧作,并且是在"9·11"事件之后的创作,"……这部剧是剧作家作为对美国'9·11'事件的回应而创作的,是麦克多纳对美国在'9·11'惨案发生后无尽和无能的复仇追求的回应。"[3] 显然,这是导演而非剧作家本人的声明;麦克多纳的大部分作品都以非政治化而著称,并不以政治影射的微妙性闻名。然而,麦肯德里克为何会做出这种假设也很容易理解,该剧中卡迈克确实涉及了一种复仇的痴迷,而且使用大量独白造成一种说教的语气。然而,除卡迈克之外,剧中人物大都缺乏方向或动机,表明了这些人物正试图妥协与调和想象中的未来与他们无法回顾的过去。

不屑于美国社会种族平等的"政治正确"的虚伪,麦克多纳笔下的卡迈克满嘴痛骂行骗的托比"黑鬼";令人发笑的是被卡迈克枪口顶着的玛丽琳还在愤然抗议卡迈克种族歧视的言论。当卡迈克在电话中向他母亲声言:"有一个黑人被我铐在散热器上,他从头到脚被我浇满了汽油,现在还有啥平权法案,现在还有吗?"[4] 这种辛辣的直言不讳,让纽约剧场中的观众瞠目结舌。黑人小伙托比靠诈骗贩大麻为生;他也曾诈骗莫文的钱财。为了骗到卡迈克的五百美元,他从塔灵顿自然博物馆中偷出那只作为展品的手。在危急关头,当玛丽琳大叫"我们卖大麻!"时,托比仍在掩饰,仍在行骗,仍想着溜出去弄支枪来轰掉卡迈克。作者将他笔下的黑人青年设置为这种诈骗、偷窃、贩毒、暴力等犯罪的种族惯有形象也招致评论界的抨击。

与麦克多纳之前剧作相比,种族意识在这部剧中尤为突出。尽管麦克多纳在其他剧作中也经常出现带有民族色彩的对话,但《断手斯城》是第一部将人物的肤色放在台前和中心的剧作;它不仅贯穿全剧的对话,也在角色说明和舞台提示中强调。正如洛纳根所指出的:所以此剧告诉我们,种族不是一种本质,而是一种观察或看待世界的方式———一种判断人的方式。毕竟,托比是剧中唯一被点明种族的角色:舞台提示中称他为"黑人小伙",而卡迈克,只被称为"四十五六岁",莫文被称为"旅馆前台接待",玛丽琳是"二十二岁"。这些人物的白净度简直不言而喻。[5]在麦克多纳早期戏剧中,人物特色来自不同地域,而《断手斯城》中对托比的评判则落于他的肤色。这就形成了一个与他其余作品有趣的对立,从而表明他作品中出现的不同偏见直接与叙事背景相关。

《断手斯城》中这一场景令人们发现卡迈克几年前就找到了他那只手,他却无法接受手已找到,也无法结束他的继续寻找。

莫文　　这只手很酷。
卡迈克　酷在哪儿?
莫文　　手背指关节上有个汉字"恨"字的刺青。
【莫文把这手扔给卡迈克后继续把地板上的断手扔入箱内。卡迈克停下来,凝神地察看那只手。
卡迈克　(停顿)这不是……这不是刺青。我觉得,这是墨水。
莫文　　哦,是吗?
卡迈克　没错。是墨水,嗯……没错,就是那黑小子糊弄我。

这无疑为观众提供了一种认知推测,即哪些是实际发生的事实,哪些是人物缺陷记忆的产物?而此刻显然最具说服力,几年前手已找到,卡迈克却无法认出自己的手,因为他在意念中形成了那手的另一种状态。尽管那手背指节上"恨"字刺青,与他失落的手的刺青完全吻合。对于卡迈克,没有了失落的手之谜和不断的追寻,他就失去了生存的意义。而对这只手的怀念意味着他不断寻觅的生存。卡迈克的记忆扭曲了现实,以至于对自己那只失落的手无法辨认,《断手斯城》中的人物正以想象中的未来逃避没有灵感的现在。

旅馆前台接待莫文是美国现代文化的一种产物。当下世界经济的全球化使美国社会贫富悬殊,社会严重撕裂,中产阶级日益艰辛,蓝领阶层陷入困境,这一切造成了当代人的某种迷失与绝望。莫文则处于绝对孤独与隔绝的状态,他仅有的寄托是去动物园看他唯一挂念的伴侣——那只铁笼中的长臂猿。在他看到那只长臂猿死在铁笼中时,他痛切感到,在猴屋中,生命是没有价值的。所以卡迈克用枪口顶住他脑袋,在扣扳机前问他:"你怎么那么想死?"莫文答道:"我没那么想死。……我想我只是对活的兴趣也不大。"莫文这种心理上的颓败源自多年的日积月累,他在学生时代便总希望校园枪击屠杀事件发生在他的高中,总盼望冲进来几个心智失常的学生,端着枪疯狂射击,"不管为啥,他们总是对生活悲观抑郁,比如体育运动差或没有特长,你知道,这会让你沮丧绝望。于是他们来了,你知道,他们会套上士兵迷彩服,就是要标新炫酷。"[7]这显然是作者对美国的校园枪杀事件愈演愈烈的社会根源的一种探究。

《断手斯城》也许是麦克多纳最具原创性的剧作,因为尽管他使用了许多与他早期剧作相同的戏剧手法,但《断手斯城》却试图尝试不同的方式,正如洛纳根所指出的:……对剧本的仔细研究表明,麦克多纳在特意测试观众的极限。因而该剧可被视为真正的实验性作品,它显示了麦克多纳试图找到一种叙事方式,同时在他意识中,剧情和人物塑造的常态——表演的常态——已变得何等疲惫。在《断手斯城》中他似乎在试图寻找一条新的前行之途,尽管他尚未抛弃他全部的旧有技法。[8]

《断手斯城》剧作的另一特色风格令人想到他的广播剧,与他之前的舞台剧不同,此剧几乎所有重要动作都发生在舞台之外。洛纳根强调了这一点,"麦克多纳呈现给我们的这出戏中发生了若干激动人心的事件——但都发生在舞台之外或行动开始之前。他的人物不断地想象他们做的趣事或担任重要角色的情景。但他们只能想象这种行为的事实表明他们日常生活是何等无聊以及他们实质身份是何等虚幻"[9]。

在无情地揭示与剖析美国社会存在的种族歧视、异化隔绝、贩毒吸毒、校园枪杀等痼疾的同时，《断手斯城》的剧中人在人性深处都有着善与恶的极度交织，卡迈克一皮箱血迹斑斑的断手中还有一些儿童的小手，让人们毛骨悚然地联想到这个冷血杀手在追杀当年对他行凶的恶棍与他们家庭时的心狠手辣；少年时代被恶棍残害后的复仇心理形成了卡迈克凶狠扭曲的人格。但在他内心深处，无论是对他母亲、莫文，或对托比和玛丽琳仍存有人性的理解与良善；同时黑人小伙托比在同卡迈克母亲的对话中显示了同样的人性关怀，而莫文虽然对托比的诈骗耿耿于怀，仍然做手脚让卡迈克的打火机无法点火以便让托比和玛丽琳死里逃生。

《断手斯城》首演百老汇那年，这位天才的直面戏剧作家麦克多纳正好四十岁。在当时的访谈中，他自认为这是一部缺乏"政治正确"的惊悚剧，他笑称，"我意识到我永远不会长大！"然而，同他其余九部黑色喜剧一样，《断手斯城》在残酷的黑色中依然闪烁着人性的良善与人类的希望。

2023年5月于纽约芮枸公园

参考书目

[1] Aleks Sierz,"Rewriting the Nation, British Theatre Today", London: *Methuen Drama*, 2011, p. 242.

[2] Patrick Lonergan, "The Theatre and Films of Martin McDonagh", London: *Methuen Drama*, 2012, p. 116.

[3] Kevin McKendrick, "A Behanding in Spokane/Director's Notes", Nov 12, 2011.

[4][5] Martin McDonagh, "A Behanding in Spokane", New York: *Dramatists Play Service*, 2011.

[6] Martin McDonagh, "A Behanding in Spokane", New York: *Dramatists Play Service*, 2011, p. 45.
[7] Martin McDonagh, "A Behanding in Spokane", New York: *Dramatists Play Service*, 2011.
[8] Patrick Lonergan, "The Theatre and Films of Martin McDonagh", London: *Methuen Drama*, 2012, p. 117.
[9] Patrick Lonergan, "The Theatre and Films of Martin McDonagh", London: *Methuen Drama*, 2012, p. 122.

断手斯城

A Behanding in Spokane

"*A Behanding in Spokane* was first performed at the Gerald Schoenfeld Theatre, New York on March 3, 2010 directed by John Crowley and produced by The Atlantic Theatre Company, Robert Fox, Carole Shorenstein Hays, Debra Black, Stephanie P. McClelland/Green Curtain Productions, Roger Berlind, Scott Rudin, The Shubert Organisation, Bob Bartner, Lorraine Kirke, Jamie deRoy and Rachel Neuburger."

人　物

卡迈克　男，四十五六岁，无左手
玛丽琳　女，二十二岁
托比　　男，二十七岁，黑人小伙
莫文　　男，旅馆前台接待

场　景

美国小镇旅馆的一间客房

第一场

【美国小镇旅馆一间客房。后墙一窗，窗外防火梯。房内一边放一只旧的大手提箱，另一边为一张单人床，四十余岁的卡迈克坐在床边。他左手没了，右手用白胶布贴住指关节根部的刺青。单人床后有一壁橱，橱内亮着灯。此刻壁橱内传出敲橱门的声响，好像有人要出来。卡迈克面无表情地坐了片刻，然后从大衣内袋里摸出手枪，走到壁橱门前蹲下身子。他将枪推上扳机拉开橱门。敲门声停了。卡迈克举枪瞄准橱内。橱内一阵低沉的响动。他开了一枪，橱里没了声息。

卡迈克　我说过了，对吗？

【停顿。卡迈克关上壁橱门坐回床边。他放下手枪，眼盯前方。随后他从一银烟盒中抽出一支香烟，巧妙地单手点燃香烟。接着他放下烟盒，把打火机塞进衣袋，拿起电话筒拨号。你好，妈妈。我刚住进这塔灵顿镇上的一家旅馆，17号……房间，电话：567-902-9211。这儿一切都好。嗯……希望你那儿也都好。我好几天没见你了。希望你平安无事。说实话，我有点担忧，所以你听到留言就给我回话，好吗？再说一遍，电话号码567-902-9211。17号房间。（停顿）其他没啥可说，真的。（停顿）我爱你。

【他放下话筒，坐下抽烟。片刻后，客房门外一声咳嗽，接着响起敲门声。卡迈克悄悄走到房门后从窥视孔往外看。

莫文　（幕后）先生，我能看到你两脚的影子。

卡迈克　（停顿）什么？

莫文　（幕后）我能看到你两脚的影子。

卡迈克　你能看到我两脚的影子？

莫文　（幕后）所以我知道你在房间里。

卡迈克　我没说我不在。

莫文　（幕后）可你没有回我。

卡迈克　在我从窥视孔往外察看，确信有人在退房时，我可以不回答，对吗？

莫文　（幕后）没错。

　　【卡迈克打开门，身着旅馆制服的莫文微笑着，胸前挂着他的身份标牌。

莫文　我叫莫文，旅馆前台。

卡迈克　哦，前台接待。

莫文　我不称自己接待。没错，我管接待。但我不称自己为接待。

卡迈克　没错，事实上，我在前台办手续时你就给了我这个印象。

莫文　是吗？我给了你这个印象？因为我的态度？

　　【卡迈克踱回房间。莫文跟了进来。

卡迈克　你的态度？没有。我住过许多旅馆，从未有过前台无人，只有他的拳击短裤。我不知道这还算不算"态度"。

莫文　没错，我在练仰卧起坐，对吗？就在后间。

卡迈克　（停顿）在后间？

莫文　嗯。

卡迈克　（停顿）你是说，"在后间"？

莫文　是啊，我看到前台没客人时，我就去后间练仰卧起坐，那儿有地毯。所以你看到拳击短裤。不过，你让我大吃一惊。你知道吗？

卡迈克 我猜现在前台又没客人。

莫文 暂时没客人。我们前台现在暂时没客人，没错。

卡迈克 有电话进来呢？就让它不停地响。

莫文 刚才有开枪声？

卡迈克 （停顿）刚才有开枪声？

莫文 手枪射击声。

卡迈克 哦。不是。我也听到了。是汽车回火。

莫文 （停顿）在你房间里？

卡迈克 不是。不在我房间里。在街上，街上的汽车。

莫文 哦。（停顿）跟你一起进房间的那俩小青年呢？那黑小子，还有那白妞？

卡迈克 哦，他们走了。

莫文 他们可没从我前台出去。

卡迈克 是的，他们从防火梯下去的。

莫文 哦。为什么？

卡迈克 他们就是那种烂人。

莫文 （停顿）我不明白这有啥瓜葛。

卡迈克 客人一般不用防火梯，对吗？

莫文 是啊。除非发生火灾或事故。或者消防演习，火灾演习。

卡迈克 那么发生事故了吗？火灾，或消防演习？

莫文 没有。启动消防演习的只能是我，只有前台有消防演习的按钮。

卡迈克 一点没错。

莫文 没错什么？

卡迈克 这俩烂人从你的防火梯跑掉了。

莫文　那……你干吗非要跟这种烂人交朋友？

卡迈克　他们不是我的朋友。

莫文　那他们是什么人？

卡迈克　我跟他们做笔交易。

莫文　什么交易？

卡迈克　哦，你明白的，那种跟你毫无关系的交易。

莫文　（停顿）你是说，毒品？

卡迈克　毒品？我看上去像那种做毒品交易的人吗？

莫文　绝对像。

卡迈克　可惜我不是。我可受不了我有那种嗜好。

莫文　受不了？

卡迈克　是啊。

莫文　（停顿）我觉得那女孩挺漂亮，说实话，我觉得那黑小子很可疑。

卡迈克　我同意你对那黑小子的看法。

莫文　你不觉得那女孩很漂亮？

卡迈克　哥们，我对那种破事儿没兴趣。你转悠完了吗，还有啥事儿？

莫文　（停顿）你怎么只剩一只手了？

卡迈克　（停顿）这故事就长了。

莫文　是吗？

卡迈克　是的。一个挺长的恶心故事。

莫文　（停顿）我有空！（停顿）我真的有空，我可以待到六点。

卡迈克　是吗？可是，我没空。我没时间。（停顿）你还不走，莫文？前台不能老是没人。

莫文　老大，你一进门我就知道你有猫腻，老大。你看，我这个眼力……不光是眼力……还有另外一种，我在这儿干了多年，见得多,哥们,要出事,你明白吗? 有好戏看。 比如,一帮披着大氅的家伙入住,可他们的行李只有鱼叉。 这种故事会有啥结局? 一帮披着大氅带着鱼叉的家伙? 一个来自尼日利亚的老兄来住旅馆,他要卖给你一架过山车。"你没有过山车,你从尼日利亚来!"你明白吗? 因为我知道他们那儿没有过山车。我没法信他。(停顿)要是一只大熊猫住进来,满嘴胡言乱语,那种故事会是啥结局? 胡言乱语的大熊猫。 那会是个有趣的故事! 如果一个只剩一只手的人来住旅馆,还带了个漂亮女孩,后边还跟着个黑小子,这种样子你在哪儿都见不到。 这种故事会是啥结局? 我在琢磨。(停顿)比起别人,这更像是你的故事。 我琢磨。(停顿)这样的故事会是啥结局?

卡迈克 我觉得你一走我们就能弄清楚。

【莫文有点尴尬,抬脚欲走。

莫文 我没得罪你,对吗?

卡迈克 你一点都没得罪我。

莫文 我只是查问那响声,真的。 这是旅馆的规定。 查问所有不正常的响声。

卡迈克 那是汽车回火,哥们,常有的事儿。

【莫文盯视着卡迈克。

莫文 不过,我知道那不是汽车回火,老大。 我不是傻瓜。

【莫文走到门前,突然有人敲门。 莫文在卡迈克示意下打开门,二十二岁美貌女孩玛丽琳冲了进来,她拎着用纸、纱布和黏胶带裹着的一个包,一脸张惶,浑身发颤。

玛丽琳 我拿来了,对吧! 我拿来了你那只混账的手,对吧! 现在你放了他,你他妈的! 他在哪儿? 这傻屄是谁? 噢,那拳击短裤小子。 他要干吗?

【她把包扔在床上。 停顿。

莫文 我只上来查问这声枪响。你们不在乎,那我下楼了。

【莫文悻悻然下。

玛丽琳 他在查问啥?

卡迈克 枪声。

【卡迈克拿起那个包。

玛丽琳 (恐惧)他在哪儿? 你答应过你不伤害他的。

卡迈克 玛丽琳,你想知道我追查这只手多少年了吗?

玛丽琳 我问你他在哪儿,你这一只手的混蛋!

【卡迈克缓缓转身看着她……

玛丽琳 我问你呢,你这混蛋。

【停顿。卡迈克缓缓指着她身后他曾朝里射击的那只壁橱。

玛丽琳 他在里面干吗?

卡迈克 我告诉你了。他没在跳舞。

【卡迈克开始小心翼翼地拆着包裹。玛丽琳恐惧地走向壁橱,她惶惶然地拉开橱门,朝里察看。她蹲下身子,手掩着嘴。

玛丽琳 你把他怎么啦?

卡迈克 我啥也没干。

玛丽琳 他没气了。

卡迈克 他不会没气的。

【卡迈克走过来朝壁橱里看。

卡迈克 没错,你说得对。他是没气了。我估计我开枪时他一定吓昏过去了。

【她看着他,他回到床前接着拆包裹。

卡迈克 我朝他脑袋一旁开了一枪。

玛丽琳 你干这种可怕的事!

卡迈克 没错。

玛丽琳 你帮我把他弄出来,求你了!

113

卡迈克　嘿，他是你的狗屁男人，你自己把他弄出来。

【玛丽琳笨拙地把人拖了出来，二十七岁的黑人托比，嘴里塞着布团，头上沾着血迹。 玛丽琳拔出他口中的布团，拍他的脸颊，他开始痛苦地挣扎起来。

玛丽琳　托比，你听到我说话吗？

卡迈克　整一个伪娘。

玛丽琳　他不是伪娘！ 托比？

卡迈克　可他弄了个伪娘名字。

【托比醒了过来，环顾四周，开始呜咽起来。

卡迈克　怎么啦？ 哭啦。 伪娘。

托比　我不是伪娘。

卡迈克　你不是在哭吗？

托比　好人也会哭，对吗？ 要是把他们关在壁橱里，朝他们脑袋开枪！

卡迈克　你说我朝你脑袋开枪？

托比　朝我脑袋边上开枪，那是一回事！

卡迈克　朝你脑袋边上和朝你头上开枪是一回事吗？

托比　一样的可怕！

卡迈克　就是要让你害怕，对吗？ 而且挺管用。 因为你现在就哭得像个伪娘。

玛丽琳　不管怎样，这跟伪娘有关系吗？！ 你拿到了你那只手，对不对？ 托比，我们离开这鬼地方！

托比　他给你五百美元了吗？

玛丽琳　托比，钱就算了，我们走人。

【卡迈克打开了包裹，拿起一只半皱、皮质、棕色的手。 卡迈克看了片刻，对自己点头。

托比　不行。 这是我们谈好的交易。 我们找到他那只手，他付我们五百美金。

卡迈克 在我给你五百美元之前,你不想听听二十七年前我是怎样丢了我那只手?

玛丽琳 我不想听,你呢?

托比 我只想要钱。

卡迈克 那么,你俩就听着。

托比 行。

卡迈克 二十七年前,差不多也是今天,在华盛顿州一个名叫斯波坎的城里,一个十六七岁的男孩,正在他母亲屋外快乐地玩耍,突然来了六个开车的陌生的乡间恶棍,他们绑架了他,把他拖到城外美丽的一处山腰间。他们推着他来到横跨山下大河的铁路桥上的铁轨旁。二话不说,没有任何理由,他们把男孩的左手强按在铁轨上……这个男孩就是我,我说下去……他们按住他,他拼命叫喊,一列火车从远处松树林后疾驶而来,他们扳过他的头让他看着火车,男孩这时还指望他们只是开玩笑,可他们不是开玩笑,他注视着列车呼啸而来,列车在他注视中呼啸而过,将他左手齐腕轧断。在他倒地撕心裂肺的哭叫声中,列车一路向西朝斯波坎城疾驰。恶棍们捡起他那滴血的断手,扬长而去。百米外远处,他们转过身来,微笑着,你知道他们干啥?他们向男孩挥手道别。他们用男孩自己的手向男孩挥手道别。这是他最后一次看到他的手;而再次见到这帮人——也是很久之后。你知道那是什么感觉?别人从远处向你挥手,用你自己的手?你知道那是什么感觉?

玛丽琳 很难受吗?

卡迈克 很难受,你说得对。很难受。不过,男孩很快就挺住不哭了,他不是软蛋,他把不停滴血的手腕放在火上烤,这是他曾经从漫画书上看到的,还真管用。在他躺在地上想着他会死去时，他下了决心如果他不死，这辈子他要做两件事：第一就是追回那只属于他的手，第二就是决不轻饶这帮毫无理由地残害他的乡间恶棍。 当然，这帮恶棍多年前就被他一个一个地追杀了，现在也许还能找到他们的头骨，但找不到他们的脸。 而那只手，你可能猜到了，已经不在他们手中。 他们临死前，说出了这只手的买主。 我找到那人，他手中有六只手，没有一只是我的手，不过他让我去东部找个人，说这人也许能帮我。 而这人又给了我西部一个人的名字，说他能帮我。 二十七年就这样过去了，所以我需要你明白我的用意。 他花了他大半辈子去追寻他失去的物件，在这片衰败悲凉的土地上，在肮脏社区和廉价旅馆里与各色各类的街头恶棍和贩尸人讨价还价，逞勇斗狠。 他寻找的物件他心知肚明，就是找到了它，也对他毫无用处，他不会再用它，没法再接上它，用它来捡起东西，他不蠢，但他决不放弃寻找它，因为那是他的手，而现在丢失了。 在经历了这一切，这么艰难的寻找，这么长途的奔波，现在站在你面前，在谈定最后这笔交易之后，带着所有的期盼和希望，而你给我的却是，你明白吗，一只黑鬼的手……这对我有点过分，我得承认。 我要的是我那只手而你给我一只黑鬼的手，这让我有点难受。 这有点让人过不去，我得对你实话实说。

玛丽琳 那，那不是……

卡迈克 说好的，我要的是，我那只被砍掉的手，现在你给我一只从黑人身上砍下的手，好像我就不该长眼睛。 你明白，老实说，这事儿……我他妈的……该怎么处置！！！

玛丽琳 这不是一只黑人的手。 这是你那只手，时间长了就变黑了。

卡迈克 你刚才拿来的……我得给你说清楚，你刚才给我拿来的这只手是一只黑人的手。 （对托比）你，所有人，应该都很清楚。这手是从你们一个黑鬼身上砍下的,别假装没看到。

玛丽琳 我当然知道你愤怒至极,但我只想说的,你一口一声"黑鬼",这对人是很大的冒犯。

卡迈克 我一口一声"黑鬼"是很大的冒犯?

玛丽琳 托比,这不是冒犯吗?

卡迈克 要是你没拿这只黑鬼的手来蒙我,我决不会开口"黑鬼"这词儿!

玛丽琳 "这是一只黑人的手"。可它不是一只黑人的手!它是你的手,它变黑了!人的手砍下来这么久都会这样。它们变黑了。我清楚。

卡迈克 是吗,专家小姐?你想看看人的脸被打成筛子后会变成啥颜色吗?

【卡迈克掏出枪来。

玛丽琳 我们压根没说人的脸!

托比 我说,卡迈克先生,咋回事儿?你手里拿的那只手吗?那不是你的手。

卡迈克 我知道这不是我的手!

托比 那是一只……你拿的那只手是一只黑鬼的手。

卡迈克 我们说了,我拿到的这只手是一只黑鬼的手。

托比 是的,那是蒂龙·迪克森的手。亲爱的,这手你从哪儿拿的?我说过是冰箱顶上的那只手,对吗?

玛丽琳 什么?

托比 亲爱的,这手你从哪儿拿的?

玛丽琳 从睡房里。这手就在那儿。

托比 是啊,噢,错了,我说的是冰箱顶上的那只手,那只老手。这是傻逼蒂龙·迪克森的手。这是只新手。他没说错。(对卡迈克)你是对的。

玛丽琳　冰箱顶上？我不明白……我拿的就是睡房里的这只手。

托比　对呀！我们知道呀！

卡迈克　胡说八道。

托比　没事儿，亲爱的。是啊，你弄错了，错手，但你不用担心……

玛丽琳　我们只有这只手呀。

托比　我知道的，"她说我们只有这只手"，我知道的，我去拿你那只手。我跑一趟去拿你那只手。就在冰箱顶上。要是你愿意，玛丽琳就待在这儿等我把你那只手拿回来，我们说好的。

玛丽琳　你刚才说啥？

托比　事儿很简单，玛丽琳拿来的这手不是你那只手。这容易解决。

玛丽琳　你哪儿也不能去。

托比　谁搞砸的，亲爱的？错手？

玛丽琳　（对卡迈克）我们根本就没有冰箱。

托比　"我们根本就没有冰箱"。我们有一个……冷冻箱……冰柜。不是吗？

玛丽琳　有吗？

托比　我们有一个冷冻箱柜。对吗？

玛丽琳　可它在车库里呀。

托比　对呀，它就在车库里。我把另外一些手就放在车库冰柜里。

玛丽琳　那冰柜是坏的。

托比　我知道那冰柜是坏的。

玛丽琳　那你把另外那些手就放在一个坏了的冰柜里？

托比　我说的是冰柜顶上，对不对？我说的是冰柜顶上。这他妈的跟冰柜的好坏毫无关系，对不对，就算这混账冰柜是他妈的坏了，你还是可以把另外那些手放他妈的坏冰柜顶上，对不对？ 你他妈的大傻逼！ 你他妈的是存心想让他杀了我们？！ 你存心就想这么干？！

玛丽琳 我没存心想干啥事儿。

托比 可我是存心想干这事儿！ 我他妈的存心想法子救我们的小命！ 你明白吗，傻逼女人？！

卡迈克 我的手，在你车库里，冰柜顶上……那手上有什么特别的标记吗？

托比 （停顿）什么？

【卡迈克把右手放在背后。

卡迈克 那手上有什么特别的标记吗？

托比 那手上有什么特别的标记吗……？

卡迈克 是的。 你明白吗，在那些被砍下的手中，怎么辨认它，你知道吗。 你收的那些黑鬼的手，白人的手。

托比 对，它有一个特别的标记。 手背上有一个字的刺青。

卡迈克 （顿）哪一个字的刺青？

托比 嗯……那一个字……反正，有一个字……嗯，这字笔画不少……手背上那个字的刺青……它是……"恨"。

【卡迈克本能地弯起他的右手。

托比 没错，"恨"字的刺青就在手背指根的关节上。 颜色褪了点，还能看见。 我去拿来。 二十分钟就行。

玛丽琳 你哪儿也不能去。

托比 "我哪儿也不能去"。 我把一只黑人的手拿来给白人的手派对了吗？

玛丽琳 （停顿）给什么？

卡迈克 行了，别再胡说八道了，托比，我得想一想。

【卡迈克边想边踱至后窗。 玛丽琳和托比大声而急促地耳语。

玛丽琳 你他妈的想把我扔在这儿？！

119

托比　我他妈的没想把你扔在这儿，你现在能做的是轻声点，亲爱的，别……

玛丽琳　你就是这种男人？！

托比　你现在唯一能做的就是……

玛丽琳　把我扔在这儿给他妈的这疯子？

托比　轻声点，千万别大声……

玛丽琳　你跑出去找那只我们压根就没有的手？

托比　（大声）你不知道我收起来的另一只手，亲爱的，（轻声）所以你现在最好轻声一点，他在想事儿……

玛丽琳　去你妈的，说啥呢，你那个破屋子到处都藏着手？

托比　没错，没错，都这个时候了，就他妈的两分钟你都不能闭上你那张臭嘴，没治了，真他妈的！怎么会这样！怎么会这样！

玛丽琳　弄到这地步，是谁他妈想出来的？！

托比　现在绝对不是说这话的时候……

玛丽琳　你他妈的现在还卖手吗？！

托比　你怎么就像月经前那样寻死寻活……

玛丽琳　我们卖大麻！

托比　玛丽琳，趁你现在发疯你他妈的告诉他更多的事儿！告诉他更多细节好让他砍了你我的头之后给报纸提供更多八卦新闻。

玛丽琳　他一直在骂"黑鬼"，不停地骂，你怎么连一声都不敢吭？

托比　（停顿）我真的要哭了。我真的要哭了……

玛丽琳　你还跟他一起骂！我真的没法相信！

托比　今天这是第二趟，我他妈的要把我黑鬼的眼睛哭出来……

玛丽琳　还骂你是伪娘！

托比　（哭了起来）轻一点，现在你只能这样……

玛丽琳 你怎么了,又哭了?

托比 你只能这样……

玛丽琳 天哪,托比……

托比 玛丽琳,我只想活着走出这儿……

玛丽琳 你以为我不想活着走出这儿?!

托比 没有……

玛丽琳 这全都是你弄的,你,对不对? 别哭! (他继续哭)你那一堆黑豹精神的屁话现在在哪呢,哭鼻子屁孩? 你那一套"打遍天下"的威猛现在在哪呢,嗯? (他继续哭)别哭! (他继续哭)现在别哭! (他还在哭)别哭了,托比……

【托比最后停住了哭泣。

玛丽琳 天哪! 难道这儿只有我是一个成熟的大人?

【卡迈克走到他的大箱子前,从里面拿出两副手铐,四下打量后,走到后墙的散热器旁,将一副手铐锁在散热器上,然后示意玛丽琳过去。 她目视托比求助。 托比不知所措地擦着流泪的双眼。 她叹息一声,走上前把自己铐在散热器上。

卡迈克 坐下。

【她坐在地上。 他把第二副手铐锁在另一个散热器上,示意托比过去。

托比 可我得去拿你的手,你那只刺着"恨"字的手,在冰柜顶上……嗯……冰柜……

【卡迈克再一次示意托比,托比走了过去,把自己铐上。

卡迈克 你的地址?

托比 你说什么?

卡迈克 你的地址?

托比 我他妈的不能告诉你地址,哥们。 不行,我他妈的不能告诉你地址。

卡迈克 （对玛丽琳）他的地址？

玛丽琳 西克莫尔街1280号。

【托比怒目瞪着她。

卡迈克 西克莫尔街1280号，手就在车库里冰柜顶上，对吗？（停顿）手就在车库里……

托比 没错，手就在车库里那他妈的冰柜顶上。

卡迈克 要是那儿没有，你明白会有啥后果吗？

托比 会他妈的很惨，我知道。

卡迈克 要是那儿埋伏着一帮你的黑鬼兄弟对我动手，你明白会有啥后果吗？

托比 嗯……你会被弄死，我们会逃走，然后就万事大吉？

卡迈克 有趣。不，不……我也许会死，不过，没那么……

【卡迈克转身走到他那大箱子前，从箱内取出一桶汽油，拧开盖子，把它放在被铐两人最远的角落，随后拿出一条旧毛巾，一端塞入汽油桶，又拿出一根细长的蜡烛。

卡迈克 嘿，白妞，西克莫尔街1280号多远？

玛丽琳 嗯，也就十分钟吧？

【他略一思忖，把蜡烛一折为二竖在汽油桶上的旧毛巾上，最后他拿出打火机点上蜡烛。

卡迈克 如果我回不来，四十五分钟后蜡烛烧到汽油，房间就炸了，你们明白吗？还有什么？钱夹，带了，钥匙，带了，枪，带了……

【他目测了一下蜡烛和他俩间的距离，把他们身旁的杂物都挪开，以防他们用这些物件掷向蜡烛。

卡迈克 回头见。

【卡迈克从窗口跳到窗外防火梯上，回身关窗后消失在夜色中。托比和玛丽琳互相注视，确信卡迈克已经走远，两人试着挣脱自己，一阵徒劳之后，便想抓到地毯、床单等杂物掷向蜡烛，但啥也抓不到。托比想出主意，他脱下他的鞋子，拿起一只鞋掷向角落里的蜡烛，差一点就击中。他拿起另一只鞋仔细瞄准蜡烛后掷出，还是差一点。玛丽琳脱下她第一只鞋瞄准蜡烛扔出，鞋子远离蜡烛飞向观众席。当玛丽琳脱下第二只鞋时，托比张大嘴瞪着那鞋，当她再一次瞄准时托比抓住她手臂欲夺过鞋子……

托比 我来吧……！

玛丽琳 我来……他妈的……

托比 你他妈扔得像个……傻逼脑残……

【在两人拼命夺鞋时，鞋子从玛丽琳手中飞出落在房间正中，两人都抓不到。

托比 瞧你弄成这样！

玛丽琳 瞧我弄成这样？！

托比 把那只箱子弄过来！你能碰到吗？

【卡迈克那只破旧的大手提箱靠近玛丽琳一边，离得较近。玛丽琳躺下，试着伸腿去触到箱子——她伸直腿脚也只能脚趾碰到箱边……

托比 再伸直点！

玛丽琳 我在拼命地伸呢，见鬼！

【她再一次试着——除了被铐住的手腕，她整个身体躺在地板上伸直，这次她双脚碰到了箱子两侧，她试图用双脚挪动箱子……

托比 "我们根本就没有冰箱"。

玛丽琳 你有毛病吗？我正在拼命地挪箱子呢！

【停顿。她再一次试图挪动箱子。

托比 （停顿）"我们卖大麻"。

【玛丽琳愤怒地爬起身,直立着。

玛丽琳 我们就是卖大麻! 我们就是卖大麻! 我们不卖手! 我们从来不做卖手生意!

托比 你没必要把这事告诉那狗娘养的! 你他妈的正做着这笔卖手生意呢!

玛丽琳 你还想把我扔给那个怪物?!

托比 我想什么? 你白痴吗? 在他用枪顶着我们头脸吼叫"敢用一只黑鬼的手蒙我……"时,我们能活下来就这条路……

玛丽琳 你甚至都不敢骂他……

托比 我甚至都不敢……? 没错,我应该骂这个狗娘养的傻逼白人至上种族主义,当他用枪顶着我和我女友的脑袋时,在他摇晃着那只黑人的手就他妈的像摇晃着一只混账肯塔基炸鸡翅时,我应该挑战他对我滥用种族侮辱言论!! 我脑子坏了?

玛丽琳 那怎么啦?

托比 在他妈那种情况下,我们只有一条路就是我逃出这房间,从别人那儿弄支枪来轰这狗娘养的! 玛丽琳,这家伙不是只色狼。 他就是一个该死的残废了的种族主义者,一个狗娘养的怪物,一个他妈的手—心理偏执狂! 你他妈的没有即刻危险! 我他妈的有! 现在我俩都他妈的在即刻危险中!

玛丽琳 我也可以去拿枪来轰他。

托比 宝贝,你连扔汽油桶的鞋都飞出去一米多! 现在我们还有啥法子灭了这该死的蜡烛吗? 有啥法子吗?

【她还想跟他顶嘴,但说不出口,就再躺在地板上试着挪动那箱子。 最后箱子开始被她挪动了一点……

托比 干得漂亮,宝贝!

玛丽琳 托比,我们没法用这箱子来砸蜡烛,它太重……

托比 是啊,这就是我为什么琢磨我们也许要打开它,用里面的东西来扔灭蜡烛，你明白吗？

玛丽琳 （她停住）托比，你再敢讽刺我，我就……

托比 赶紧挪动这该死的箱子，宝贝，我们就有希望了。

玛丽琳 （她继续挪动箱子）"月经前的寻死寻活"，算你运气我没揍你个半死，你该死的哭鼻子屁孩……

托比 箱子，宝贝，使劲加油……

玛丽琳 你干吗不告诉我还有另一只烂手？

托比 啥另一只烂手？

玛丽琳 冰柜上的那只。

托比 （停顿）你在玩我？

玛丽琳 那只刺青的手。

托比 根本没啥刺青的手。没有别的任何狗屁的手。

玛丽琳 哦，现在你又说没有别的任何狗屁的手。

托比 箱子，玛丽琳，求你了……

玛丽琳 你他妈的不告诉我这混账刺青的手的事儿，或他妈的随便哪种烂手的混账事儿，我决不再碰这个箱子。

【玛丽琳坐了起来。托比长叹一声。

托比 那家伙的另一只手的手指根上贴着胶布，对吗？我猜想那是刺青，应该没猜错。这帮狗娘养的最喜欢刺青和纹身。而我没猜错那狗娘养的手背和手指上的刺青是他妈的"爱"和他妈的"恨"，对吗？这帮狗娘养的就是这样。这帮傻逼就这副德性，弄什么刺青明志，因为那个年代他们还不会弄一堆前卫的狗屎。现在，你会问我，我咋会猜出那只被砍下的手背上是"恨"而不是"爱"……

玛丽琳 是啊，你咋会知道呢？

托比 完全是他妈的瞎猜，宝贝，现在我们能挪动这该死的箱子了吗？求求你了？

玛丽琳　那样,等等,要是我们说错,他跑到我们那儿去拿这只手……而根本就没有。那他会更恨我们。

托比　你现在全明白了,宝贝,我们还是赶紧挪箱子?

【玛丽琳躺下身去继续用脚挪动箱子,箱子被挪动着慢慢地靠近他们,这时,托比迫不及待地伸出手抓住箱子,试着用力拉开箱盖,玛丽琳也站了起来……

托比　(使足力气)天哪,这里边是啥呀?!

玛丽琳　我说过的,对吗?噢,天哪,臭死了!

托比　(竭尽全力掰着箱盖)他里边到底放了啥呀……?

【箱盖砰地打开了,泻出了百余只极为腥臭的人手;有的腐朽干瘪,有的霉烂发青,有的血迹斑斑,有的只剩骨头,有的还连带手腕或手臂,有几只仅剩几根手指头连着一块皮,还有几只孩子的小手。

玛丽琳　噢!噢!噢!噢……!

托比　我的天哪,他弄了一满箱子发臭的手。这是啥呀?

玛丽琳　托比,那几只是孩子的手!它们不是缩小的!它们就是孩子的手!

托比　带着他妈的这么一箱子腥臭的手,还有几只孩子的手,这家伙,到底是个啥怪物?

玛丽琳　现在我们该咋办?

【电话铃突然响起。俩人相互看着,托比慢慢伸出手,拉住电话线,把电话机往身边拖。电话机从床头柜摔到地板上,话筒脱开,铃声停了。他把电话拖近,伸长了手,拿起话筒。

托比　唔,喂?

【他听着对方的声音,约有十秒钟,他不时地点头。

托比　唔,是的,你能等一下吗?我马上就来。谢谢……

【停顿。他把话筒按在胸前,转过脸对着玛丽琳。

托比　唔……是的。 嗯，是他母亲。（停顿）她哭得一塌糊涂。（停顿）你觉得我该说什么？

【他们注视着满地的断手。

【暗转。

第二场

【投影特写：一支点燃的蜡烛正渐渐燃向底部的毛巾和汽油桶。莫文站在投影旁叙说。

莫文　有时我很想养只猴子，你呢？ 反正我很想。 最好是一只长臂猿而不是猩猩。 或者一只猴子？ 你怎么养它？ 让它攀越？ 那是自然。 或许你常买香蕉给它吃？ 它们真的吃很多香蕉吗？ 也许猴子吃香蕉只这么一说，它们吃不吃香蕉无所谓？ 如今的媒体你弄不明白。 因为我得承认，我现在不太去动物园了。 小时候常去，没事儿干的时候，那时候我开始发现那些猴子很悲哀，你明白吗？ 我就开始喝了酒去动物园，但感觉还是不对，于是我就喝醉酒去那儿,想做些救助它们的事儿，但末了啥救助也没做，只是一通酒后胡话。 我不过就是，有时候，要是对只长臂猿，我会把个手指头伸进它笼子的铁栅，让他或她扯我手指头。 我甚至不害怕失去我的手指。 好像长臂猿很明白我醉酒并关切我为何醉酒。 但面对它时我心想，"天哪，看他们怎样待你。 他们把你关在你不愿待的笼中。 让你扯我的手指。 而你本该待在热带雨林的家中，不用在这儿扯你不愿扯之物"。 它本该从树上扯下一只香蕉或扯住另一只长臂猿的尾巴。 随后我又想到，"天哪，世界上每一个动物园的每只猴子今晚在睡前会想到，'哥们，我不想待在这笼中，扯那个醉汉的脏手指，鬼才知道这是啥日子，我要回到我非洲的故乡，或任何地方的热带雨林，在树间跳跃，吃着香蕉或别的野果'"。 我又想到，"哦，不，每晚它们睡着时，它们会梦到'我回来了，我回到热带雨林，我吃着香蕉'。 结果嘭的一声！ 每天醒来，在该死的亚利桑那，这醉鬼又来了"。 从那以后我不太去动物园了，我开始服用大量快速丸，为此我还被警察抓了一次，保释条件就是我必须来这家狗屁旅馆坐班，直到今天。 哥们，我从没想要在旅馆做事，谁愿意在旅馆干活？ 那些热爱旅馆的傻屁？ 所以我总希望有令人兴奋的、有刺激的事儿发生，或许有个妓女被刺伤了需要我英雄救美？ 我不在乎她们是女同性恋，我会救助她们。 你得关爱别人，你明白吗，即使她们与你不同。 也许什么女同性恋协会授个什么奖章给我。 保护女同性恋奖章。 她们有这种奖吗？ 她们应该有。 （停顿）没错，我曾经总希望校园枪击屠杀事件发生在我们高中，你呢？ 这种臭事儿咋就从来不到我们学校，他们肯定吸取教训了。 所以我总那样，我猜想你会说那是做白日梦，你知道，我老做白日梦盼望冲进来几个心智失常的学生，端着枪疯狂射击，显然，不管为啥，他们总是对生活悲观抑郁，比如体育运动差或没有特长，你知道，这会让你沮丧绝望。 于是他们来了，你知道，他们会套上士兵迷彩服，就为标新炫酷。 这时候我呢，你知道，我就能挺身而出，营救大伙儿。 当然，救不了所有人，不然就没有高中校园屠杀事件了，也许就在他们撂倒，嗯，十二个人之后？ 我用我被打断的腿顶住一扇门，子弹雨点般打穿了门，而我就躺在那儿流着血死去。 或顶住一扇窗。 你知道吗？ 只要我能见义勇为，我不在乎死去。 但我绝不希望自己一开始就被击中头部而成为不明不白死去的一个。 那太窝囊。 在那儿做着代数习题，突然砰一声，永别了。 在一场高中校园大屠杀中死得一文不值。我想大多数幸存者,即使那些见义勇为的孩子,若问他们的选择,他们都会宁愿度过平常无趣的一天,也绝不要有人冲进教室开枪射杀他们,或者冲进饭厅或别处。(停顿)我上学时,早上到校后甚至不准待在饭厅里,你们呢?我们不行。饭厅只供午餐使用。我不知道现在饭厅上午九点会怎样。(停顿)也许他们在吃早餐?(停顿)那就更悲哀了。(停顿)我怎会想起高中校园大屠杀事件?哦,没错,就是楼上那独手怪人。没错,那是半夜时分,我看到那独手怪人拿着枪从楼上防火梯跳下后消失在黑暗中。我知道他有枪,对不对?我知道那不是汽车回火。撒谎。当然那个骚妞还在楼上,这回也许死了或者快死了。我希望她还没死,这样我可以用我的衬衫或别的物件为她止血,跟她说话。当然得在她快死去或她被捆绑两者间选择,我希望她被捆绑,你明白吗?我很强壮,我没病。还有,她那黑人朋友,我不知道他在哪儿。我还记得这黑鬼小子,下流小人,两年前冬天,他卖我快速丸,讲好价,我给他六十美金,他要我等在那儿,我就等着,谁知他跑了,一直不回,放了我鸽子。我在雪地里整整站了一个小时。结果警察来了,我不该对他们发火,他们没错,可我当时大怒而失控。这个垃圾小子一定躲在旁边角落里看我笑话。刚才在前台他居然没认出我,真让我咽不下这口气。他还瞪眼直视我,也许是因为这拳击短裤,我不知道,哥们,但我真咽不下这口气。(停顿)不管怎样,当那独手怪人的老妈来电话时我接通了他的房间。我还能怎样?我能说"对不起,你儿子出去了,他刚跳下防火梯,手里拿着枪跑了"?她会发狂的。她听上去已经有点发狂了。所以,没错,我接通了房间。就让那两个鸟人去对付。

【暗转。灯光随即亮起……

第三场

【旅馆房间，紧接第一场，场景不变，地板上到处散落着断手，蜡烛在燃烧，玛丽琳和托比被铐在散热器上，托比在接电话。

托比　是的，嗯，这会儿他不在。 嗯，要我带口信吗？（停顿）嗯，我是他朋友，老朋友。（停顿）我声音像黑人？ 是的，我是黑人。 我是个黑人，是的。 我是你儿子的一个黑人朋友。（停顿）不，没啥猫腻，我就是你儿子新交的黑人朋友，我说过"老朋友"吗？ 我是说"新朋友"。 喂，我让他一回来就打电话给你？ 为啥不能？（停顿）你从树上摔下来啦？

【停顿。 他用手捂住听筒，转脸对玛丽琳。

托比　她从树上摔下来了。

【停顿。 他继续接电话。

托比　嗯……

玛丽琳　问她受伤了吗？

托比　你受伤了吗？（听着）她昨天从树上摔下来。 脚踝骨断了，脸上流血，她趴在地板上起不来。 你干吗要爬到树上？

玛丽琳　告诉她打电话叫救护车。 嘿！ 再叫她打电话报警，让警察到场！

托比　一个气球？ 谁把气球卡在树上？（停顿）风吹的？（停顿）你多大年纪？（停顿）可你这年纪不该爬到树上，气球卡

131

在树上，她怎么啦？ 那太危险啦，小青年也不行。 （停顿）我没有对你大吼，我就想帮你。 （停顿）我没有对你大吼。 （停顿）安吉拉，我没有对你大吼，我大吼了吗？ （停顿）噢，你别哭啊。 喂，安吉拉，现在你应该打电话叫救护车，然后你儿子一回来我们就告诉他……（停顿）什么？ 救护人员会看到屋子里啥呢？ （停顿）你可以告诉我。 （停顿）可我们现在关心的是你的安全。 你脸上流血，这很不好，安吉拉，不管啥情况，要保住你的脚踝骨。 （停顿）你别哭了。 （停顿）你不会死的。 （停顿）你不会死的。 （停顿）喂？！ （停顿）喂，安吉拉？！

【电话咔嚓挂断了。 托比拿着话筒，一脸木然。

托比 听上去，嗯……听上去，嗯……听上去她先是咳出了一大坨血，然后听上去她好像……嗯，好像死了。 嗯，这事儿不好。 不管你怎么想，这事儿很不好。

玛丽琳 好像我们自己的事还不够要命！ 这蜡烛和这些手！ 现在他妈又死了！ 天哪，托比！

托比 嗯，是啊。 我们，嗯，我们先设法把这蜡烛灭了？

【托比捡起一只可怖的带着手腕的断手瞄准蜡烛，正要出手，房门响了一声。 他把那只手藏到身后，但意识到没有必要，便把那只手扔到地板上散落的断手中。

玛丽琳 谁呀？

【莫文走进。 他看着被铐住的他俩和满地散落的断手。

托比 噢，前台伙计！ 谢天谢地！ 嘿，伙计，看到那边汽油桶上的蜡烛吗？ 请你帮我们灭了蜡烛，好吗？ 我们发誓，这跟我们毫无关系。

玛丽琳 这跟我们毫无关系。

【莫文上前看了汽油桶片刻。

莫文　"前台伙计"？

【莫文慢悠悠走开，挪步时避过满地板的断手……

托比　他不就是前台的伙计吗？拳击短裤家伙。

玛丽琳　没错，是他，拳击短裤人。

【莫文坐在床上。

托比　那他怎么……先生？你们的旅馆分分秒秒就要爆炸……

莫文　"拳击短裤人。"哼。

托比　嗨！我在自说自话吗？！请你过去把那见鬼的蜡烛灭掉，请你了？！

玛丽琳　请你赶紧电话报警，赶在那怪物回来之前把我们救出去？！我们俩都被铐在这散热器上！

莫文　是啊。这地板上都是你们砍下来的断手。

玛丽琳　这些断手跟我们毫无关系。

托比　这些断手全都是那一只手怪物的。我们咋会有地板上这些断手呢？

莫文　我不知道原因，但你们在场。

托比　先生，请问尊姓大名？

莫文　你抬举我了。

托比　（停顿）我没有。我就想问一下你的姓名。

莫义　哦，是吗？（停顿）我叫莫文。

托比　莫文。你看上去是个好人，莫文，一个聪明人，你用"抬举"这词儿，还有你的样子。所以，你能把蜡烛灭掉好让我们理智地来谈谈这些断手和其余的事儿吗？

莫文　不。

托比　"不"？怎么"不"？

莫文　不，我不会灭掉蜡烛。

托比　"不，我不会灭掉蜡烛"。这是……毫无意义的……

莫文 我肯定这点蜡烛的人一定有点燃这蜡烛的理由。

托比 可现在你在房间里。

莫文 我知道现在我在房间里。

托比 你也明白当蜡烛烧到汽油,汽油会起爆,房间会被炸掉,旅馆会被烧毁。

莫文 我明白。

托比 你明白但你什么也不想干?

莫文 我压根就不喜欢这旅馆。

玛丽琳 托比,这家伙有点儿可笑。

莫文 我有点儿可笑? 宝贝,我可没在一间满地断手的房间里被铐在散热器上,在一桶将要爆炸的汽油中,嘲笑一个家伙的拳击短裤。 我有点儿可笑? 我倒觉得你有点儿可笑。

托比 马文……

莫文 莫文! 莫文!

托比 就算你不喜欢这旅馆或在这旅馆干活,这房间爆炸旅馆烧毁的结果就是你,还有我们,以及旅馆里所有人,都将死去。对吗?

莫文 小子,你别把我当成蒙古人来说事儿。

托比 莫文,我没把你当成蒙古人来说事儿。 我不会那样……

玛丽琳 他反对那样。

托比 我反对那样。 我反对——对蒙古人——说事儿。

莫文 不,你亲——蒙古人。

托比 我知道我亲——蒙古人。 我说了我反对——对蒙古人——说事儿。

玛丽琳 好了……

托比 别……(叹气。 对莫文)我要说的是,莫文,……是莫文,对吗? 我要说的是……你不了解我们。 现在我们也许该死,也许不该死。我们,也不了解你,但决不认为你应该现在死去,我们认为你是个大好人,所以我们觉得你应该把蜡烛灭掉,就是不为救出我们的性命,也得救出你的生命,你的生命绝对值得救出。

莫文 所以那次在我特别想要一公克快速丸时,你拿了我六十块钱,让我在雪地里站了一小时,像他妈的一个白痴?

托比 (停顿)我根本不知道你是谁,我根本不知道这人是谁,但从他说的这些事儿,什么雪地啥的足以证明他就是一个混账的蒙古人,所以我建议我们别再理他,就当他不在这儿,玛丽琳,我们他妈的自己把蜡烛灭了。好吗?好了。

【托比拿起一只手向蜡烛掷去,但莫文站到蜡烛前把蜡烛挪到更为隐蔽之处;他还动手挪来几个物件挡在蜡烛前面。托比开始向他掷出一只只手,十分猛烈……

托比 嘿,你他妈的……!

【……莫文把手一只只掷回,也十分猛烈,有些手碰巧砸在玛丽琳身上。

玛丽琳 嘿!

托比 嘿!

莫文 怎样?!

托比 臭小子,你用这种垃圾砸我女友!

玛丽琳 莫文,你用这些发臭的手砸我!

莫文 我砸的是他。

玛丽琳 这些都是人的断手,莫文!你他妈的有病啊?

莫文 我砸的是他。

玛丽琳 老天爷……!

托比 (停顿)把蜡烛灭了!

莫文 不!

托比 你他妈的找死啊！我们全他妈的一个也活不了！

莫文 没错，也许就得这样，给你一个教训。

托比 什么他妈的教训？人都死了还给我啥屁的教训？

莫文 教训就是你骗了他六十块钱溜掉，让他站在雪地里傻瓜一样地等着。

托比 不，这教训不了我，傻逼，我还会这么干，我还会这么干！尽管这他妈的压根就不是我干的。

玛丽琳 莫文？莫文，看着我。

【莫文瞥了她一眼。

玛丽琳 你只是"瞥"了我一眼。莫文，你还是没有看着我，对吗？

【停顿，莫文注视着她。

玛丽琳 谢谢你。听着，莫文，我觉得你真的很帅，我希望你把蜡烛灭了，我好跟你说话。

莫文 哇，你觉得凭你的美貌能把我使唤得团团转，对吗？

玛丽琳 不，我没觉得凭我的美貌能把你使唤得团团转，我只是觉得你很性感，我真的特想跟你说话。灭蜡烛就算给我个奖励。你觉得我性感吗？

莫文 我觉得你很性感，但恕我直言，我认为你选择男友的品位极差。

玛丽琳 他不是我男友。他只是我一个熟人。

莫文 （停顿。对托比）你不是她男友？

托比 她说得没错。

玛丽琳 你能帮我把蜡烛灭了吗？

【停顿。莫文走到汽油桶前，迷信地舔湿他的手指，把蜡烛捻灭。

玛丽琳 哇，你弄灭蜡烛的样子酷毙了。你怎么会那样？

莫文　我有一次学的。

玛丽琳　你先舔湿你的手指头,对吗?

莫文　是吧。

托比　我看到他舔他的手指头……

玛丽琳　托比,你有六十块钱吗?

托比　嗯? 有啊。(怀疑)没有。干吗?

玛丽琳　尽管我想这雪地里骗钱的事儿绝对是弄错了人,我也不知道有这事儿,我觉得你还是应该给莫文六十块钱,来表明我们都站在同一边。 就是每分每秒随时都要被独手人回来杀头的这一边。 你说呢?

托比　我说啥? 我说"我不会给这蒙古人一个子儿"。

玛丽琳　托比……

托比　这人是个傻逼。 我就是她男友,我现在要干的就是……

莫文　我知道你是她男友!

托比　我现在要干的就是打电话报警,把警察叫来这里,把我们全都抓了,扔进监狱,因为我觉得向这帮狗屁警察解释一个黑鬼站在一间满地断手的房间里要比向我妈解释为啥我的脑袋被砍了要容易得多,因为那独手傻逼狗娘养的回来后就会砍掉我这狗娘养的脑袋! 你觉得咋样? 拳击短裤,外线电话拨啥号码?

莫文　什么?

托比　外线电话拨啥号码?

莫文　拨零号。 你得让总机转接外线。

托比　多谢。(拨号。 听总机声)总机不接。

莫文　那你得再拨,唔?

【托比又试。 莫文细看着他的手指甲。 停顿。

托比　你是旅馆的总机,对吗,莫文?

137

莫文　我有时转接，是的。我转接一些电话。

【托比把电话扔在地板上，双手蒙头倒地。

莫文　这位独手干吗非要砍你的头，你肯定干了坏事儿？

托比　玛丽琳，让他替我们报警，求你了，你能把你的奶子和身子给这家伙看吗？

莫文　你的男友太棒了。

玛丽琳　托比，你干吗弄成这副德性？

托比　（涕泪交加）因为我不想今晚就死，玛丽琳。我就是不想今晚就死。

玛丽琳　你不要再哭了！

托比　（哭叫）现在只有死路一条，这太不公平。

玛丽琳　闭嘴！

【托比停住哭叫。

玛丽琳　（停顿）莫文？这个独手，我们过去从未见过，今晚是第一次。我们只听说有个家伙来到城里，出高价找回他自己的手，他自己那只被砍掉的手，那手多年前被砍。为他自己多年前被砍的断手他出了"高价"。

托比　五百块钱。

玛丽琳　而我们从读高中时就知道，塔灵顿自然历史博物馆里有一只手，真的，就那么放着，在只盒里。所以我们就拿到了它。但我们忘了那只手……像是只……土著人的手？从一个土著人身上砍下的？不过那时我们还不知道这一只手的长相，你明白吗？当我们见他时我们希望他皮肤更黑些，你明白吗？要是他皮肤不黑我们该咋办？我们就设法走人。

托比　我们就走人。

玛丽琳　我们原本想肤色接近也许我们就能骗到钱？或者就说许多年后手变黑了。但他猛击托比头顶，把他锁进壁橱，还朝他开枪。 是啊,事情就完全失控了。

莫文 这就是你们的计划? 博物馆? 他还说我是蒙古人? 博物馆?

玛丽琳 我想当时我们觉得,这人只有一只手,能有多狠?

托比 多狠我都能对付,亲爱的。 多狠我都能对……可我受不了杀人狂。

莫文 好了,一旦他听到你杀了他的老妈,他会更加杀人狂,对吗?

托比 (停顿)我猜想你在总机上能监听电话,对吗?

莫文 没错,有时候允许总机监听电话。 我们得确信客人没在策划什么趣事儿。

托比 (担忧)她听上去好像死了,对吗?

莫文 她听上去很不开心。

玛丽琳 (停顿)莫文,你能替我们报警吗? 求求你?

莫文 我得说,小子,这整件事儿,让我感觉像是一句成语"恶有恶报"。 你知道这句成语吗? 我觉着事情就像这样。

玛丽琳 (停顿)事情很糟?

莫文 事情不妙。

托比 这鸟事儿咋就成了他妈的恶有恶报呢? 你解释一下这混账比喻。

莫文 好啊,我来解释我的比喻,牛逼先生……

托比 好啊……

莫文 你明白,你今晚答应给人家你根本就没有的东西,还想骗到他的钱,好像他是个傻瓜,两年前你也答应给另外一人你根本就没有的东西,你也许有,我不清楚你有没有快速丸,但你确实行骗,你确实拿了钱就跑了,让那人站在雪地里傻等,整一个被你放了鸽子的蠢瓜。 我没说错吧? 这个比喻对吧? 这是作恶吧？你明白我说的"恶有恶报"吗？我想我能看到你"恶有恶报"。

托比　莫文，我不卖快速丸。我从来不卖快速丸。我卖大麻。

玛丽琳　这是真话，莫文。他卖大麻，他不卖快速丸。

托比　我甚至不知道哪儿去弄快速丸。

莫文　没错，我知道。所以我被你放鸽子，等了一小时。

托比　那不是我，莫文。那就不是我。你总不是那种以为所有黑人都长一个模样的傻逼，对吗？

莫文　当然不会，对呀，不过我还是肯定那就是你。

托比　是吗？

莫文　没错，你头发颜色不同，可你戴了骷髅旗耳环，你穿的T恤衫上印了个尤达。

【托比胆怯心虚地瞥了玛丽琳一眼。

玛丽琳　噢，托比，你这个混账东西！

托比　许多黑人小子都穿印尤达的T恤！那个证明不了啥！黑人青年喜欢尤达！这种狗屁在法庭上没有作用。

玛丽琳　我们眼下没站在法庭上，对不对？我们正站在臭气熏天、满地断手的房间里，面对他妈的死亡。

【托比压抑不住地哭了起来。他伸手在裤袋里摸钱，摸出了几张纸币和零碎……

托比　我身上没有六十块，莫文，不过，嗯……

莫文　你有多少？

托比　（数钱）有……二十九美元七十五美分。（顿）还有点大麻。

【莫文拿了现金，没拿大麻。

莫文　钱我拿了，现在我去打电话报警，不过我要告诉你，小子，我报警不是为你，是为她。因为事情弄成这样她是无辜的一方。

玛丽琳　谢谢你,莫文。

托比　谢谢你,莫文。 事实上筹划卖手这事她和我是对半,但还是谢谢你,莫文。

莫文　如果我们要说"事实上",你事实上还欠我三十一美元二十五美分,所以你还说什么"事实上"?

托比　事实上应该是三十美元二十五美分,不过无所谓。

【莫文怒视着他。

托比　没错,你算得对,你算得对。 我加错了。

莫文　好,我去报警,在报警时,我还要弄清他老妈的住址,让他们给她派个医生过去,把老人救醒过来,也许你应该关心这个,别他妈的每分钟都自私自利只他妈的想你自己,你明白为啥吗?

玛丽琳　求你了,你能赶紧去打电话吗?

【他瞪视着她。

玛丽琳　我是说,这会儿他可能每分每秒随时就到! 对吗?

托比　你瞧见了吗? 她和我一样的坏。

莫文　嘿,要是他提早回来,也许我必须恢复我刚才进房间时的原样,对吗?

托比　你进来时房间就这样了。

莫文　不,你知道,我进来时房间里是……

【莫文拿出蜡烛,用打火机点上,向汽油桶走去。

托比　莫文,你混蛋,你滚开!

玛丽琳　求求你,莫文,天哪!

莫文　我只是开个玩笑! 天哪! 我去打电话。

【莫文吹灭蜡烛,微笑着,拿起蜡烛和打火机下,精疲力竭的托比和玛丽琳相互注视着,恐惧至极。

托比 我差不多毁了一切，对吗？

玛丽琳 差不多？

【俩人微笑。

玛丽琳 嘿，也有我的错。

托比 我只想弄点钱带你去个地方玩玩，你知道吗？去个风景胜地。游乐胜地。"五百美元"能搞定的地方。现在看看我们的下场。就为这破手。

玛丽琳 你觉得这些断手都是他买的或是从那些人身上砍的，还是怎么的？

托比 我在想这两种情况是否都有？（停顿）而且他老妈为啥不让警察看她的房子，他拎着这一箱子恶心的断手到处转悠，他快乐吗？

玛丽琳 你相信这断手斯波坎的故事吗？他怎样被砍手的整件事儿？

托比 我好像觉得在哪部电视剧里看到过。这剧中有利·马杰斯，也许我把它和《生化女杰》弄混了，我不知道。

玛丽琳 那也太邪恶了，对吧，有人用你自己的手向你挥手道别？

托比 那真是非常邪恶，不过我要告诉你，这世上有一些非常邪恶的人。我说的是真话。

玛丽琳 你想过那些总偷走你老妈的仙人掌的那帮孩子吗？

托比 那帮孩子不需要一个六十多岁老太的仙人掌。他们要来有啥用？他们也就是把仙人掌扔在别处的街头拐角，一起恶作剧大笑。绝对不会给它浇水。

玛丽琳 我还是要说，如果一帮家伙拿着他们砍下的你自己的手向你挥手道别呢？哥们，这会把你变成一个冷血人。

托比 我要告诉你，我为啥极不喜欢这家伙。因为他是个冷血的杂种。我从没见过比他更冷血的杂种。如果这家伙决心要做啥善事,比如他要保护生态环境,人们会为这狗娘养的把环境清理得干干净净。 他在海上,你的船只绝不敢溢泄原油,弄脏海豹的脑袋! 这狗娘养的会上船杀了你。 你也不敢排放其他垃圾。 没有什么讨价还价! 就是砍你的头! 就在海豹们坐一起鼓掌时,你的头就滚落在那狗娘养的甲板上,你的眼睛还瞪着海豹们,无法理解! 我还要告诉你关于这傻逼狗娘养的另一件狗娘养的事儿……

【突然,卡迈克从防火梯上用铁棍打碎玻璃,他跳进房间来到汽油桶前。 原先贴住他手背上"爱"字刺青的胶布不见了。

卡迈克 我的蜡烛呢?!!

托比 被……前台拿走了!

卡迈克 谁他妈的把我的手扔得满地都是?!! 这他妈的更可恶!!

托比 没错,我知道,也是前台这小子! 他进来过,他发狂了!

卡迈克 是吗? 好,回头我削他,对吗?

托比 现在就削他!

玛丽琳 现在就削他!

卡迈克 噢,现在就削他,对吗?

托比 要不,先不削他! 你拿主意!

玛丽琳 你……你在我们说的地点找到你的手了吗?

卡迈克 我找到了吗……? 这算是回答你提问了吗?

【卡迈克拿起满桶的汽油朝他俩全身上下浇去。

托比 你说"没有"就行啦!

【他继续朝他们身上浇着汽油,他俩开始咳嗽、哆嗦、挣扎。

卡迈克 玛丽琳,你知道这二十七年来有多少人想着法子耍我? 你知道多少人觉得他滑稽可笑,这个只剩一只手的傻逼,活着的唯一念想就是追回他另一只手,你知道多少人想要弄他来取乐，因为他们觉得这家伙太可笑了，就因为他要找回本该属于他的东西？！你知道在这狗屁的四分之一世纪中，这国家有多少这样的鸟人他得对付？

玛丽琳 很多人吗？

卡迈克 没错，很多人！一大堆！现在又多出了你们俩！

玛丽琳 我们俩不一样！我们俩没有觉得你滑稽可笑！

托比 我们只是想弄两个钱，先生！我们没想要惹你发怒！

卡迈克 可我很愤怒！

玛丽琳 我们知道你很愤怒。这事儿做得令人愤怒。

托比 可我们之前从来都不做这种事儿……

玛丽琳 我们卖大麻！

托比 我们卖大麻。我们不卖断手。

玛丽琳 这手是我们从博物馆土著人展厅弄来的。

托比 我们没有恶意坏心。我们只是想骗你几百块钱。

玛丽琳 我们也没有漫天要价。我们不该为这事而死，我们该死吗？

卡迈克 还用问吗，我把汽油全浇在你们身上了。

玛丽琳 只是想骗你几百美元，我们就该死？

卡迈克 你说得对！

玛丽琳 我得说，先生，你这绝对是过度反应。（停顿）托比，他是否过度反应了？

托比 你是有点过度了。

【卡迈克把汽油桶扔在一边，在他小心走在到处是手的地板上时看到了俩人的鞋子。

卡迈克 你们干吗把鞋子脱了？

托比 对不住。我们想扔鞋子把蜡烛砸灭。

【卡迈克捡起他俩的鞋子。

卡迈克 我一直想起鞋子的趣事儿；我没几双鞋子，实际上，我只有一双鞋子。有时候，我夜里躺床上看着我那双隐在暗黑中的鞋子，我会想，"这是我穿的最后一双鞋吗？"你们明白吗？"我会穿着这双鞋死去吗？"因为没人会知道，对吗，当他们早晨穿上这双鞋，通常没人会知道他们是否会穿着这双鞋死去。但是，你们明白吗？你俩知道。你俩知道。所以，行了，你俩干吗不穿上你们的鞋，让我们结束这地狱废话。

【卡迈克把鞋扔给他们，开始摸索他的衣袋；他俩站在那儿试图拖延时间。托比不时望着窗外期盼警察到来……

托比 唔，一个想自杀的人会知道。一个从桥上投河想自尽的人呢？他知道他穿着哪双鞋死去。

卡迈克 没错，一个要自杀的人会知道，我也觉得。

玛丽琳 要是有个人……一个没有双腿的人，可不太可能。但也许有这样一个人，他的鞋那会被胶水粘在脚上。像是一次意外，如果那是黏度很强的胶水……

托比 就像那种疯狂胶水……

玛丽琳 就像那种疯狂胶水，这胶水粘他脚上他不知道，他穿上鞋后没多久他就死了呢？

卡迈克 嘿，我没说无人知道。我说的是通常没人知道，对吗？我说鞋子这事儿就是让你们在死亡之前感到恐惧，明白吗？我不想跟你们争论他娘的什么鞋子。

玛丽琳 可这样友善吗？！

卡迈克 而我不友善，对吗？

玛丽琳 没错，随你吧！

卡迈克 你俩谁有火柴啊？

托比 （停顿）我没有火柴。亲爱的，你有火柴吗？

玛丽琳 火柴？

145

托比 就说"没有",亲爱的,眼下只有这回答……

玛丽琳 没有,没有,是啊,没有,我没火柴。没有,是啊,没有,我在想我们可以告诉他这条街拐角有卖火柴的,这样多少可以拖延点时间……

卡迈克 我有个打火机放这儿的,我知道啊。我用它点过蜡烛……(明白过来)那个混账前台小子!

托比 他把东西翻得一塌糊涂,他还偷东西!下去找他!

【卡迈克拿起电话拨号。

托比 别问他……

卡迈克 前台接待吗?(停顿)伙计,我不管你自称是接待还是啥狗屁!你趁我外出时从我房间里拿了我东西,我现在要你立刻送回!(停顿)你拿了我的蜡烛,还拿了我的打火机。(停顿)喂,道歉没用,对吗?我要你立刻送回。(停顿)……谢谢。(停顿)不是,没有,我走了防火梯。(停顿)我知道这严重违规,但我很愤怒,对吗?(停顿)我为何愤怒与你无关。你立马把东西拿上来,明白吗?(停顿)谢谢!

【卡迈克挂了电话,坐床上沉默良久,托比和玛丽琳看着他,又相互对视……

卡迈克 怎么?哦,是啊,不,他把东西拿上来,他说他一分钟就到。

托比 (停顿。轻声地)不着急,拳击短裤,不着……

【敲门声。托比垂下头。

玛丽琳 快走!

托比 快走!

玛丽琳 快跑!

【卡迈克用枪逼着他们,打开了门,用枪顶着莫文进了房间。莫文看着浑身被汽油浇透的他俩……

莫文 天哪！现在更惨了！

卡迈克 我的东西呢？

莫文 什么？

卡迈克 我的东西？

莫文 哦，对的。

【莫文把蜡烛和打火机交给卡迈克。托比下巴垂下。

托比 莫文，你刚才下楼去和要找的那些人谈得怎样？

莫文 哪些人？

托比 你特为下楼去要跟他们通电话的那些人。

莫文 我记得我下楼去办事儿。

【他俩垂下了头。

莫文 没错，可电话没打，我走神了。我上了一会儿电脑，接着处理另一事儿，你们知道……哇，刺鼻。啥东西，汽油？

托比 没错，是他妈的汽油！

卡迈克 是啊，你干吗不过去跟他们聊聊？

莫文 我不能靠近他们，我会弄上一身汽油的。不管怎样，发生了什么？他母亲的事儿你告诉他了吗？

卡迈克 （停顿）我母亲咋了？

托比 你刚要弄死我们，对吗？就刚才，一次又一次，你要弄死我们。

莫文 我们觉得她死了。托比跟她聊过……是托比，对吗？是的，托比接了她电话，后来吵起来了，我听到了，没错，然后，听上去好像她死了。

托比 不，不，我只是想帮她……

莫文 （交迭）你有点粗鲁，真的，我不清楚她是否咳出了鲜血，但肯定咳出了啥东西。我猜是鲜血。

【卡迈克拿起电话。

托比　哦，卡迈克先生，我知道你打外线得要总机给你转，总机接线员现已回家了。

莫文　不，不用，你打外线只要拨9，你知道吧……

卡迈克　我知道。

莫文　大家都知道。

托比　（停顿。对玛丽琳）你知道打外线拨9吗？

玛丽琳　我从没住过旅馆。

托比　如果我们这次逃过，我会把莫文的脸放在火上烤。

卡迈克　嘘。等电话呢……

　　【电话铃声一直响着。

莫文　让它响一阵。

　　【电话铃声继续响着。

托比　我说，卡迈克先生，也许她爬起来去了浴室，听不到外面电话呢？

玛丽琳　是啊，也许她音乐放得太响，或怎么啦，音乐太响？

莫文　也许她没法接电话，她死了。

　　【电话铃声继续响着。

托比　卡迈克先生，你听着，玛丽琳与这事无关。是我把她骗来的。所以，你能放了她吗？你可以随意处置我。

莫文　噢，他说这话是想让你以为他是个好人！

卡迈克　嘘……

　　【电话铃声停了，有人接电话。

卡迈克　喂？！喂，妈？！（停顿）妈，我在这儿都他妈的等了一小时了，你为啥这么久才接电话？（停顿良久）树？哪棵树？（盯了一眼托比）没有，他没告诉我你从树上摔下来。他一定是忘了。（停顿）我当然没有任何黑人朋友，你在说啥呢？就你这个年纪，你干吗要爬到树上去？

托比 我就是这么说的,对吗?

卡迈克 (停顿)一个气球?!妈,这是我他妈听到的最蠢的事儿,真他妈的,一个七十岁老太爬到树上去弄下来一个混账气球。如果你想真把它弄掉,你应该朝它扔一块尖尖的石头戳破它。再说谁在乎气球挂在树上?过两天风就把它吹走,或者它自己瘪掉。(停顿)本来它就是被风吹到树上的,对吗?所以,它怎么就不会被风吹走呢?(停顿)卡住了?(停顿)没错,妈,我来告诉你你的毛病,你想知道你的毛病吗?你认真过头,这就是你的毛病。(停顿)你就是认真过头。谁在乎邻居看到你的鸟树上有个气球,他们咋会看轻你呢?他们不会看轻你,他们会想,"哦,风把气球吹到卡迈克太太的树上,但风一定会把气球从树上吹走,因为风就那样。或让气球自己瘪掉,但不管怎样,我们不会看轻卡迈克太太,因为,你知道吗,这气球跟她毫无狗屁关系!"(停顿)没人会觉得你是个疯女人。

【他用手势向另外三人示意,他们都表态摇头。

卡迈克 现在他们会觉得你疯了,你抓一个狗屁气球,弄成脚踝骨骨折,在你狗屁厨房的地板上爬来爬去!现在他们会这样想!(停顿)千真万确!你甚至没摸到气球,现在你不觉得自己像个白痴吗?事情发生后你干吗不立刻就叫救护车?还有,那些人干吗不立刻替你叫救护车?反而就让你这么躺在地上,让你他妈的流血致死……?(停顿)啥?你不想让警察看到啥?(停顿。轻声地)不,你告诉我你不想让警察看到什么?(停顿,他脸色和态度变了)不过,妈,谁说过你可以偷看我的房间?妈,那箱子锁上的。你得用你那双臭手撬开那箱子,多管闲事!听着!警察根本不在乎你那二十本色情杂志,明白吗,妈?警察不会在乎!你可以在书报亭随便买!

警察自己也看！（停顿）哦，你已经翻看了许多本，对吗？你现在是女同性恋，又是偷窥狂。（停顿）绝对合法，妈。绝对合法。线索在标题中，妈。所有这些女孩都在十八岁以上。（停顿）什么，你躺在地上翻看这些杂志？！！（对他们三人）她躺在那儿翻看它们！！（停顿）你还真的爬进我的房间，还躺在那儿？也许你的脚踝骨根本就没有摔断。我想也就是"肿"吧。（停顿）她翻开了又一本杂志！我能听到她的翻书声！妈，我没对你辩护自己。它就是一本杂志，对吗！没错，是的，我是觉得有些黑人女性漂亮，我是觉得有些黑人女性漂亮。那并不意味我没有种族偏见。它是一本杂志。你看，我现在就站在这儿，明白吗，有一个黑人被我铐在散热器上，他从头到脚被我浇满了汽油，现在还有啥平权法案，现在还有吗？（停顿）他不是我朋友。他不是我朋友。我干吗要把我朋友铐在散热器上，把汽油浇他身上？我们俩谁也逃不掉？（停顿）他说了啥？（停顿。对托比）你告诉我妈你是我朋友了吗？

托比　嗯，也许是随口说的？当时我心里就害怕你回来吧？

卡迈克　（叹息）你就给她说实话，明白吗？

【卡迈克把电话递给托比。

莫文　我现在可以下楼回前台了吗？

卡迈克　不，你现在不能回前台。

莫文　如果你们只是聊天……

托比　（对话筒）喂，安吉拉吗？是的，又说话了，你好！（停顿）不，不是。他根本不是我朋友，不是。他是……他更像是我的对头，真的。

【卡迈克同意地点头。

托比　我干吗那样说，因为，你知道，我在他房间里，你电话过来，我不想让你担心，你会想"我儿子房间里这男人是谁呀，怎么我儿子不在，他接电话"，这种担忧。特别是，你知道吗，你刚从树上摔下来。（停顿）如果我不是他朋友，我在他房间里干吗？唔……

【卡迈克示意他实话实说。

托比 我想卖给他一只手。（停顿）没有，没有卖成，没有，那不是他的手，很不幸，造成了这一切……造成了这一切后果。（停顿）嗯，是的，是，我确实一开始就知道那不是他的手。我和我女友从博物馆里弄来的。那手是从一个澳大利亚土人身上砍下来的。死了很久了。（停顿）噢，这不友善，我之前不是对你友善吗？（停顿）我刚才对你很友善，我说你应该叫救护车，对吗？我让你忍住，你会没事儿的。（停顿）你听着……啥？（停顿）你听着，我还是让你儿子跟你说吧，安吉拉，因为我觉得你现在说得很过分，事实上很恶毒，很伤人，所以现在还是你来说吧。（停顿）她说，要是我愿意我可以让你跟她说！天哪！

【托比把电话递给卡迈克。

卡迈克 她说什么？

托比 她说，唔，她骂了我几次"黑鬼"，她说她希望我现在就死掉。

卡迈克 哦，她是这么说吗？嘿，妈，黑鬼是不是死在这儿，我说了算，你明白吗？我不需要你那该死的种族主义屁话！坐在你的肥腚上满斯城去追他妈的气球吧。这二十七年，你从没伸出一小指头帮过我，现在你干吗要对我指手划脚，嗯？不，你从来没有，你没给过我一次鼓励，从来没有，你就让我自己去找，这事你从开头就没帮过我一丝一毫，你干吗要管我闲事，闲事佬？你干吗要管我闲事，你干吗还要碰我的杂志，你干吗不像一个从树上摔下来的正常人那样给你自己叫辆该死的救护车,你明白吗? 告诉他们如果他们从街上看不到门牌号,只要看外面树上的气球,因为我听上去它就像个他妈的路标。 别咳了。 别咳了。 你不会死的,我们以前都熬过来了,对吗? (停顿)谢谢你。(停顿)不,我不会杀了他。 不,我不会杀了他。 我不在乎他是不是黑人,现在你把我这整个鸟事耽误了。 妈,你干吗不去睡觉? 你他妈的干吗不去睡你的觉?

【卡迈克挂了电话,把电话机扔在地板上;他坐回床上,两手抱头,叹气。

莫文 我喜欢你母亲! 她有胆量!

卡迈克 也许我对她严厉了,但有时候她弄得我心神不宁,你明白吗?

玛丽琳 你没有太严厉。 你对她的严厉恰到好处。 对吗,托比?

【托比点头。 卡迈克摸索衣袋,然后掏出两把手铐钥匙扔给托比和玛丽琳。 他俩飞快地彼此打开手铐。

莫文 我怎么告诉你的?! 也不说声谢谢!

托比 谢谢!

玛丽琳 谢谢!

卡迈克 (停顿)我觉得这次还挺好。 这次我找到这种感觉。 我觉得一切都会顺利。 我也可以回家了。(停顿)你们这俩孩子做这种事儿太不地道,你们明白吗?

托比 我们真心向你悔过,今后我们决不再干这种事情。

玛丽琳 这绝对给了我们一个教训,这一切。

莫文 一转身他们立马又去干这种事儿。

托比 嘿,小子! 我还得跟你算账,小子! 你我之间的事儿还没完!

莫文 我干了什么?

托比 你干了……？首先，你答应我们打电话你干吗不打？

莫文 哦，电话。

托比 "哦，电话"。

玛丽琳 莫文，你干吗特想要弄死我们？

莫文 我没特想要弄死你们。（停顿）我没特想要弄死你们。没有，我只是被楼下电脑套牢。我查到一个叫"砍掉的手"的网站。

玛丽琳 网络上有"砍掉的手"的网站？

莫文 有六个，但我查看的那个网站只有数据。最疯狂的数据是：所有那些不管出于何种癫狂原因砍去自己一只手的人当中，百分之八十三……注意……他们中百分之八十三砍去他们的左手……

【卡迈克抬头看着莫文。莫文在讲述，托比注意到卡迈克神色，紧张起来。

莫文 开头我想，哇，这个百分比很高，接着我想明白了他们为何砍左手而不砍右手……

玛丽琳 我也想明白了！

莫文 噢，说说你的道理！

托比 还是别胡说！

玛丽琳 世界上百分之八十到九十的人是右撇子，对吗？

莫文 没错！

玛丽琳 所以如果一个右撇子要砍去他的一只手时，他会砍去左手，对吗？因为他得用右手来握住，你明白……

莫文 砍肉刀……

玛丽琳 砍肉刀，或菜刀，或别的物件！

莫文 砍肉刀。

玛丽琳 是的，或菜刀和别的物件！

莫文　玛丽琳，我觉得你的结论正中要害！

托比　反正，我总是很讨厌数据，你呢，卡迈克先生？你可以让他们说出任何你想要听的屁话。所以，不管怎样，我觉得我和玛丽琳现在要先走一步了……

卡迈克　（对莫文）小子，你到底想说什么？

莫文　什么？

卡迈克　你到底想说什么？

莫文　关于什么？

【卡迈克掏出手枪。

卡迈克　大约百分之八十三砍掉他们左手的狗屎屁话？

莫文　我从电脑上查到的信息。

卡迈克　你想说我自己砍掉了我的手？

托比　他绝对没这个意思。

玛丽琳　他绝对没这个意思。

托比　他绝对没这个意思，在这一开枪整个屋子就会爆炸的房间里，他绝对没这个意思，对吗，莫文？

莫文　我……没有任何意思。

托比　太给力了！你看呢？他没有任何意思！

卡迈克　二十七年前，在华盛顿州的斯波坎城，我的左手被一帮乡间恶棍砍掉了。他们从远处用我的手向我挥手道别。你是不是现在想说，经受了这么多年的寻找，经受了这样的……伤痛……你是不是想说我自己砍掉了我的手？这就是你想说的话？

莫文　卡迈克先生，我得说，你完全是大臭特臭。

卡迈克　（停顿）我完全是什么？

莫文　你完全是大臭特臭……这么说对吗？（停顿）没错，对的。你完全弄臭了。整个都臭了。

卡迈克　如果我做出任何动作，那我就大错特错了。

莫文　大错特错！就是它！我知道，有点不对！没错，你完全是大错特错了！就像你母亲！（停顿）没错，就像你那疯狂的母亲。

【卡迈克直视着莫文，莫文也直视着卡迈克。突然窗外传来警车声和强烈灯光，几辆警车开来，并停在外面。

托比　嗯……应该是警察。

【趁卡迈克和莫文在继续对峙，托比慢慢走到窗前朝外张望，然后回头扫视那满地板断手和汽油……

托比　好了。嗯……你们俩不需要我们做啥了，对吗？

【托比拉着玛丽琳到窗前，他从窗口翻上了防火梯。玛丽琳悲哀又困惑地看着莫文，然后上了窗口。对峙中的莫文首次退却，卡迈克仍不罢休。

莫文　你要走了？！

玛丽琳　是啊，我要走了。

莫文　你跟他走？

玛丽琳　是啊，跟他走。

莫文　哦。可是……我以为你开始喜欢我了。

玛丽琳　我觉得，我越来越害怕你了，莫文。

【托比拉着玛丽琳翻上防火梯。

莫文　可是……我救了你的命。

托比　你也救了我的命，可我不想操你。

【玛丽琳向莫文竖了个大拇指，并做"好运"的口型，然后跟着托比从防火梯下。莫文悲哀地转过身对着卡迈克。

莫文　这个骚妞！

卡迈克　重复你刚才说我母亲的话。

莫文　嗯？哦，你听着，现在小妞走了，我不必再勇敢无畏了，你懂吗？我没说你母亲任何闲话。我说她喜欢抬头看树啊天啊，她就是喜欢抬头看树啊天啊，不是吗？如果树上有个气球。她会不看吗？我们认同这点。这没啥不好。我绝对没有说你砍掉你自己的手的意思。那不是把你当作一个混账白痴。"砍掉自己的手，再花二十七年寻找那手。"怎么会呢？一个混账白痴。谁砍了你的手，你说过吗？乡间恶棍？

卡迈克　是的，乡间恶棍。

莫文　黑人恶棍还是白人恶棍？

卡迈克　乡间没有黑人恶棍！

莫文　没有？噢。这似乎不太公平。他们用啥砍你的手，砍肉刀还是什么？

卡迈克　不，是火车。

莫文　火车？他们用火车？

卡迈克　是的，他们用火车！

莫文　不过，这听上去不太合理。

卡迈克　（停顿）怎么？

莫文　你是说他们去弄来一列火车，然后他们……

卡迈克　他们没去弄来一列火车。他们没去弄来一列火车。一列火车从远处开过来时，他们把我的手按在铁轨上。

莫文　哇呜……

卡迈克　我干吗要跟你说这些废话？一帮他娘的警察就要上来了。

【卡迈克收起了枪，把地板上的手朝箱子里扔。

莫文　那么，等一下，他们按着你的手，火车开过来轧掉了你的手……

卡迈克　（叹息）火车轧掉我的手，他们捡起了我的手……

莫文　火车开过之后……

卡迈克　火车开过之后，他们居然用我的手向我挥手道别。从远处。

莫文　你的手没被轧碎？

卡迈克　我的手没被轧碎，没有。我的手是一只完全正常的被砍掉的手。我不会用二十七年时间来寻找一只被轧碎的手。

莫文　那你的手臂也没有被轧碎？

卡迈克　你看我的手臂被轧碎了吗？你看看我的残臂。

莫文　我在看你的残臂。

卡迈克　我的手臂看上去被轧碎了吗？

莫文　没有，它看上去没被轧碎。

卡迈克　谢谢！

莫文　那么这火车的车轮是什么造的？剃刀片吗？

【卡迈克停住盯视着他。

莫文　铁轨呢？剃刀片——铁轨？

【卡迈克掏出枪来，瞄准莫文的头，顶上扳机。莫文甚至眼都不眨。他毫不在乎。还擦了下他的鼻子。卡迈克盯视着莫文良久，然后缓和下来。

卡迈克　莫文，你怎么那么想死？

莫文　什么？

卡迈克　你咋那么想死？

莫文　我没那么想死。（停顿。对自己）我想死吗？（停顿）不，我没那么想死。我想我只是对活的兴趣也不大。

【卡迈克放下枪。

卡迈克　如果你离开人世，你没啥要挂念的人？

莫文　以前有过。现在没了。

卡迈克　哦。她死了吗？

莫文　（停顿）那天晚上我又去了那儿，她已经躺倒了，在她笼子后面。

卡迈克　在她什么后面？

莫文　在她笼子后面。 我设法找来动物园饲养人救她，可好像没人在乎，伙计。 我想，在猴屋中，生命是没有价值的。

卡迈克　听着，我不想再知道任何关于这只猴子的事儿，明白吗？ 我现在要做我的事儿，我要收拾行李离开这鬼地方，我不要听什么猴子的屁话，小子，我他妈的现在不需要这种屁话。 我现在累得半死，我不是说要冷漠无情，但我不需要这种混账猴子的屁话！ 明白吗？！

莫文　好的。 没问题。 是你在问我。

卡迈克　去他妈的，小子！ 现在说猴子？！ 在这个时候？！ 去他妈的……

【卡迈克长叹一声，继续把地板上的手朝箱子里扔。 莫文也帮着扔了几只。

卡迈克　（停住）有一件事儿我还是得让你知道，不管怎样，你知道这事儿，对我很重要。

【莫文点头。

卡迈克　（停顿）他们拿走了我的手。 （停顿）他们拿走了我的手。 他们不该拿走。 我要把手拿回来。 我就是要把它拿回来。

【莫文点头。

莫文　我觉得这也公平。 （停顿）你明白即使你最终把它拿了回来，你也用不上它，你明白吗？ 也就是，打个平手。

卡迈克　我知道。 但是，你明白……它是我的。 （停顿）它是我的。

【莫文点头。 卡迈克继续往箱子里扔手，莫文也帮着扔。

莫文　我不知道，老大，往箱子里扔这些真人的手，应该很吓人，可你知道吗？ 我没感到吓人！ 还很有趣！ （停顿）但是扔到这些孩子们的手，就不一样。让人心里难受。不过，它们是孩子们的手吗，还是时间久了大人的手变小了？

卡迈克 不，它们就是孩子们的手。

【莫文点头，做了个鬼脸，继续往箱子里扔手。随后他发现一只成人的手有些不同，他细看着。

莫文 这只手很酷。

卡迈克 酷在哪儿？

莫文 手背指关节上有一个"恨"字的刺青。

【莫文把这手扔给卡迈克后继续把地板上的断手扔入箱内。卡迈克停下来，凝神地察看那只手。

卡迈克 （停顿）这不是……这不是刺青。我觉得，这是墨水。

莫文 哦，是吗？

卡迈克 没错。是墨水，嗯……没错，就是那黑小子糊弄我。

【当莫文看着窗外时，卡迈克注视着散热器近旁莫文发现那只手的位置。警车的灯光仍然在闪耀。

莫文 这该死的黑小子。你知道我要干吗？我马上下楼去报告警察，我刚看到一个黑人小子跳下防火梯，追赶一个白人女孩。让他知道他今晚好过不了。

卡迈克 （走神）那就看你啦，莫文。

莫文 反正，我得让那帮警察离开前厅。你明白我的用意，我不能让他们发现我在那儿放的那几盆盆栽。

卡迈克 里边藏了大麻？

莫文 不是，这些小仙人掌是我有一次喝醉了从人家窗台上拿的，我不是真心需要它们，只是它们快死了，不过你知道吗，我不会为这怪罪自己。我喜欢这些小玩意儿。

卡迈克 它们快死了？我知道仙人掌，你几乎可以不用给它浇水。

莫文 （停顿）给它浇水？哦，好的……

【卡迈克把最后几只手扔进箱子。

卡迈克　你怎么向他们解释这满地板的汽油和血迹？

莫文　（停顿）我会说一帮肢体表演的先锋戏剧家们刚走。

【收拾完毕，卡迈克关上箱盖，把箱子直立起来，把那只"恨"字刺青的断手放在箱子上。

莫文　你是个真正的好人，卡迈克先生，你知道吗？

卡迈克　你是一个非常勇敢的前台接待，莫文。

【听到"前台接待"莫文眯起眼睛，卡迈克微笑着，用手做开枪状。莫文微笑。

莫文　也许这是一段美好友情的开端，对吗？

卡迈克　不。不会。

莫文　噢。我没有同性恋的意思……

卡迈克　我知道你没有。但是不会。

莫文　（停顿）你真的认为我很勇敢吗？

卡迈克　我没法确信，对于一个真诚渴求死亡的人，这是不是勇敢，但是，嗯……

莫文　但这是一种勇敢，对吗？

卡迈克　（停顿）是的，这是一种勇敢。

【他俩热情地握手，在握手的片刻间……

莫文　（轻声）它是一只长臂猿。它死了。

卡迈克　（停顿良久）猴中之王。

莫文　它们真的是猴中之王吗？

卡迈克　（停顿）它也可能是一只大猩猩，这个我不太懂。

【莫文点头，向房门走去。

莫文　那好，我去见那些警察。

卡迈克　祝你好运，莫文。

莫文　如果你有事儿需要我，我会，嗯……我会在前台。

【莫文下。停顿。卡迈克坐在箱子上,看着身旁的手。他拿起手放在断臂手腕上试着。虽不完美但还匹配。他微微地摇头,把手放回身旁箱子上。停顿。他又看着手,又微微摇头。停顿。他环视室内的凌乱和脚下的汽油。他闻了下手指上的汽油;当他把手指在大衣上擦时,他摸到了衣袋中的东西。他拿出衣袋中的银烟盒,看了一会儿,然后优雅地取出一支烟,夹在嘴唇上,放下烟盒……拿出他的打火机啪啪打响。没有火花,没有火苗。他又试了几下,没有火花,没有火苗。他摇晃它;似乎没有机油了。他再试了一下。没有火花,没有火苗。他朝门口扔掉打火机,从嘴唇上拿掉香烟,单手托着下巴。

卡迈克 傻瓜。

【他纹丝不动地坐着,手托下巴。灯光极缓地转暗,暗场。

2018 年 1 月首稿译毕于纽约芮枸公园
2022 年 11 月二稿复译于纽约芮枸公园

废除绞刑那年的英国奥镇

——《绞刑手》

胡开奇

马丁·麦克多纳(Martin McDonagh)《绞刑手》(*Hangmen*)一剧是在他《丽南镇三部曲》和《阿伦岛三部曲》之后《枕头人》(*The Pillowman*)等四部非爱尔兰背景剧作中的第三部。2015年9月《绞刑手》由马修·邓斯特执导首演于伦敦皇廷剧院,后转入伦敦西区的温德姆剧院(Wyndham's Theatre)。这部以英国1965年废止绞刑后奥尔德姆镇一家酒吧为场景的剧作不仅得到剧评界的一致赞誉,还荣获奥利弗奖、戏剧评论奖、晚报戏剧奖等一系列奖项。

风靡伦敦西区的《绞刑手》2018年1月由纽约大西洋剧院制作,在外百老汇格罗斯剧院开启美国首演。这部围绕英国著名绞刑手哈利·韦德在绞刑废止后仍在其酒吧内进行私刑绞杀的故事仍由伦敦版导演邓斯特执导。由于该剧在外百老汇从1月18日至3月25日只演两个月,因而造成了一票难求的盛况;大西洋剧院此前曾推出过麦克多纳《丽南山的美人》《伊尼西莫岛的中尉》和《伊尼西曼岛的瘸子》三剧;此次《绞刑手》首轮演出便赢得了纽约戏剧评论圈最佳外国戏剧奖。该剧原定2018年3月25日转入百老汇戈尔登剧院,因剧中饰演男主角穆尼的演员之妻即将临产而推迟计划。2020年3月19日该剧上演于百老汇戈尔登剧院,因疫情蔓延,在预演十三场后取消了正式演出。两年后,《绞刑手》最终在 2022 年 4 月 8 日至 6 月 8 日上演于百老汇戈尔登剧院并获得 2022 年托尼最佳戏剧奖等五项提名和戏剧评论圈最佳戏剧等两项提名。

*　　　　*　　　　*

《绞刑手》主场景发生在 1965 年英国奥尔德姆镇英国二号绞刑手哈利·韦德和妻子艾丽斯以及女儿雪莉经营的一家酒吧。第一幕第一场为 1963 年奥尔德姆镇监狱行刑室,无辜男青年亨尼希被哈利与他的助手希德执行绞刑;绞刑现场展示了绞刑手哈利行刑的熟练和暴力,也留下了行刑时绞刑手与死者最后的对话:

亨尼希　……我冤枉。韦德先生,我压根就没见过那女孩。……
哈利　这跟我没关系,对吗,小子?
亨尼希　我也从来没去过诺福克。我根本就没去过东英格兰。[1]

第二场到第五场的场景均为两年后奥尔德姆的这家老式酒吧。第二场中威尔逊政府已颁布 1965 年绞刑废止法,哈利夫妇正为各怀心机的酒客们斟酒。当记者克莱格请求哈利接受访谈时,陌生男青年穆尼进了酒吧。哈利一边作态向众人举杯庆贺绞刑的废除,一边显露对自己职业前程的迷茫。哈利嘲笑美国电椅行刑时的残酷,蔑视法国断头台的血腥和埋汰,坚认英国绞刑为最人道的死刑方式;而在哈利与穆尼敌意的对话中,剧作埋下黑色的伏笔与凶兆。

穆尼与两年前被无辜绞死的亨尼希之间的神秘连接令哈利夫妇惶恐不安,而穆尼同他们十五岁的天真女儿雪莉则言谈甚欢;不谙世事的雪莉在第五场结尾时突然失踪了。穆尼似乎故意让哈利和艾丽斯怀疑他绑架并杀害了雪莉,这使得哈利最终将穆尼非法绞死在酒吧。故事以 1963 年绞刑手哈利·韦德在监狱行刑绞死了无辜青年

亨尼希开场,又以私刑绞死并移尸无辜的穆尼终场。剧终时哈利和希德搬起穆尼的尸体,两人如此对话:

哈利　那他跟亨尼希的死到底啥关系?我还是没明白。
……
希德　(停顿)或者俩人都没干。
哈利　是啊,也许都没干。(停顿)我觉得事情总是自然发生,对吗?世道大埋。[2]

*　　　*　　　*

与之前的两部爱尔兰"三部曲"以及《枕头人》《断手斯城》(*A Behanding in Spokane*)相比较,麦克多纳一直以黑色幽默来聚焦民族性与社会暴力的政治隐晦,而到了《绞刑手》和《暗黑阁楼》(*A Very Very Very Dark Matter*),两剧出现了鲜明的政治化倾向的突变。其一表现为在剧中使用真实历史人物,如《绞刑手》中英国著名绞刑手皮尔朋和哈利,《暗黑阁楼》中的世界文学大师安徒生和狄更斯。其二表现为抨击与批判政治事件,前者表现了英国历史上死刑制度的国家暴力和司法不公;后者则揭露并鞭挞欧洲历史上对非洲殖民的残酷和血腥。

奥德瑞·皮尔尼(Ondřej Pilný)将《绞刑手》与麦克多纳之前的作品进行了比较,并声称该剧标志着作者风格的突破,因为剧作基于真实的历史人物,剧作从头至尾聚焦于一个重要的政治问题。[3][4]菲茨帕特里克·迪恩(Joan FitzPatrick Dean)也以同样方式关注该剧的政治基础,他断言剧作家意图为当代观众提供这一政治信息。[5]苏珊娜·克莱普(Susannah Clapp)在《卫报》文章中指出,《绞刑手》对一个政治话题的直接参与标志着麦克多纳剧作生涯十二年中缺位后的一个转变。[6]迈克尔·比林顿(Michael Billington)指出该剧反映了历史现象:著名绞刑手在绞刑废止后的心理与行为。[7]多米尼克·卡文迪(Cavendish, Dominic)也在《电讯报》中观察到作者在此剧中的风格变化,并表示他相信《绞刑手》将会理所应当转入西区。[8]亚历克斯·西厄兹(Aleks Sierz)则批评《绞刑手》人物挖掘不深,对史上著名绞刑手哈利这一重要角色的动因和心理揭示不足。[9]这些评论都不约而同地强调麦克多纳突破了他之前的剧作风格,《绞刑手》一剧突显了它的政治基调。

剧终穆尼被绞死在酒吧与开场亨尼希被绞死在狱中的正义性受到同样的质疑,剧中展现这两人是被哈利用同一根"警棍"击倒。[10]英国长达四个世纪的绞刑在 1965 年结束,亨尼希无辜地成为英国被绞死的最后一个犯人;然而绞刑废止后,穆尼仍被哈利非法绞死。废止绞刑、最终废除死刑正是英国 60 年代自由化改革的系列行动;正如 1967 年的《性侵法》和《堕胎法》,1968 年的戏剧审查废除,1969 年的死刑废除均被认为是那些年英国"宽松社会"的产物。[11]《绞刑手》的政治基调体现在它呈现了英国历史上 60 年代这个非常特别的时期。剧中的两位绞刑手则以英国史上最著名的绞刑手奥伯特·皮尔朋和哈利·艾伦为原型,后者在剧中被改名为哈利·韦德。剧中提及的几位绞刑犯的真实姓名及他们中无辜者的回忆都涉及了国家暴力和司法不公的问题。

奥伯特·皮尔朋最初以一位"战时绞刑手"而闻名,[12]因为他处决了很多纳粹战犯。后来关于他生平的影视和书籍确立了他英国史上最著名绞刑手的声誉。对皮尔朋来说,绞刑是一个家族职业,因为他父亲和叔叔都是著名绞刑手,另一位著名绞刑手斯蒂芬·韦德(Stephen Wade)曾在其日记中述及皮尔朋家族的名声。[13]尽管奥伯特·皮尔朋是英国史上头号绞刑手,但在剧中是个陪衬人物;剧中的核心人物是哈利·韦德,其人物原型是英国二号绞刑手哈利·艾伦。哈利·韦德的人物全名是历史上两个著名绞刑手哈利·艾伦和斯蒂芬·韦德的混合体。哈利·艾伦的蜡像至今陈列在伦敦杜莎夫人蜡像馆恐怖室中,这足以证明其名人效应。

剧中哈利·韦德与史实中的绞刑手哈利·艾伦的生活经历十分接近。与剧中韦德的形象一致,当时的艾伦"总在行刑时戴黑色领结;在他的遗物中,他的日记、两个领结和其他物品在 2008 年 11 月被一起出售"。[14]甚至《绞刑手》中的酒吧场景也是英国废除绞刑后绞刑手艾伦的真实生活的投影。其黑色幽默在于绞刑废止后,皮尔朋和艾伦这两位大名鼎鼎的绞刑手各自开了 家酒吧。"据报道,皮尔朋的酒吧被戏谑地命名为'扶贫者'(Help the Poor Struggler);而公职人员哈利·艾伦在博尔顿郊外法恩沃思开的酒吧名叫'绳与锚'(Rope and Anchor)"。[15]显然,麦克多纳对相关的历史资料研究颇深,通过对英国历史上的绞刑手和绞刑犯的影射,剧作质疑了绞刑手在人们心中的"职业荣誉"和绞刑犯人被剥夺的正义审判。

* * *

揭示戕害人们心灵的杀戮文化和人世间的仇恨与复仇的滥用形成了麦克多纳黑色戏剧与影视的核心主题。60 年代绞刑废除后奥镇的人们仍坐在哈利酒吧中,他们渴望聆听绞刑的故事,他们狂热支持绞刑与死刑,他们尊崇绞刑手为国家英雄。酒吧常客比尔痛恨被绞死的犯人,"吊死都便宜了他们";他反对废除绞刑,"国家这么想,百姓也这么想。只有政客们不同意,于是我们今天就发现自己困在了十字路口。"[16]比尔还主动出手,再三帮助哈利把穆尼吊在半空,犯下了不折不扣的谋杀帮凶罪行。在绞刑废止后,奥镇的人们依然热爱他们的绞刑手,支持绞刑与死刑的继续;正如《曼彻斯特晚报》的报道:"哈利仍然令酒客们在他酒吧中簇拥着他围绕着他。"[17]麦克多纳在剧中无情地揭示了绞刑手哈利在奥镇依然深受人们的尊崇和支持;场景中奥镇酒客们久久坐在哈利的酒吧中,看着窗外来来往往的行人。

帕特里克·洛纳根(Patrick Lonergan)宣称,"在英国废除死刑四十年后,一项又一项的调查显示,英国大多数选民都赞成重新启用死刑,尤其针对虐待儿童或恐怖主义等罪行"。[18]苏珊娜·克莱普指出,"《绞刑手》并非一种争辩,而是一种氛围,它让观众沉浸于另一种文化,那种代表了六十年代的文化。"[19]麦克多纳《绞刑手》以英国一个小镇作为戏剧的背景,以一种政治剧的风格抨击英国绞刑的暴力和司法制度的不公,质疑人类社会中刽子手的存在。他继续了黑色喜剧的风格和对暴力的奇特表现,他让人们重回并直面那个时代和文化中的仇恨、野蛮与杀戮。值得人们深思的是:在人类跨入现代文明的今日,《绞刑手》依然是一面镜子,反射着21世纪继续存在的暴力统治、弱肉强食、充满仇恨与杀戮的地缘和社会。

2021年12月于纽约芮枸公园
2022年12月于纽约芮枸公园

参考书目

[1] McDonagh Martin, *Hangmen*, London: Faber, 2015.

[2] McDonagh Martin, *Hangmen*, London: Faber, 2015.

[3] Pilný, Ondřej. "Did you like how I made that turn officer?" *Martin McDonagh's Hangmen and Capital Punishment*. Boundaries, Passages, Transitions, 2018, p. 8, pp. 91-100.

[4] Pilný, Ondřej. "Fun, disturbing and ultimately forgettable?" *Notes on the Royal Court Theatre Production of Martin McDonagh's Hangmen*. HJEAS, 23(1), 2017, pp. 121-126..

[5] Joan Fitz Patrick Deam. "Did you like how I made that turn officer?" *Martin McDonagh's Hangmen and Capital Punishment*. Boundaries,

Passages, Transitions, 2018, p. 101.
[6] Clapp, Susannah. "Hangmen review—a tremendous, terrifying return by Martin McDonagh", *The Observer*, 2015.
[7] Billington, Michael. "Hangmen review—Martin McDonagh returns with a savagely black comedy". *The Guardian*, Sep. 21, 2015.
[8] Cavendish, Dominic. "Hangmen, Royal Court, review: 'pitch-perfect.'" *The Telegraph*. 2015.
[9] Aleks Siers. "Did you like how I made that turn officer?" Martin McDonagh's Hangmen and Capital Punishment. *Boundaries*, Passages, Transitions, 2018, p. 97.
[10] McDonagh, Martin. *Hangmen*, London: Faber, 2015.
[11] Lowe, Norman. *Mastering modern British history*. London: Palgrave. 2017.
[12] Fielding, Steve. *Pierrepoint: a family of Executioners*. London: John Blake. 2008.
[13] Wade, Stephone. *Britain's Most Notorious Hangmen*. Barnsley: Wharncliffe. 2009.
[14] Clark, Richard. "English hangmen 1850 to 1964". 1995a (http://www.capitalpunishmentuk.org/hangmen.html).
[15] Clark, Richard. "James Francis Hanratty: The A6 murder". 1995b (http://www.capitalpunishmentuk.org/hanratty.html).
[16] McDonagh, Martin. *Hangmen*. London: Faber. 2015.
[17] Cunliffe, H. and Gwilliam, J. "Harry Had the Regulars Hanging on His Every Word." *Manchester Evening News*. Apr. 6, 2006.
[18] Lonergan, Patric. "A Pacifist Rage. Hangmen". London: *Wyndham's Theatre*. 2015, pp. 19–20.
[19] Clapp, Susannah. "Hangmen review-a tremendous, terrifying return by Martin McDonagh". *The Guardian*. Sep. 27, 2015.

2015年戏剧评论圈最佳戏剧奖
2016年奥利弗最佳戏剧奖
2016年南岸戏剧艺术奖
2022年托尼奖最佳戏剧等五项提名

绞刑手

Hangmen

"*Hangmen* was first performed at the Jerwood Downstairs, Royal Court Theatre, London, on 18 September 2015, presented by the English Stage Company and directed by Matthew Dunster.

The production transferred to London's West End at Wyndhams Theatre on 1ˢᵗ December 2015 presented in conjunction with Playful Productions Ltd and Robert Fox.

The production had its U. S. Premiere in New York presented by Atlantic Theater Company with Pierrepoint Productions, Playful US Ltd and Robert Fox on January 15, 2018."

人　物

按出场顺序
亨尼希
狱警
哈利
希德
镇长
医生
艾丽斯
比尔
查理
阿瑟
克莱格
弗莱探长
穆尼
雪莉
皮尔朋

第一幕

第一场

【灯光照着1963年一间囚室。囚室正中一桌,坐在桌前的杰姆士·亨尼希惊恐地把头伏在桌上,两名狱警坐在桌子两侧互相对视。钟响八声,亨尼希抬起头,他身后的铁门迅速打开,身穿西服系着领结的哈利·韦德和其助手希德·阿姆菲尔德走入,亨尼希跳起,撞倒他的椅子。狱警也站起。镇长、神父和医生站在门外,朝里张望。

亨尼希 (伦敦口音)你们这帮催命鬼真是准点!
哈利 小子,你要是认命不折腾,你自己也容易得多。
【亨尼希退到桌旁。
亨尼希 我当然要折腾!我冤枉!啥"折腾"!
哈利 把他绑了,希德。狱警……
亨尼希 干吗要绑我?门口谁啊?
镇长 镇长和神父,詹姆斯。
亨尼希 你们看什么呀!这是我的房间,你们滚开!
【他拼命抓住金属床架,蜷缩在地。众人一拥而上试图掰开他双手。
哈利 放松点,小子。

亨尼希 我才不放松！ 你们放松点！ 你们要绞死一个无辜的人！ 我从来没见过那女孩！ 我从来没去过诺福克！

哈利 你犯罪动机和案发地点，跟我无关。

亨尼希 当然跟你有关！ 你们这帮北方杂种！

哈利 我们也不管你什么"北方"的胡说八道！

亨尼希 他在说啥？ 他话都不会说，还要绞死一个无辜者！ 他们至少该派皮尔朋过来！

【这话戳到了哈利的神经，他停住手。

哈利 我跟那皮尔朋一样棒！

亨尼希 我真惨，被一个垃圾绞刑手吊死！

希德 他确实和皮尔朋一样棒，亨尼希先生。

亨尼希 可他现在就是个垃圾！

哈利 你他妈非要折腾！ 抓住他胳膊！

【他们掰开他几根手指，但亨尼希还是不放手。

亨尼希 我不就是害怕吗？ 我平时不会这样。

哈利 我告诉你了，你要放松，这样对你容易得多。

亨尼希 这样对我不容易。 我得去死。

哈利 大家都说你是好人。

亨尼希 我是个好人。

哈利 我们知道你是个好人。

亨尼希 那他妈你们干吗还要吊死我？！

哈利 法院要吊死你，不是我们。

亨尼希 反正我要你们俩人负责。 不是你俩（对狱警），你们是好人。 你们俩，不管你俩躲在北方哪个角落，我会做鬼让你们不得安生。

希德 你不能说得这么难听，对吗？

哈利 希德！ 你他妈站着闲聊，像只耗子！

亨尼希　只要他愿意，他他妈就可以站着闲聊，像只耗子。

希德　他没说错，亨尼希先生。如果你放松点，现在就完事儿了。

亨尼希　他在嘲笑我？这耗子在嘲笑我？我就被这俩白痴吊死！

【他继续挣扎。

希德　"绞死"。

亨尼希　不对吗？

希德　你这就被俩白痴"绞死"。

亨尼希　你真见鬼！这时候还纠正我的语法！

哈利　你先松手。

亨尼希　松手我就死了，不，我当然不会松手。

【哈利抽出警棍，看着镇长，镇长不作反应。他上前推开狱警。

哈利　你当然没错。

【……他用警棍猛击亨尼希头部。亨尼希松开双手，昏倒在地。门外的人惊叫。

镇长　不能这……

哈利　闭嘴！你少废话。把他架起来。

【狱警架起亨尼希，希德快速用绳子把亨尼希双手绑在他身后。

哈利　（对希德）闲聊很开心，对吗？

希德　我没闲聊，哈利。

哈利　"你这就被俩白痴绞死"。

亨尼希　别绑太紧，我这胳膊伤了。

哈利　你拼命抓住床架时手怎么没伤！

亨尼希　我真的有伤！

哈利　绑紧！

【希德绑紧亨尼希。

架住他。

【俩狱警架住亨尼希。

跟我过来。

【绞索从囚室上方降下。亨尼希见到绞索身子软了。绞索下方为两扇活门，哈利走上前，狱警和希德把亨尼希架了过去。镇长、神父和医生悄悄跟上。

亨尼希　不，不，不，不，不，我冤枉。韦德先生，我压根就没见过那女孩。我从没冒犯过女士。随便问谁。我干吗要做那种坏事？

哈利　这跟我没关系，对吗，小子？

亨尼希　我也从来没去过诺福克。我根本就没去过东英格兰。

【哈利将头套和绞索套上亨尼希的脑袋和脖颈，希德快速地绑住了他双腿。

这什么，头套？我不要头套。我能不戴头套吗？不戴头套我保证不吭声……

【话没说完，希德从他腿边闪开，哈利拉了一边的把手，亨尼希脚下的活门打开，亨尼希坠下，绞索绷紧，地板下的亨尼希已被勒断脖子。哈利和希德走到活门边，朝下看着吊死的尸体，众人也走了过来。

哈利　医生呢？

医生　在这儿，先生。

哈利　下去查验一下这小子。

医生　好的！

【医生低着头下场去验尸。

哈利　今天都他妈干的什么活。（对狱警）你们是干啥的？你俩他妈的橱窗模特？（对希德）你也一样！

希德　我有啥办法，哈利？他死抓着床——床——床架……

哈利　"床架"。现在结巴了……

希德　床——床——床架……

哈利　"床架"。

希德　你饶了我吧。

哈利　你说完了,对吗?"床架"。(对镇长)结案报告里这事儿决不能提,一字别提!

镇长　当然不提。

哈利　他临死都抗议他是冤枉的。事情就这么了结。这小子的废话,他们俩的无能,还有这"床架"的破事,都别提了,同意吗?

镇长　我们同意。

哈利　同意,那就好。(停顿)去他妈的奥伯特·皮尔朋。

【医生上,取下听诊器。

医生　他死了,确定死亡。

哈利　他当然必死无疑。他还能怎样?(停顿)现在早餐呢?我都快饿死了。

【暗场。

第二场

【前场两年后,大约为 1965 年,奥尔德姆郊外一家老式大酒吧。哈利系着那常年戴的领结正与妻子艾丽斯在吧台后忙碌。酒吧里有五人,三人是老友:比尔、查理和年长耳聋的阿瑟,一人是当地记者克莱格,还有一人是与哈利同龄的便衣警官弗莱探长。他们都是英格兰北部人,说话语速很快。

克莱格　可你一定有话要说,哈利。
弗莱　他一定有话要说?
哈利　小子,我要说的就是,"无可奉告"。
　　【三老友大笑。
查理　说得好,哈利。"无可奉告"。
阿瑟　记者说啥?
查理　记者小子说"可你一定有话要说,哈利",哈利说"我要说的话就是,无可奉告"。
阿瑟　说得好!他只是重复回应那小子。
克莱格　哈利,我可是一路从曼城开来。
哈利　你只能再一路开回曼城。我无可奉告!
　　【众人大笑。
阿瑟　他说啥?
查理　他说"滚回曼城吧"……

哈利　查理，我没说"滚"……

查理　"无可奉告"！

阿瑟　无可——什么？

查理　"无可奉告"！

阿瑟　说得好！

弗莱　要我铐走他吗，哈利老弟？还是揍他一顿？

克莱格　干吗抓我，探长？

弗莱　先控你未到年龄进酒吧。你今年多大，十二？

【大笑声。

哈利　也就五岁吧！

【笑声更响。

查理　探长说"你今年多大，十二？"哈利说，"也就五岁吧！"

阿瑟　哈哈，还不到十二，我明白。

克莱格　帮个忙，哈利。废除绞刑不是件日常小事儿，对吗？你一定有话要说。

哈利　当然不是，小子，你说得对。我知道正是这样才让你们这帮鸟人还活到今天……

艾丽斯　别说脏话，哈利！

哈利　我对废除绞刑这事确有想法。我咋会没有？就像这些年五花八门的事儿，我想法多了去了……

比尔　这些年这些事儿他想法特多，我都听到过……

哈利　但有一事……你没听到过，比尔，这事儿我现在要说，我一直为这事而自豪，无论对错，我不是说我与众不同，但让我自傲的就是我在绞刑这事儿上保持沉默。对这一极为隐私之事，我从未公开说话，你也许要问，你为啥不说？

阿瑟　为啥？

哈利　因为二十五年来，作为绞刑手，我一直是皇室的仆人。"皇室的啥？"你说啥呢？"皇室的发言人"？

查理 不。皇室的仆人！

哈利 皇室的仆人。你们几时见过仆人发表言论？

比尔 俄罗斯……

哈利 （同时）从来没有……"俄罗斯"？在俄罗斯你这么多嘴早被枪毙了，你瞎说啥呢，比尔？

比尔 不是，我想起了旧日。

哈利 旧日更糟糕，别瞎说，比尔。比尔又瞎说了！作为皇室的仆人，我由着别人发表言论：政客、部长、还有……魔鬼的代言人。还有酒醒后的警察探长，糟了，弗莱探长，真抱歉，我没看到你！

【大笑声。

弗莱 接受你的道歉，干杯！

查理 他说，"酒醒后"，然后探长说"干杯"！

阿瑟 哦，我没明白，不过我也不认识那人。

查理 你认识他的……

哈利 而我？我会保持沉默。最终人们会有明白的一天，会来求教我……

【穆尼，一个年轻的陌生人，走进酒吧。他脱下外套，靠边入座。哈利察看着他。

……但在那天到来之前，我十分乐意保持沉默，我觉得合适，让那些小人们去胡言乱语，让他们事后悔青肠子。现在谁还要酒？

【除了克莱格之外众人都要了酒。哈利和艾丽斯在喧声中给他们上了酒。

克莱格 那天已经到来，哈利。我们都明白。我这就请教你了。

哈利 （不屑地）嗨，我已经告诉你了，小子……

弗莱　他已经告诉你了,小子……

哈利　(对着穆尼大叫)不点酒不能坐那儿!

【穆尼缓缓站起,慢步上前。

艾丽斯　别着急,亲爱的。小伙子刚脱了外套……

哈利　这号人我见多了,不是吗? 进来就坐那儿。

艾丽斯　(对穆尼)来杯啤酒,小伙子?

穆尼　(伦敦口音)对,来杯啤酒,再来一小包花生。

艾丽斯　我们不分大包小包。我给你拿。

【艾丽斯拿出一包花生后给他斟酒。

哈利　伦敦过来?

穆尼　算是吧。

哈利　是呢,还是,不是?

穆尼　是伦敦过来。

比尔　(对克莱格)给你说句实话,年轻人。

克莱格　说吧,啥实话?

比尔　"吊死都便宜了他们"。就是这样,对吗?

克莱格　(讥讽地)噢,对呀,没错。多谢。

比尔　国家这么想,百姓也这么想。只有政客们不同意,于是我们今天就发现自己困在了十字路口。自找麻烦,对吧,哈利?

哈利　什么对吧?

比尔　吊死都便宜了他们。

哈利　比尔,我他妈刚才大谈保持沉默的话都白说了? 我要是发表了看法那还叫保持沉默吗? 你个傻瓜! 我干吗要白费口水?

查理　大实话,哈利! 你就不该白费口水!

比尔　不,我就这么一说。我只是同意这说法,"吊死都算便宜了他们",不对吗?

【哈利停住手瞪着他,弗莱暗笑。

哈利 再来一杯,比尔。 别再乱说。

比尔 再来一杯,艾丽斯!

【众人大笑,气氛缓和。

宗教和政治,不就那样? 他们会告诉你不能说这,不能说那。

艾丽斯 (对穆尼)小伙子,你的酒和花生。 六个便士。

穆尼 好便宜。

【穆尼付了钱。 在一阵压低的喧声中,他与哈利对视着走回桌旁,背对吧台坐下,打开报纸和那包花生,看起报来。

艾丽斯 乔治,现在她怎样了? 菲莉丝·基恩,你刚才说起。

弗莱 她怎么啦?

艾丽斯 你说你只好采取强制措施。

弗莱 每辆开过的车她都要报车号,大声地报。 注意,是每辆车。 伯恩利有那么多车。 还有街上每块碎裂的铺路石……她都要踩上或跳过,那你走在伯恩利得整天跳个不停。 我记不住了,还有一件啥事儿?

艾丽斯 铺路石这事儿是挺怪的,对吗? 不过我觉得没啥。

哈利 你算了吧,艾丽斯。

艾丽斯 怎么?

哈利 你总在袒护那些精神病。

艾丽斯 我可没有。

弗莱 还有见到水面! 她总顺时针绕着水面走。 不管湖面桥上,都顺时针走。

哈利 在伯恩利,这没问题。

弗莱 不对,逆时针。 她一定得让水面在她左边。

艾丽斯 没错,乔治,我们都会有点嗜好,对吗? 各种怪癖。 别把那可怜的女孩关进精神病院。

哈利 我没那些嗜好!

弗莱　我也没那些嗜好!

哈利　我没怪癖! 我不会大声叫喊开过的每辆车号! 我不会这么干,没人这么干!

艾丽斯　有时车号滑稽,我会小声报号。

哈利　可那是小声啊,谁会大声报号?!

艾丽斯　没错,他说得对。

哈利　还有他妈的铺路石! 和他妈的顺时针!

弗莱　逆时针。

哈利　逆时针。

艾丽斯　我只说别把那女孩关进医院。 她才十五岁。

哈利　我们到底在说谁啊?

弗莱　菲莉丝·基恩。

哈利　谁?!

艾丽斯　雪莉学校的闺密。

哈利　哦。 雪莉知道吗?

弗莱　不知道,刚把她送过去。

哈利　临睡时再告诉雪莉,艾丽斯。 她现在老是一张臭脸。

艾丽斯　她不是青春期吗? 花季岁月。

哈利　狗屁花季。 整天坐那儿,发痴……

比尔　(同时)看书。

哈利　啥?

比尔　"整天坐那儿,看书"。

哈利　不是"看书"。 发痴。

比尔　哦。

哈利　你别瞎掺和。

穆尼　(叫道)请再来一杯,好吗? 酒倒好我过来拿。

【哈利瞪着他后背,艾丽斯倒酒。

艾丽斯　别计较他,亲爱的。他怎会知道这儿的规矩?

哈利　规矩就是规矩,他怎会不知?

弗莱　下午我就忙此事。送疯子进医院。之后我想来看看你们,确信你们没被报社记者和未成年酒鬼缠上……抱歉,克莱格,你小子还在啊?

【三个老友大笑。穆尼上前取酒。

穆尼　谢谢。我花生还有半包,不加了。

艾丽斯　好的,小伙子。

穆尼　我花生吃得慢。

查理　哈利,再来两杯,谢谢。

【穆尼在走回自己桌边时对克莱格耳语了几句,克莱格听之一怔。

克莱格　你说什么?

穆尼　你听到了。

【……他走回自己桌边,克莱格不知所措。哈利和艾丽斯的十五岁女儿雪莉从吧台后的楼梯上走下。

哈利　正说着你呢!

雪莉　说我?说我什么,老爸?

弗莱　你好,雪莉。

雪莉　你好,弗莱探长。大家好。

哈利　你过来帮忙呢,还是小猴似的站在那儿?

雪莉　我过来帮忙。

【她开始在吧台后忙起来。

你说我站在那儿像啥?

哈利　小丑。

雪莉　哦,我记得你说了"小猴"。

克莱格　我该走了,韦德先生。

185

哈利　走好，小子。你妈妈要你回家了。

【三个老友大笑。

查理　他妈妈！

阿瑟　他说他妈妈要他回家，他都这年纪了，他自己应该有家，有公寓。

克莱格　不是。报社还要我去采访奥伯特·皮尔朋，看他对……

【酒吧突然静默下来，哈利停住手盯视着他。穆尼悄悄地合上报纸。

对废除绞刑有何看法。（停顿）你知道，他一直算是……首席绞刑手吧。（停顿）还有那个。

哈利　哪个？

克莱格　还有他的酒吧，叫什么来着？

穆尼　"扶贫者"。说实话，那是一家挺棒的酒吧。

哈利　皮尔朋的酒吧就在普雷斯蒂克。你路上经过他的酒吧。你为啥不顺路采访他呢？

克莱格　为啥？

哈利　对呀，为啥呢？！

克莱格　唔……这显而易见，对吗？

哈利　（冷然）要是显而易见，我干吗还要问你，对吗？

雪莉　老爸……

穆尼　他说得有理。你为啥不顺路采访皮尔朋呢？

克莱格　（斟酌着）唔……我要采访一位绞刑手，对吗？一位在绞刑将被废除的日子里仍在从业的绞刑手。一位有声望的绞刑手。而不是什么十年前的离职者。（停顿）明白吗？

【穆尼微笑着打开报纸，哈利下意识地斟了一杯酒。

哈利　（欣然对克莱格）小伙子，你要的酒？

查理　不，这酒是……

克莱格 我得走了,哈利……

查理 我点的……

哈利 喝了酒再走,小伙子,已经给你倒了。

艾丽斯 算我们请你。

哈利 这杯我们不请,但已经倒了,所以你喝了它,好吧。我可以跟你谈,但得上楼,免得隔墙有耳。

【三个爱听八卦的老友嘀咕着。

比尔 嗨,哈利!

哈利 我与你的谈话不能发表,我已经告诉过你,我保持我沉默的权利。这边上楼……

克莱格 如果不能发表,哈利,访谈就没有意义。

哈利 你别过分……

克莱格 皮尔朋就不拒绝发表……

哈利 你别他妈的过分!别得寸进尺。(对穆尼)你冷笑个啥?

穆尼 报上这照片里的黑人长得真滑稽。

哈利 (停顿)你要谈就上楼。

【他上了楼梯,克莱格拿出笔和本跟随着他。

艾丽斯 楼上一塌糊涂,哈利。

哈利 那他妈怪谁啊?!

【他俩上了楼,三老友显得不悦。

查理 嘀……

阿瑟 哈利上楼了?

艾丽斯 上楼了,对吗?

阿瑟 他要去多久?

艾丽斯 我哪知道?这儿不是马戏团,对吗……这是个酒吧,不是啥三环马戏团!

阿瑟 (停顿)他得待上一会吧?

187

【艾丽斯叹了一声,摸出香烟,走向酒吧前门。

雪莉 你去哪儿,妈?

艾丽斯 抽烟。

雪莉 我自己不行!

艾丽斯 你当然行。 这为你好,让你熟悉社会。

【她走出门去。 雪莉收拾酒杯,抹净桌子,尽力不让别人注意她。

阿瑟 我本想再来一杯,既然绞刑手走了,那我也走。 我其实不喜欢这儿的酒,我就为绞刑手而来。

弗莱 阿瑟,这是绞刑手的女儿,雪莉。

阿瑟 我知道,早就知道。 另一个绞刑手的酒吧在哪儿?

查理 普雷斯蒂克。

阿瑟 普雷斯蒂克在几英里之外呢。 到底是等他下楼呢还是走人,我是特为绞刑手来的。

弗莱 再喝一杯吧,阿瑟! 天意!

阿瑟 喝!

【穆尼喝完杯中的酒,来到吧台前。

穆尼 小姐,就这酒请再来一杯。

雪莉 好。 哪种酒? 我刚下楼。

穆尼 我不知道。 这不要紧,对吗,它们都一样,真的,对吗?

弗莱 不一样。

穆尼 在北方酒都一个样,对吗?

雪莉 我不喝酒,我说不出。

穆尼 不喝酒好。 你叫雪莉,对吗? 你来个幸运抽签,雪莉,你点到啥我就喝啥?

雪莉 真的? 随我? 幸运抽签? 好啊……

【她开始轻声点着酒名,像孩子们玩挑选游戏……

不是这酒……

【她排除了点到的第一个，继续点着酒名。

穆尼　看来得点一会呢。

弗莱　我觉得我以前见过你，对吗？

穆尼　见过我？我哪知道？我常在外面跑。

雪莉　（继续点着）不是这酒……

【排除了第二个，她又开始点。

不是这酒！是吉尼斯！

【她去斟吉尼斯酒。

穆尼　哦，我确实不爱喝吉尼斯。别的都行。

雪莉　哦……

穆尼　我以为你知道。我就来杯竖琴吧。

【她微笑着斟了杯竖琴。

吉尼斯口味很特别，可不是吗。

雪莉　是的，口味很爱尔兰，对吗。

穆尼　可不是吗。我觉得你很棒唉。

弗莱　我觉得你更像一个喝杯杯香的男人。

穆尼　我更像个什么男人？

弗莱　杯杯香男人。一个喝杯杯香的男人。

雪莉　行了，探长。

穆尼　杯杯香男人，我不明白啥意思。

雪莉　一种汽酒，瓶贴上有只驯鹿或一只鹿，我忘了。

穆尼　我没听说过，我不是本地人。

弗莱　杯杯香不是本地酒，对吗？南方品牌。

穆尼　是吗？

弗莱　是啊。

穆尼　你似乎很了解这酒。

189

弗莱　我不了解，你了解。

穆尼　大家都明白我不了解。

弗莱　你喝竖琴啤酒，花生还有吗，再来一包？

穆尼　我还留了点花生。

弗莱　留了点？

穆尼　没错。留了点以防万一。

雪莉　万一没了花生？

穆尼　没错。万一我和只猩猩困在电梯里。

【雪莉大笑。

　　或者跟警察。

弗莱　行了……

雪莉　你常碰到这种事儿？

穆尼　我只在威尔士碰到过。

雪莉　那你再不想去威尔士了。

穆尼　我知道，我一再退让。那是只大猩猩啊，对吗？

弗莱　小子，你说话要当心，我们北边人脾气暴。

雪莉　我脾气好！

穆尼　她是不错。

弗莱　她不代表这儿的人，明白吗？

穆尼　她尽力了就好。

雪莉　尽力了也没用！

穆尼　（顿）真的。你朋友菲莉丝好吗？

雪莉　菲莉丝？你认识她？

穆尼　菲莉丝？不认识。菲莉丝·基恩？不认识。

雪莉　你认识，你知道她名字。

弗莱　行了，小子。干得漂亮。

穆尼　你喜欢吗？你喜欢我转了个话题，探长？

弗莱　到此为止，行吗？

穆尼　那就别再提杯杯香。我很清楚杯杯香，我明白你的意思。行吗？

　　【穆尼一口喝干了酒。

　　附近有房间出租吗？

雪莉　我妈以前出租过，后来不租了。

穆尼　为啥，出了事？

雪莉　没出事。我不清楚。她就是不租了。也许是房客们太爱打探。

弗莱　你说是就是吧。

穆尼　打探什么？

雪莉　打探我爸。

穆尼　你爸怎么啦？

　　【雪莉目视弗莱求助。

雪莉　没什么。

穆尼　他很有名吗？

雪莉　没啥名气。

查理　他很有名。

阿瑟　有名的绞刑手。

穆尼　那我租房没问题，因为碰巧我最不关心这种事。我毫无这种兴趣。我去跟你妈说，好吗？她就在外面抽烟，对吧？

雪莉　对，她在外面抽烟。

穆尼　我就说呢。

　　【他拿起报纸和外套往外走去。

雪莉　可是……你认识菲莉丝吗？

穆尼　（恍惚）"我认识菲莉丝吗？"

　　【他走出前门。

191

雪莉　他认识吗？

阿瑟　那说话的家伙是谁啊，雪莉？新来的杯杯香？

雪莉　就是个普通人呗！

【她从吧台下拿出一瓶杯杯香，看了一眼瓶贴。

就是只驯鹿，没错。他可真逗！（把酒放回）我没弄明白他到底认识还是不认识菲莉丝。

弗莱　雪莉，菲莉丝今天被送走了。送医院了。他大概是听到了什么。

雪莉　菲莉丝被送走？

弗莱　是啊。

雪莉　为啥？

弗莱　我不知道，亲爱的。

查理　你知道的。

雪莉　（停顿）哪种医院？

弗莱　我不清楚。

查理　你之前说精神病院。

弗莱　我没说过。她妈说的。

雪莉　我妈知道？她干吗不告诉我们？

比尔　因为你爸说，告诉你你就会一张臭脸。

弗莱　天哪……

雪莉　我爸说的？

查理　没错。

阿瑟　没错啥呀？我咋没听到。

查理　雪莉她爸说雪莉老是一张臭脸，要是她知道菲莉丝·基恩被送去精神病院就会闹情绪，所以没人跟她说。

阿瑟　哦。女孩嘛。

雪莉　（轻声）该进医院的是菲莉丝·基恩的爸，不是菲莉丝。

【艾丽斯进门,收起客桌的一些玻璃杯,走到吧台后。

艾丽斯 说个事儿,亲爱的! 我们家要有房客了,要是他有推荐信,你爸也不嫌弃房客。

雪莉 (不悦)哦,那倒好。

艾丽斯 你怎么又哭丧着脸? 五分钟前还挺好的。

雪莉 我没有哭丧着脸!

【克莱格飞快地下了楼,开心地收起他的笔记本。

克莱格 要是这人也算沉默自制的话,我还真想碰上个更喋喋不休的家伙。

弗莱 访谈成了,对吗?

克莱格 (一口喝干)哥们,头版头条。 再见了各位。

阿瑟 再见,小伙子!

【克莱格下。

他是谁呀?

查理 报社的。

阿瑟 全都不认识!

【哈利洋洋自得地下楼。

弗莱 哈利,你和他待了好一会呀。

阿瑟 我们差点就回家了!

哈利 有几件事我得纠正他,对吗? 不过有一事他说对了,今天是个值得纪念的日子。

艾丽斯 我只希望你别得意忘形,这是最……

哈利 闭嘴,你个女人,看老天份上,给大家都满上。 今天真是值得纪念的日子,对吗? 什么"得意忘形"……(对雪莉)你怎么又一张臭脸? 五分钟前还挺好的!

【雪莉哭着跑上了楼。

真他妈的青春期!

【众人和哈利都斟了满杯啤酒，艾丽斯斟了杯杜松子酒。

先生们，一起来？ 为绞刑……终结，干杯！

比尔　我不为这干杯！

哈利　让你干就干，比尔，你要是往后还想来这儿喝酒！

【比尔勉强举杯。

众人为绞刑的终结！

【众人喝酒。

哈利　我不知道自己今后该干吗了！

【众人大笑，但稍顿后，哈利开始盘算自己的今后。

【暗场。

第三场

【灯光照着舞台前部面对前方的哈利和克莱格,他们身后幕布上有一张哈利戴着圆顶礼帽系着领结接受访谈的风格化大幅新闻照片。

克莱格 哈利,你朋友比尔说,"吊死都算便宜了他们"……
哈利 比尔是酒客,不是我朋友,而且他是个傻瓜酒客。绞刑没有便宜他们,绞刑是他们罪有应得。世界上就有那些邪恶的坏人,要是法院判他们死刑他们就得去死,但让他们去死而且还得死得最快捷、最体面、最不痛苦,那么,在我看来,也在大多数人看来,就只有绞刑。
克莱格 你如何知道呢,哈利?你没见过其他行刑手法,电椅,枪决……
哈利 我他妈当然没见过,我是兰开夏人,不是阿肯色人!据说那"血腥电椅",一出岔子,就会吱吱吱地像他妈的煎牛排!谢天谢地。我行刑时可不需要配上煎洋葱。美国佬真蠢!
克莱格 不过,断头台死得更快。
哈利 断头台死得更快,可那法国货太脏。谁会在达勒姆这么干?没人。还有事后谁来收拾?头滚了一地。我不会去收拾。让狱警收拾?他们自己都搞不定,一帮可怜虫。
克莱格 哈利,您一共绞死过多少人?你大约估个数。

哈利　克莱格，我的尊严不容我回答这个问题，我保持我的尊严。

克莱格　一百多个？

哈利　远远不止。

克莱格　一千多个？

哈利　别发傻，这不是朝鲜！

克莱格　比皮尔朋还多吗？

哈利　瞧，又来了，你又想耍小聪明。人所周知，奥伯特·皮尔朋绞死了大量人犯，可那大都是战时和战后吊死的德国人，所以他的数据多少带有水分。大审判之后，他一天得吊死十五到二十个德国坏种，当时我很乐意帮他一把，真的。可皮尔朋要独占风头，不是吗？他看都不让我们看一眼。我乐意吊死那些德国佬，我会很开心。战前我就讨厌他们，别说战后了。单说那口音就……

克莱格　为啥没找你呢，哈利？

哈利　纽伦堡审判时他们先找的我，但那时我兼职赛马经纪人，正巧赶上全国跑马大赛周，你明白吗？我本该去的。我说我太太身体不好，敷衍了他们。她身体是不太好，她身体一直这样。后来他们就再也没找过我，他们就那样，嘴上不说，暗中整你。我后悔我没去，我一直想见见德国佬。我想说的是，冲着皮尔朋干掉的那些纳粹，那些管集中营的恶棍，我向他致敬，真的。那帮坏种，该死。可我还要说，他们不能算进他绞死人犯的数字。因为他集中吊死了一大批德国人，没啥难度，对吗？他们服从，对吗，他们听命。"站那儿，绞索下面。""是，长官，还有什么吩咐？""行了，小子。"砰的一声完事儿。所以减去奥伯特总数里那些纳粹，我不说我能赢，但我们肯定不相上下。恕我直言。

克莱格　哈利，你给个数，好上报纸。你总共吊死了多少？

哈利 我给不了,小子,无可奉告。

克莱格 两百出头?

哈利 再多点。

克莱格 三百出头?

哈利 还是你开头说的数准些,不到两百五吧,我估摸两百四五十。(停顿)两百三十三,没一个是德国人。

克莱格 挺不错了。不过他们说皮尔朋吊死了六百。

哈利 谁说的?皮尔朋老婆?胡扯。这家伙头发有怪味。

克莱格 谁头发有怪味?

哈利 皮尔朋头发有怪味。报纸上没写,对吗?

克莱格 啥怪味?

哈利 心情不好时我会说那是死人味,但应该是过期的发胶味。

克莱格 还有,最后一个问题,哈利。过去十年中错判的冤案……

哈利 你又来了,非要说这扫兴事……

克莱格 似乎正是这些冤案使公众舆论转而反对绞刑……

哈利 是你在说。

克莱格 那些案子大多是你行刑还是皮尔朋?

哈利 哦。(停顿)皮尔朋。毫无疑问。我肯定。

克莱格 德雷克·本特利?

哈利 那个智障?皮尔朋。

克莱格 蒂莫西·伊文斯?

哈利 替克里斯蒂顶罪的那小子?皮尔朋干的,我助理,就算是二比一。

克莱格 露丝·埃利斯?

哈利 皮尔朋。三比一。皮尔朋从不在乎吊死女人。我不行。我是说,这是职业,你得干,但你会恶心整整一个礼拜。

克莱格 杰姆斯·亨尼希?

哈利 亨尼希不是误判冤案。我事后看过他材料。他就是那种典型的女性仇恨狂,我通常不对我吊死的人说三道四,但他犯的案,就是个人渣,该死。

克莱格 他们说他临死前坚称自己无辜。

哈利 那是他害怕,小子。他们都会吓瘫。有的乱说,有的不说。我记得亨尼希最清楚的就是他恨北方人,我讨厌他这样。那是地域歧视。

克莱格 去年又有一位女子在诺福克遇害,就在洛斯托夫城外,警方说极像亨尼希杀人的特征……

哈利 小子,总有女人要被害。那是男人的天性,懂吗?特别在洛斯托夫,没事儿可干,那迷你高尔夫,没几天就被你玩腻了!

克莱格 那么你是说,死刑从来就没有威慑作用,对吗,哈利?

哈利 哈!问得好,小子。我要告诉你,不管怎样,在我吊死他之后,他再也没杀过任何人。这你可以放心。

克莱格 也许在你吊死他之前他也没杀过人呢?

哈利 那我们就不得而知了。呜呼。再来一杯,小伙子?

【暗场。

第四场

【次日清晨，酒馆。艾丽斯穿着睡裙，打开前门，拿进牛奶和报纸，又关上门，瞥见报上哈利的访谈标题。

艾丽斯　噢，哈利……

【她给自己倒了一杯杜松子酒，往下细看。

纽伦堡审判那会儿我身体挺好。我身体一直挺好。你只是想跟你那些哥们在安特里赛马周喝个烂醉。（看报，咂嘴）德国佬，他们现在是我们的盟友了。（看报）"洛斯托夫"。洛斯托夫你一无所知。你对那儿一无所知。（看报）奥伯特·皮尔朋的头发根本没怪味，他头发很棒。（轻声）不像你。（喝了一口杜松子酒）他又得意忘形。我知道他会那样。

【她折起报纸，雪莉来到楼下。

早上好，雪莉。（停顿）我说了"早上好，雪莉"！

雪莉　早上好。精神病院有探病时间吗？

艾丽斯　精神病院探病的事儿你想都别想。菲莉丝·基恩的八卦昨晚就结束了。我不会让你自己去伯恩利，更别说伯恩利精神病院了。

雪莉　那就让她一个人面对那些疯子。

艾丽斯　没法子。我每天开门不也一样？你爸又在报纸上得意忘形。我就知道。不会影响生意，来这儿的人喜欢看热闹。没准生意更好。他们花钱就为看车祸慢放。都有病啊。（停顿）两百三十三个。（停顿）我觉得你还是别看这种东西，我也不让你看。

雪莉 我会要看那东西吗？我没兴趣。

艾丽斯 要是猫王你才有兴趣。

雪莉 但不是猫王，对吗？猫王不会吊死人。猫王也不会在背后说人一张臭脸喜怒无常。

艾丽斯 你还说这事儿？他没在背后说你，对吗？你当时就站这儿。（轻声）一张臭脸。

雪莉 我没一张臭脸。我从来没一张臭脸。是你们总觉得我一张臭脸。我只是怕陌生。

艾丽斯 怕陌生对你生活有啥好处？

雪莉 没啥好处，可我没办法，对吗？

艾丽斯 可怕陌生……你就一张臭脸。

雪莉 我没一张臭脸。我还笑呢，一张臭脸不会笑的。

艾丽斯 怕陌生，一样让人讨厌。

雪莉 不一样。我不让人讨厌。这要看什么人，看我。

艾丽斯 不过大家都这么看你……

雪莉 觉得我无聊。

艾丽斯 不，觉得你一张臭脸。

雪莉 我还觉得他们很无聊呢。

艾丽斯 唔……也许你说得对。

雪莉 也许我还觉得你和我爸无聊呢。

艾丽斯 别犯蠢了。我们还无聊？我开酒吧，他是头牌绞刑手。这不无聊，这很有趣。整天给一张臭脸端饭才无聊呢。

雪莉 他昨天是头牌绞刑手，今天不是了。

艾丽斯 他干他的头牌绞刑手还有日子呢。至少在他心里。

【她注视了雪莉片刻。

听着,宝贝,我知道你开始喜欢男人了……

雪莉 我没有! 你凭啥这么说?!

艾丽斯 你一张臭脸,眼神发直地盯着那些杂志……

雪莉 妈,我没一张臭脸!

艾丽斯 男人不喜欢一张臭脸的女孩,或者怕陌生的女孩。 就算他们喜欢,也是喜欢那种美得要命的女孩,臭脸他们也会将就。

雪莉 可我美在内心啊,妈!

艾丽斯 可你内心也不美,宝贝! 你内心摇摆不定,一张臭脸。 谁受得了你? 你想想。

雪莉 想想,想啥? 切除脑白质吗?

艾丽斯 切了也没用。 你太笨。 也许去参加几个课后班,你会走出你自己。 射箭或羽毛球,那些能让你活跃的运动。 我觉得你内心很美,宝贝,你是我的女儿啊。 我觉得你外在也很美。 只是要注意情绪。

【有人轻敲前门。

谁他妈在我们说悄悄话时来了? 我还穿着睡裙呢。 你去开门,雪莉。

雪莉 我才不去。 我怕陌生。 我不去开门。

艾丽斯 让你去开就去。

雪莉 怕陌生的人就这样。 我不开门。 我就在这儿一张臭脸。

【敲门声又响。 艾丽斯走过去,裹紧睡裙开了门。

艾丽斯 噢你好,穆尼先生。 这么早你来干吗?

穆尼 我带来了你上回说的推荐信。

艾丽斯 哦。 可现在才早上九点呀。

穆尼 我知道。 这显示我的诚意,对吗? (对雪莉)你好,昨天见过了。

雪莉 你好。

艾丽斯 我记得我们说好的下午。

穆尼 不,没说。(停顿)没说下午。没有,没说。所以我才来这么早。

艾丽斯 哦。那我得上去穿件衣服。不能披着睡衣跟你谈,对吗?

穆尼 那当然随你,对吗?

艾丽斯 唔……不行。我上楼去一下,雪莉,给穆尼先生倒杯茶吧。这是你的推荐信,是吗?

穆尼 对,都是精心打印的,看,还留了边。现如今都得留边。

艾丽斯 好,那我带上去细看。

穆尼 你要带走,对吗?

艾丽斯 对。

穆尼 带到楼上吗?

艾丽斯 对,可以吗?

穆尼 (顿)可以啊。

【他把信件递给她,她上了楼。雪莉开始烧水,腼腆地笑着。穆尼坐在之前坐过的桌前。

我昨天也坐的这桌。

雪莉 对啊。这成了你的常用桌吗?

【穆尼换坐到另一张桌前。

穆尼 是啊。现在我换了。我喜欢变动。(停顿)这样让人时时警觉,你明白吗?

雪莉 明白。

【她倒了茶。

要加奶和糖吗,穆尼先生?

穆尼 叫我皮特。

雪莉　要奶和糖吗,皮特?

穆尼　不用,我不喝茶。

雪莉　哦。

穆尼　你妈以为我喝,其实我不喝。

雪莉　哦……

穆尼　要不你自己喝。我不喝。

雪莉　那好……我喝! 加两块糖。尽管我不该喝这么甜!

【沉默片刻。雪莉尴尬一笑。又沉默片刻。她喝着茶。

穆尼　你挺怕陌生,对吗?

【雪莉呛了口茶。

雪莉　什么?!

穆尼　是的。我昨天注意到了。

雪莉　唔……有些人比我更怕陌生。

穆尼　你说响点。

雪莉　(大声些)我说有些人比我更怕陌生。

穆尼　是吗? 谁啊?

雪莉　谁?

穆尼　你说谁比你更怕陌生?

雪莉　唔……我不知道。各种人吧。

穆尼　足球球员?

雪莉　那我比他们害羞。

穆尼　(停顿)修女?

雪莉　修女? (停顿)我觉得有些修女比我更怕陌生。要看哪种修女了,对吧!

穆尼　对。新来,刚入教的,不了解规矩的……

雪莉　对,我不会像她们那样怕陌生。比她们好一半!

穆尼　(停顿)比那些瘫痪人呢?

203

雪莉　我觉得这要看他们瘫痪前是否怕陌生,对吗?

穆尼　没错,说得对。 也许他们生来就那样,哪怕没有瘫痪。(停顿)有些瘫痪人脾气火爆。(停顿)于是你也会发火。(停顿)要是我瘫痪了,我不知道我会干啥。(停顿)也许啥都不干。

雪莉　(停顿)要我说,如果那是个哑巴瘫痪,我应该没他那么怕陌生。 或比她好些,如果他是个又哑又瘫的女孩。

穆尼　你很幽默。

雪莉　我吗? 我不幽默。

穆尼　你很幽默。 我昨天就注意到了。

雪莉　你注意到啦?

穆尼　我觉得你的幽默感远超这儿的一帮人。

雪莉　我不知道! 也许吧。

穆尼　这没什么也许。 当周围都是傻瓜笨蛋时,你很难展现你的幽默感。 我常有这感觉。 不过,虽然我特欣赏幽默感,可我自己就没那么幽默……

雪莉　我觉得你……

穆尼　嘘。 甚至当我特想幽默一把时,我会一脸凶相。 荒唐就在我是个好心人。 可没用,不管我怎么着,都是一脸凶相。 结果被贴了标签,对吗?

雪莉　我觉得你也挺幽默。

穆尼　幽默? 没有一脸凶相? 可我刚刚嘘了你?

雪莉　没有。 我觉得你很有趣,但与众不同。

穆尼　有趣但与众不同。 就像格劳乔·马克斯?

雪莉　我不知道。 过去那些名人我都不太知道。

穆尼　他是犹太人,不过看不大出。

雪莉　那个蓄着小胡子的人吗?

穆尼　对呀。

雪莉　那我知道你说的谁了。

穆尼　（停顿）你到底多大了？

雪莉　十五。

穆尼　（停顿）豆蔻年华。

雪莉　才不好呢。

穆尼　不好吗？

雪莉　人人都对你指手画脚，啥事都不许你做。

穆尼　那就别让他们对你指手画脚。

雪莉　（泪眼）我知道，可太难，他们都比你大。

【她开始流泪。穆尼上前轻拍她，她欣然接受。一切都很自然，他冷静地走回他座位。

我真希望我妈把房间租你。这是我心里话。你能把这地方激活。（抽出一张纸巾）抱歉，又是鼻涕……又是眼泪。

穆尼　唔，你不用解释。

雪莉　你知道我昨天没想通什么事儿吗？

穆尼　不知道，你没想通什么事儿？

雪莉　你到底认不认识菲莉丝·基恩？

穆尼　菲莉丝·基恩？其实，我不认识她。

雪莉　我也觉得你不认识她，我从没听她提起过你。

穆尼　我不认识。我只是觉得他们合伙欺负你，我只想让你觉得你不孤单。

雪莉　他们就是合伙欺负我。那帮混蛋。

穆尼　（停顿）可怜的菲莉丝。

雪莉　我知道。我坐这儿哭她冤枉，她只是大声叫出车牌号码就被送进精神病院。这不公平，对吗？

穆尼　你干吗不去看她？你自己振作起来。

雪莉　我想过，但我不知道探望时间，而且很远。

穆尼　我开车带你去。

雪莉　真的？你带我去？

穆尼　只要你愿意。我没问题，对吗？

雪莉　（停顿）要是他们关门呢？

穆尼　关门就关门。他们关门我们也没办法。唔，我们可以先去海滩，然后再去医院。就看天气好不好，对吗？

雪莉　我不知道。

穆尼　随你。

雪莉　（停顿）你开什么车？

穆尼　一辆莫里斯小车。破车，不过能载你到那儿。上礼拜刚打过蜡。没到打蜡时，是我想打。她在哪家精神病院，伯恩利？

雪莉　就是伯恩利那家，也不算太远。坐公交远，开车近。

穆尼　哪个海滩离伯恩利最近？

雪莉　不知道。福姆比？

穆尼　你有泳衣吗？

雪莉　什么？

穆尼　你有泳衣吗？

雪莉　（停顿）好像有。

穆尼　什么颜色？

雪莉　黄色。带圆点。

穆尼　挺好，跟你头发颜色很搭配。

雪莉　是吗？

穆尼　是啊。你坐在福姆比、内兹沃顿或别处沙滩上时，沙子会掉进你泳衣里吗？

雪莉　沙子？

穆尼　对呀。

雪莉　（停顿）我大都坐在沙滩椅上。

穆尼　是吗？沙滩椅？

雪莉　对啊！租沙滩椅很便宜！

穆尼　明白。（停顿）有时候租不到沙滩椅，你坐沙滩上，沙子会掉进泳衣里吗？就是我刚才说的那些海滩。

雪莉　唔，我从来没去过内兹沃顿海滩，它在诺福克吗？我从没去过诺福克。

穆尼　哦。

雪莉　我从没去过。

穆尼　为啥？那儿太喧闹？

雪莉　不是，你十五岁时，爸妈带你去哪，你就跟着，对吗。

穆尼　我不是。我不跟着他们。

雪莉　可你不是十五岁，皮特。

穆尼　我不是？对呀，我当然不是十五，对吗。我只是想唬你一下。（停顿）我去过内兹沃顿，去过好多次。（停顿）我甚至弄不清内兹岬，只是去过岬上的沃顿。

雪莉　（停顿）我想它就是一条弧形的海角。不过我不确定。

穆尼　唔，我甚至不懂啥叫海角。我觉得这表明我很蠢。

雪莉　不，不过要是你不懂弧形，那说明你很蠢。

穆尼　（停顿）这又是你的幽默感，我刚说过。（停顿）弧形，就是这种形状，对吗……

【他用手指在空中划了道弧线，她点头。不自然地停顿。

　　你妈穿衣服这么久？

雪莉　是啊。

穆尼　她总这样？

雪莉　什么？

穆尼　穿衣服这么久。

雪莉　我不知道。她是那样吧。

穆尼　（停顿）嗯，我跟你妈聊完后，你要是还想去看菲莉丝，或去海边之类，就十一点钟到火车站大钟下找我？

雪莉　我再想想，穆尼先生。我再想想。

穆尼　（停顿）菲莉丝现在一定思念你。面对一窝大喊大叫的疯子。

雪莉　我还没想好。

穆尼　为啥？

雪莉　我对这类事情都很怕陌生。

穆尼　哦。

雪莉　我从没跟男生出去过。

穆尼　可这不是出去约会，对吗，我只带你去精神病院。不会去丽池酒店喝茶。我刚才说起泳衣和沙滩，现在让你有点失望了，对吗，现在我明白了。也许那些话听上去很怪。我只是喜欢沙滩。（停顿）反正，我是要去海边。我会在火车站大钟下面。

雪莉　（停顿）好吧。我再想想。

穆尼　有时候我也会因为害羞而心慌意乱。

雪莉　你也会？

【穆尼点头。

几点在火车站，你刚说？

穆尼　十一点。

【她微笑着点头，起身上楼。他凝望空中，坐了片刻。

"害羞"。我他妈的。

【片刻后，艾丽斯一身光鲜地下楼来。

艾丽斯　我上去太久了，对吗？怎么，雪莉没陪你？

208

穆尼　她在呀，后来走了。

艾丽斯　她就这样。唔，我看到你没从柜台里拿任何东西，这可是个好兆头的开始。不过，你给我的电话打不通，所以我在楼上等了很久，那些电话铃一直响，但没人接，我回头再打。

穆尼　你打过电话了，对吗？

艾丽斯　打过，可我说了，没人接。

穆尼　你动作真快。

艾丽斯　可能上班时间还没到。

穆尼　你可真周到，真聪明，背着我给推荐人打电话，让我在楼下傻等。

艾丽斯　穆尼先生，我应该给你的推荐人打电话。这就是推荐人的作用。

穆尼　没错，我理解。但这个时候打就太聪明了，对吗？

艾丽斯　嗯，你这么说，让我困惑。

穆尼　你困惑？

艾丽斯　对呀。

穆尼　你困惑？

艾丽斯　我困惑！

穆尼　行了，我不租了，我现在不租你的房了。看都不想看。你道歉也没用。给我推荐人打电话？你老公杀了他妈的两百多人！他他妈的有推荐人吗？！

【他走出去甩上了门。艾丽斯坐在那儿目瞪口呆。哈利边套衣服边下楼。

哈利　这他妈的谁啊？

艾丽斯　真不明白！吓着我了，哈利。吓了我一大跳。那个租房的小子。他坐那儿挺正常的，一下子就翻脸了！

哈利　租房的？这帮人都是畜牲，艾丽斯，我早跟你说了。噢，今天的报纸？

【他翻到登着他的那页，看着自己戴着圆顶礼帽系着领结的那张大照片。

艾丽斯　我不该给他的推荐人打电话吗？你得联系推荐人，对吗？给他们打电话。

哈利　（走神）没错。

艾丽斯　也许在南方不同，但我觉得没道理。（停顿）我只想知道他是否只是面善。（停顿）我不太想让雪莉再接近他，这种立马翻脸的人。（停顿）我觉得困惑，真的困惑。

哈利　这照片拍得太棒了，访谈就无所谓了。不过我觉得文章还不错。你他妈的奥伯特·皮尔朋。给你个教训，你个混蛋！

【暗场。

第五场

【当天下午,酒吧。哈利擦拭着玻璃杯,比尔、查理、阿瑟和弗莱探长在闲聊。

比尔　我只想说,绝对公允的观点,这份报纸的这篇访谈是我这辈子读到的最棒的一篇。

查理　超过所有报纸!

比尔　超过所有报纸!

哈利　这跟我密切相关,对吗,我不便评价。

阿瑟　我才开始看,眼镜忘家里了,你们别把悬念说没了。

弗莱　没啥悬念,阿瑟,就是篇访谈,小子。

哈利　他是说,他越往后读越有意思,你们别坏了他的悬念,明白吗?

查埋　我最喜欢关于德国佬那段。

比尔　我也是!

查理　因为他们是一群猪。一直是猪。最喜欢的另一段是你推说艾丽斯病了,你就去了赛马大会!

比尔　我最喜欢那句"吊死都算便宜了他们",大实话!

哈利　是的,比尔,可我从没说过这话。我说那是你的话,我还说这句话很蠢……

比尔　我还喜欢那句……你知道吗,我从未意识到奥伯特·皮尔朋是这么个王八蛋!

哈利　说他王八蛋过了,比尔。 说王八蛋过分了。 说他傲慢、吝啬、狂躁、下流都成,说他王八蛋就过了。

查理　探长,你喜欢哪句?

比尔　他喜欢照片! 他是个怪人!

哈利　比尔,你又要挑事吗?! 你想被轰出去?

比尔　没有。

哈利　那你他妈的闭嘴,喝你的酒! 小子,现在才他妈下午两点!

比尔　对不起,哈利。

哈利　(停顿)探长。 该你说了。

弗莱　说啥?

哈利　说啥? 你最喜欢哪段。

弗莱　哦,没错。 不过……我得说,你表明了你的立场,你明白,绞刑作为最体面的……

查理　说得好!

比尔　没错!

查理　再体面不过了!

哈利　所谓……酒后吐真言,大家都是!

查理　不然,弄得像煎牛排一样!

哈利　没错!

阿瑟　我倒也赞成煎牛排。 挺好的。 配上洋葱!

弗莱　但总体上,我觉得你有点过分,就这样。

【众人尴尬地沉默着。

我是说,没必要报出确切人数,对吗? 还有临死前说的话,以及谁吓瘫了,谁没吓瘫。 有些事儿不能说,我不知道,但总该有敬畏和隐忍之心吧。

哈利　(停顿)唔……我同意,对吗? 白纸黑字写着,一开始我就拒绝报给他人数，对吗？

弗莱 开头是的，没错。后来你报出两百三十三。

比尔 （停顿）他套出了你的话，对吗，哈利？

哈利 对，他套出了我的话，你说得对。

比尔 这个坏种！

哈利 这个坏种。

弗莱 我知道。这帮人都这副德性。

哈利 我知道！

弗莱 所以我早该告诉你根本就别理他。

哈利 不过，你今天情绪很怪啊，乔治。就因为你没上报纸，是吗？

弗莱 不，我不喜欢上报纸。

哈利 你很喜欢！

弗莱 我不喜欢。会影响我的警务。

哈利 是吗，探长，今天你几点上班？

【弗莱看了眼手表……然后再看了眼手中的酒，他微微一笑，比尔和查理大笑起来。

弗莱 哈哈！

哈利 他的警务！哈哈！

【除阿瑟外，众人大笑。

阿瑟 说什么呢？

查理 哈利问探长，"今天你几点上班"，探长先看表，再看酒，然后他说……（咂嘴）

阿瑟 哦，他喝多了。

查理 不。不，阿瑟，不是"他喝多了"。是因为他该上班的，可他人却在这儿。

阿瑟 哦……我明白了。

【艾丽斯下楼来，神态担忧。

艾丽斯　还是没消息吗？

哈利　没什么消息？

艾丽斯　我们家雪莉的消息。

哈利　有消息我他妈还不早跟你说了？！ 我会喊"一张臭脸回来了！"

艾丽斯　可她从来不会没吭声就不来吃午饭，我还做了牛奶冻甜点。

哈利　说不定她跑哪儿闹别扭去了。 找了个新地方甩臭脸去了。

艾丽斯　唔，她今早是有点闹别扭，对吗？ 大家好。

【众人也向她问好，此刻前门突然被推开，众人转头望去，第一场中哈利的助手，希德·阿姆菲尔德进门。

希德　你们好啊！

艾丽斯　你那个希德，对吗？ 你好啊，希德！

希德　你好，艾丽斯！ 你好，哈利！

哈利　他不是我那个希德……

艾丽斯　好久不见了，希德。

希德　是啊，我平时都住在哈利法克斯了。 你们好，探长，还有各位。

阿瑟　你好，小伙子。

弗莱　我在哪儿认识希德的？ 我记不住人。 做警探不该这样！

希德　没事，人们常常会……记不住我。 我以前是哈利的助手，还是那个时候……

【三个老友顿时兴奋起来。

比尔/查理　噢，噢……

希德　他的第一助手，真的。

哈利　不，你只是助手而已。

查理 来,小伙子,坐下聊。你要杯酒。

希德 那我就来半杯。

艾丽斯 我上楼了,哈利,她万一打电话来。

哈利 谁万一……?哦!对,对。

【艾丽斯走上楼梯。

艾丽斯 见到你真高兴,希德。

希德 我也是,艾丽斯。

哈利 这话我说不出。

希德 哦,为什么?

【哈利哼了一声。

阿瑟 是啊,为什么?

哈利 他们说了,我应该保持沉默。你要的半杯。三个便士。

【希德一手接酒一手交钱。

希德 祝各位健康,干杯。

查理/比尔 好,干杯/干杯。

希德 (喝了一口)哈利,有件事能跟你说句悄悄话吗……?

哈利 小子,我忙得要命,你也看到了!这是个酒吧,不是女人缝纫小组!而在偏偏我上报纸的今天,你从哈利法克斯一路赶来,你想干吗?

希德 报纸?你上报了?哪张报纸?

哈利 《宪报》!

比尔 他上了《宪报》!

查理 就在那儿!

希德 我没看到呢。文章好吗?

查理 (同时)好极了!

比尔 (同时)太棒了!

阿瑟 (同时)我还没看完,挺不错。

【哈利瞥了一眼沉默的弗莱，弗莱喝了口酒。

希德　回头我得好好看一下。

哈利　可以啊，不过你自己可以买份报嘛。　是啊，当初我干绞刑手时，希德给我当过助手，那是好几年前了，可他一连串的过失和行为不端，压倒了骆驼身上最后一根稻草，最后我只能赶走他……

希德　不过也没人逼你，对吗，哈利……？

哈利　最终断送他绞刑手助理职业的是他那张臭嘴。　那次在温森格林监狱吊死了一个曼彻斯特流氓，清理尸体时他嘲笑那人阳具的尺寸。　在死亡时刻，我们是否该给予人性的尊严和尊重？只能开除这小子！　让他走人！

希德　没错，我知道那样不对，哈利，我当时就道歉了，不是吗？只是……我还是得说……它真的太大了！

【查理大笑起来。

阿瑟　他说啥？

查理　太大了！

哈利　（厉声打断）笑什么！　没啥可笑！

比尔　没啥可笑！

哈利　那时不可笑！　现在也不可笑！

希德　我没别的意思，对吗？　我只是大吃一惊。

【弗莱试图抑住笑声，但没忍住。

哈利　（对弗莱）我以为你能忍住。（停顿）毕竟你有"敬畏之心"。

希德　不仅长，它还很粗……

哈利　你有完没完？！（停顿）"它还很粗。"（停顿）几年后，出了另一件牵扯得上的事儿，他因贩卖散发淫秽杂志在利兹监狱蹲了半年，对吗，希德？

希德 完全牵扯不上！怎么牵扯？！杂志上都是女人屁股，不是男人鸡巴！我不会去散发男人鸡巴！再说那些女人，在荷兰完全合法！我哪知道违法？！

哈利 随你咋说，这就是我的助手希德·阿姆菲尔德的本性。现在，你还要说悄悄话吗，希——希——希德？

弗莱 哈利，你过分了……

哈利 我说"希——希——希德"因为过去他一紧张就结巴，对吗，希——希——希德？你还是这毛病吧。

希德 我不知道我现在是否还想告诉你。我——我——我是来帮你的。我以为那鸡巴的事都过去了……

【哈利走出柜台，把希德带到一张安静的桌旁。

哈利 冷静点，小子。我只是开个玩笑，对吗？你想要啥？

希德 我不想要啥，行吗？我是好心过来一趟，不行吗？我没想到有人把鸡巴扔我脸上。

哈利 鸡巴的事儿别激动！来这儿，坐下，喝你的半杯酒。你想说啥？

希德 唔，就是亨尼希那事儿，还记得吗？

哈利 亨尼希的事儿？什么亨尼希的事儿？

希德 唔，我——我——我……

哈利 又来了……

希德 那时我没想太多。亨尼希绞刑一年后，我想起来了。我是说，当时有点混乱，但没搞砸，对吧？

哈利 没有搞砸。给他套上绞索立刻就死。忘掉这事儿。

希德 可我觉得，他不停地喊冤……抗议，还威胁我们，你记得吗？这可不像通常的恐惧反应，对吗？

哈利 不，这就是通常的恐惧反应。

希德 后来两年，我想过，总是想到……他不是恐惧。他是无辜。

哈利　又来了！就为这事？你从哈利法克斯跑来就为这破事儿？

希德　如果他是无辜的，那我们就吊死了一个无辜者，对吗？

哈利　"吊死"一个无辜者！"吊死"一个无辜者！不，我们没有吊死无辜者。事后我看过那该死案子的所有庭审材料，就为让自己安心。他罪有应得，那个变态。

希德　他是个偷车贼，哈利。他一辈子没对女人犯过事……

哈利　万事都有开头，懂吗？

希德　可案发前夜他在布莱克普尔，有个妓女签了份证词……

哈利　"有个妓女签了份证词"，见鬼……

希德　……说他俩整晚都在一起，而且对她挺好。他干吗第二天开车三百英里，去诺福克海滩弄那个女孩？

哈利　有妓女的新证词，我们就重查这案子！我咋知道他为啥干那事，对吗？没准他就想兜风呢？变态也喜欢开车兜风，不行吗？

希德　我们绞死他一年后的那天，又有个女孩在洛斯托夫遇袭。

哈利　又在"洛斯托夫"，天哪……

希德　哈利，一年后那天那幸存的女孩，描述了那人的相貌。

哈利　是吗？

希德　她的描述跟上周六来找我的那人一模一样。我不知道他如何找到我的，他有之前拍的照片，问我要不要买。我以为他在耍我们，因为他听到我被定罪判刑，但照片上是洛斯托夫海滩上受害的女孩。那些照片很糟糕，哈利。

哈利　你买了照片，对吗？

希德　没有。我不会买那种照片。（停顿）他知道我是谁，哈利。他知道我是吊死亨尼希的助手。然后他说他要去奥尔德姆，他有事要办。昨晚我才想到"奥尔德姆"，也许他是说"要去找哈利·韦德"。这两天你们酒吧没来什么怪人，对吗？

哈利 （停顿）长什么样，那人？

希德 （描述穆尼的模样）唔，瘦瘦的，黑色短发。伦敦口音，我觉得，衣冠楚楚，但有点凶相。人不难看，就是有点凶相。他那个眼神。（停顿）我也许想多了，对吗？但我觉得小心为上，因为今天就是吊死亨尼希两周年的日子，对吗？

哈利 是吗？时间这么快？

希德 是啊，我也觉得。我不知道。

比尔 （叫喊）我们四个等着斟酒呢，哈利……！

哈利 你他妈闭嘴，一窝酒鬼，我马上过来，咋啦？！

比尔 我就说……

哈利 那就别说，比尔！别说！（停顿）你再来半杯，希德？

【他们起身回到吧台前。

希德 不了，我这就走人，哈利。我就特为来提醒你，留神你家艾丽斯和雪莉。你明白吗？但我相信一切没事。

【哈利神情担忧地倒酒。

哈利 你们都是，同样的再来一杯？

查理 对。

阿瑟 对。

比尔 我来杯威士忌，哈利。

哈利 你跟他们一样喝啤酒，少啰唆。

比尔 那就来杯啤酒。

【阿瑟终于看完了报纸。

阿瑟 是的，哈利，是篇好文章。恭喜你！

比尔 可不是这份报纸发表过的最佳访谈吗？

阿瑟 我不读这报所以没法确定，不过我喜欢关于德国佬那段，因为他们就是猪猡，对吧？

查理 从来就不是朋友。

比尔 永远不会,我希望。

阿瑟 不过我不太赞成绞死亨尼希那段,你呢? 我一直觉得他是个好人,而当时没有确凿证据,对吗?

查理 没有确凿证据,没有。

比尔 只有窃贼和警察的证词,对吗? 没有别的人。

【众人喝酒,弗莱注意到哈利心不在焉。他站起身来。

弗莱 出了啥事,哈利?

【艾丽斯又走下楼来。

艾丽斯 还是没消息吗,哈利?

【哈利和希德相互对视。

哈利 没有。(停顿)还是没消息。

【暗场。

【中场休息。

第二幕

第六场

【几小时后，傍晚天黑，一间简朴的小餐厅。餐厅窗外大雨如注，穆尼在桌前晚餐，牛肉汉堡、薯条、炖豆子和一杯茶。希德在玻璃门外看到穆尼后走进。

希德　你没带走她，对吗？

穆尼　我带走谁？

希德　哈利的女儿。她失踪了。你没带走她，对吗？

穆尼　我干吗带走她？一张臭脸。带她去哪？去切辛顿动物园看猴子？

希德　噢，好极了！你没带，太好了！我真是想多了，是吗？

【他在桌旁坐下。

他们说你早上去过，但摔门走了。

穆尼　我早上是去过，但摔门走了。他那个傻屄老婆惹得我发火。

希德　你干吗摔门啊？我知道你是去租个房间。

穆尼　我是要去租个房间。最后一分钟我改主意了。你知道为啥，希德？

希德　为啥？

穆尼　因为我的事儿我做主，我说了算。就像尼采。

希德　哦。
穆尼　你知道我说的是谁?
希德　知道。
穆尼　不,你不知道。
希德　我知道你计划租房间。
穆尼　你知道什么?
希德　你的计划。
穆尼　计划? 什么计划? 没有计划。
希德　还是有个计划的。
穆尼　那求你告诉我,什么计划?
希德　计划给那个大佬混蛋一顿拳脚,杀杀他的威风。 先把他吓个半死,这样他以后就不敢就为一个鸡巴的玩笑,就向监狱管委会出卖他的朋友。
穆尼　就这计划,是吗? 一个伟大的计划。 那我坐这儿可是对着蒙哥马利元帅吃汉堡啊。
希德　我整个下午都在给他心理暗示。
穆尼　你吗? 暗示?
希德　然后我听到他女儿雪莉失踪了,所以我立马就过来。 我担心了。 我想,天哪,他不会乱来吧,他会吗?
穆尼　你暗示了什么呀?
希德　暗示了亨尼希的事儿,还有你说的那些日期的巧合……
穆尼　日期确实这么巧……
希德　还有一个长相吓人的家伙来找我……有点可怕的家伙……
穆尼　有点可怕,不算吓人。
希德　是的。
穆尼　你是说可怕还是吓人。
希德　可怕。

穆尼　（停顿）我长相吓人,是吗?

希德　不。你吗? 长相不吓人。只是有点可怕。

穆尼　就是,我说呢。（停顿）你的暗示有啥结果? 它们含苞怒放成北方的小杜鹃花了?

希德　唔,成效显著,他一下子给吓着了。但我以为他是被长相吓人……有点可怕的人要租他房子这事吓着了,而不是这有点可怕的人把他家雪莉弄走了。那就太可怕了,对吗?

穆尼　那个傻瓜臭脸,没准去精神病院探望她朋友了,没告诉她父母。

希德　精神病院不能探视,你不知道?

穆尼　我不知道。我没去过。我以后得去试试。

希德　什么,等你最后成了疯子?

穆尼　（停顿）不,等我妈发疯。

希德　哦。你妈,她有病吗?

穆尼　我不能说她有病,但他妈的从来就没正常过。不过你有钱就没事儿,对吗? 钱能通神,我早就明白。

希德　是吧。我不知道。我从来都没钱。特别在这小人哈利·韦德告密之后。这回,我干得很漂亮,虽然他开始没当回事儿,这鸟人脸皮特厚,可不是吗? 他以为他这辈子没干过错事儿。所以到最后我就借机发挥敲打他。

穆尼　你说你借机发挥?

希德　对。就是加了些细节。

穆尼　我知道你的借机发挥。

希德　你知道,我说了那个洛斯托夫女孩被强暴的事,我说那有点可怕的小子……给我们看了她的照片。海滩上的照片。

穆尼　再说一遍? ……你再说一遍,好吗?

希德　行,照片的事儿,我发挥过头了吗? 后来我感觉到了。我

223

觉得，我应该说"他一直在威胁"或者"含糊的传闻"这样才不过头，对吗？而我的发挥更像是"他给我看了那次作案的罪证"，对吗？

穆尼　没错，你说呢，希德？

希德　是的。所以我说，我后来感到了。

穆尼　（停顿）我觉得我像在跟一只野猩猩共谋。（停顿）看来，你得回去告诉他你弄错了，好吗？

希德　可我能回去吗，不能吧？我回去会出事儿。

穆尼　唔，让我想想。（停顿）我觉得你搞砸了一切，你明白吗？让我想想。让我琢磨一遍，看你是否搞砸了一切。等等……

希德　不过，我……

穆尼　你别作声。我在想呢。

希德　行。（停顿）在我听到他们的傻女儿失踪后，我觉得事儿可能会棘手，因为他们很宠她的。

穆尼　她没失踪，对吗？我让她待在福姆比一个车库里。现在让我想想。我来计划一下。

希德　你干了啥呀，皮特？（停顿）你干了啥？（停顿）她在福姆比？

穆尼　是啊，就在海边。要是现在我走进那酒吧，他们会怎么对我？在他们家女儿失踪的这一刻，不会像你我计划那样，我只是一个有点可怕的家伙，一个用含混话语威胁的人，一个需要暗中监视的家伙，不会了。我肯定是参与了一年前袭击那女孩的罪犯，那天正是某人被绞死一周年的日子，而这会儿绞刑手的女儿恰恰失踪。我今早还刚被看到跟他女儿聊天。今天又恰好是那人被绞死的两周年纪念日。（停顿）太多的"肯定"了，对吗，希德？难道这只是"有点可怕"吗？

希德　把个女孩弄在福姆比车库里，难道也只是有点可怕吗？！

穆尼　不，当然不是，对吗？这已确凿无误了，对吗，"把个女孩弄在福姆比车库里"。这真是太可怕了。

希德　你让我恶心。我一路过来都在担心这事。

穆尼　是吗？一路担心？雨中跑来。

希德　现在真的出事了。她在干吗？你怎么弄她的？

穆尼　我还没干啥呢，只是把她挂在那儿。实际上，我让她踮起脚尖站在一只家庭装维他麦片纸箱上，脖上套着绞索。我开头用脆米花纸盒，可它们总是爆裂开。脆米花就那样，对吗，松软。维他麦片就结实多了，不过我希望她别打喷嚏。（看着手表）我不会告诉你车库在哪，你明白吗，希德？该说时我会说，懂吗？

希德　你还对她干了什么？

穆尼　我刚说过，该说时我会说。别担心，就算我有怪癖，我也不是畜生。我是吗？这让法庭判吧。（停顿）不管怎样，我与亨尼希见过一面，你知道吗？我从没告诉你，对吗？我找到你时，你见过他一面，我也见过他一面……

希德　是我找你的……怎么变成你找我了？

穆尼　他见我那次比见到你要开心多了，那是自然。见完我他还活着。我是在沃尔瑟姆斯托一家住宿早餐旅馆门外见到他的。我出门，他进门。他带着个丑姑娘进来，后来一看是个妓女，我记得当时我就想，"杰姆斯，你要花钱找妓女，也别找个丑女啊。不过他也有道理，我们不在苏格兰。"（停顿）他还想两百英镑卖我一辆阿斯顿马丁。我知道车不是他的。他上身没穿衬衫穿件睡衣。我想，"车不是你的，衣服也乱穿"。穿件睡衣卖跑车，亨尼希不注意细节。但他也不该被吊死啊？对吗？（停顿）你说呢？（停顿）亨尼希老兄太惨了，我真为他难过。他能强奸个屁呀。

希德 你真让我恶心，真的。

穆尼 你脸色发青。可那是你的问题，对吗，你肚子不好。跟我毫无关系。

希德 跟你有关系。这全都是你的错。

穆尼 这是我的错，是吗？那我就认了。有一事儿你可以怪我，有一事儿我从亨尼希被杀后的日子里得到教训，那就是，到如今，我明白几时该举手公平认理，认自己的错，是这样。（停顿）不过雪莉的事儿你有一半责任，不是吗？

希德 我现在该怎样？我不知道该做啥。

穆尼 那是你的事儿了，对吗？更要紧的是，我现在该怎样？大摇大摆地回到酒吧，就为取乐呢？还是回车库去再跟她玩一回？或者撇下这一切，回归伦敦和文明呢？每逢这时，我会扪心自问，"亨尼希会怎样？"答案始终如一："犯蠢会要我的命，前路不通，退后为上。"（停顿）嗯。去酒吧？去车库？还是回家？选择，选择，选择啊。

【他穿上外套走到门口。

再见，希德。

希德 我要去报警！

穆尼 你不会，希德，你会吗？你是共犯，很不幸。

【他打开门。门外依然大雨如注，雷声隆隆。他撑开伞。

真高兴我带了伞！我总有先见之明，这就是我！

【穆尼走出门去，希德透过玻璃窗望着他，电闪雷鸣。希德慢慢转过身来。

【暗场。

第七场

【当晚酒吧，依然狂风暴雨。酒吧还未开门，只有几盏灯亮着，灯下艾丽斯和克莱格坐在桌前看着雪莉的照片，哈利在他俩身后走动。

艾丽斯　嗯，这张是她最近的照片，可就有点模糊。
克莱格　是有点模糊，是吗？
艾丽斯　我觉得她是跳起来拿东西。看不清是什么。
哈利　是蛋糕。
艾丽斯　是蛋糕。雪莉干吗跳起来拿蛋糕啊？
克莱格　韦德太太，你们有她脸部更清晰的照片吗？学校的照片？
艾丽斯　有！我有一张她在圣玛格丽特穿校服的照片，（流泪）不过那时她才十一岁。
哈利　别哭，亲爱的。现在还没出事儿，对吗？
艾丽斯　嗯，我知道。
哈利　其实，她才离开了几个小时。
艾丽斯　看到那时她这么天真可爱，真是伤心，对吗？
哈利　她现在一样天真可爱，对吧？
艾丽斯　是的。只要她平安回来，我再不会管她吃多少了。
哈利　也不在乎她一张臭脸。
艾丽斯　是的。昨天你还说她一张臭脸，当面说她。

哈利　我没说。

艾丽斯　你说了。

哈利　你也说了,要是较真的话。

艾丽斯　我没说。我等她走了才说的。

克莱格　我就拿学校这张吧,这张跳起的就算了。

艾丽斯　好的,就拿这张吧。这张她更文静。

哈利　跳起拿蛋糕。人家是跳起来接球。

艾丽斯　只要平安回家,她跳起来干啥都行!她跳起来摘香蕉我也不管!

哈利　我知道,亲爱的。我明白。

【克莱格收起照片和他的东西。

克莱格　韦德先生,我会尽力赶今晚的终版,要是不行,明天一早首版。

哈利　谢谢你,小伙子,还要感谢你今早的文章,写得很棒,对吗?

克莱格　我很高兴你喜欢它。我之前还担心呢。

哈利　我当然喜欢它。直言不讳,观点清晰,我不客气!

克莱格　皮尔朋先生没来找你麻烦,对吗?

哈利　那个怪人?我倒要看他咋样。

艾丽斯　奥伯特·皮尔朋以前一直对我挺好……

哈利　你算了吧……

克莱格　你喜欢那篇访谈吗,韦德太太?

艾丽斯　我们现在谈雪莉,不说访谈,对吗?

克莱格　没错。没错。

【他起身欲走,艾丽斯喝了一口杜松子酒。

哈利　小伙子,我送你出门;艾丽斯,你少喝点!

【他们走向前门。

艾丽斯 （轻声）我喝酒关你啥事。

哈利 （对克莱格）不会有事儿，对吧？我们家雪莉？

克莱格 当然喽，哈利，我确信。我是说，她甚至算不上失踪，对吗？没准就是想自己待一会而已。

哈利 没准就是闹别扭自己出去散心，对吧？她妈也这么说。

克莱格 是啊。反正我把这情况发出去。再见。

哈利 好的，再见，小伙子。当心雨大。

【哈利打开门让克莱格离去后又锁上门，然后走回艾丽斯身旁。他难过地将手搭上她肩膀，她拍着他的手，几近哽咽。

艾丽斯 哈利，你还记得她五岁时……

哈利 别，别说了。

艾丽斯 说啥？

哈利 说"她五岁时"这种话，好像她死了一样……

艾丽斯 我没这……

哈利 她没死，好着呢。她只是傻瓜一样闹别扭去了，她回来后会感到后悔，所以我们要扛得住，好吗？面带微笑，举止从容，我们开门营业，对吗？

艾丽斯 我们就不能关一个晚上吗，哈利？

哈利 当然不行。"关门"就好像出了事儿，现在没事，对吗？

艾丽斯 出事儿了。我心里明白。

哈利 （停顿）哇，希望天使的光明之声。别说得那么响，不管怎样，我们不能让外人知道我们的家事。

艾丽斯 （轻声）我才不在乎有谁知道。

哈利 噢，你真要命……（轻声）难怪你把她惯成一张臭脸。

【他去打开店门，开亮酒吧内的灯光，艾丽斯喝完酒后走到柜台后面。酒吧外暴雨如注，哈利拧亮了门外的灯。

搽搽脸，艾丽斯。把那瓶杜松子酒放回去。

【艾丽斯在脸上搽了点粉,查理、比尔和阿瑟挤在一把伞下,冲进门来,伞上的雨水浇在他们身上。

查理 撑住伞,比尔,你个傻屄! 雨水全他妈灌我脖子里了。 抱歉,艾丽斯,没看到你,我在说比尔呢。

艾丽斯 你们好啊!

哈利 你们都要啤酒,对吧?

查理 没错!

比尔 我们口干舌燥!

阿瑟 尽管下着大雨!

比尔 对了,哈利,镇上的人全都读了你那篇访谈! 有个赌马的黑人,我平时不搭理的,走过来说,你认识这哈利·韦德,对吗? 我说认识又怎样,关你啥事? 他说,让我跟你握个手,就为这份报纸发表过的最佳文章。 我说,谢啦,我同意!

哈利 好极了,比尔。 好极了。

比尔 是啊,这是……认同,对吗? (停顿)他常在那儿,我没留意过他,没跟他搭过话,你知道吗? 他是黑人。

哈利 是啊。

【哈利和艾丽斯倒着酒,一阵不安的沉默。

艾丽斯 你赌赢了吗,比尔?

比尔 没有。 (停顿)他妈的。 (停顿)跑了个第四。 那小仙女。

艾丽斯 第四没赢到啥,对吗?

比尔 那要看场子多大了,对吗? 要是场子够大,还能赢点。

哈利 那一共几匹马?

比尔 唔,五匹。

哈利 五匹?

【众人大笑。

你这不叫第四,你这是倒数第二! 五匹!

阿瑟 说啥呢?

查理 赌马的事,你不懂。

阿瑟 哦。

哈利 你押多少钱?

比尔 嗯……两便士。

哈利 两便士?! 您真是个阔佬! 两便士! 还他妈小仙女! 五匹里跑了第四!

比尔 我可没啥钱花在赌马上,对吧?

哈利 我知道你没钱!

比尔 因为我的钱全他妈花这儿了,对吗?

哈利 我知道你花这儿了!

比尔 因为我他妈就是个酒鬼,行吗?! 我明白着呢! 你他妈的不用说!

【一阵尴尬的沉默。

哈利 你说啥呢,比尔? 你可不是酒鬼,你就爱喝一点。

艾丽斯 没错,比尔,你就爱喝一点。

查理 是啊。

阿瑟 说啥呢?

查理 比尔说自己是酒鬼,我们说"你不是酒鬼,你就是爱喝一点",听明白了?

阿瑟 可他就是个酒鬼,比尔,他不是吗?

查理 他不是,阿瑟,嘘。 如果他是酒鬼,那我们都是!

【哈利看着他们,似乎他们都是酒鬼。

比尔 也是。 唔……我以前还行,不算酗酒,对吧? 在我老婆甩掉我之前……

哈利 行了,比尔,今晚我不想听这些,好吗,我有自己的烦心

231

事。好吗？再说，你老婆出走之前你就上瘾了，你酗酒，所以她才甩了你。行了，小子，再来一杯，别胡思乱想。人生苦短，别瞎倒苦水。这杯我们请你们。上天保佑！

查理 谁请？！你们请？！

比尔 哇，多谢哈利！那太棒了，给我来杯苏格兰威士忌。

哈利 给你半杯，你就偷着乐吧。

比尔 半杯也行，艾丽斯。

阿瑟 天哪，哈利·韦德请酒喽！谁又死了吗？！

【艾丽斯几乎哭出声来，但她忍住了。

哈利 谁也没死。（停顿）傻瓜。

【门被撞开，弗莱探长上，他竖起领子、顶着报纸挡雨，全身湿透了。

弗莱 啊呀！

查理 你好，探长。

【哈利和艾丽斯又希望又担忧地望着探长，见他摇头，俩人情绪低落。他挂好外套，走到柜台前。

弗莱 没有消息，我们查问了伯恩利的精神病院，他们说没人去过那儿，那就排除了，很不幸……

哈利 （打断）我们楼上说吧，探长？

弗莱 唔？为啥？我想喝一杯呢。

哈利 好。

【艾丽斯给他倒了一杯。

弗莱 我们已把那南方小子的相貌特征发往全国，所以……

哈利 （打断）好的，我觉得这事儿还是楼上谈吧，你说呢？上楼吧，乔治，我们楼上谈。

弗莱 怎么啦，哈利？这事儿知道的人越多越好……

哈利 我说了，上楼，我不重复了。我拿上酒，你跟着我。行吗?! 好! 跟我来,上楼。

【他从艾丽斯手里拿过那杯啤酒带着弗莱上楼,弗莱恼怒地跟着他。三老友渴求真相,盯视着正用抹布擦着柜台的艾丽斯。

比尔 没啥事儿吧,艾丽斯?

艾丽斯 没事,没事。(擦着柜台)没啥事儿。

阿瑟 (停顿)你们家雪莉呢,她好吗?

【艾丽斯点着头,接着又摇头。

艾丽斯 不好。她早上起就像是失踪了。我们原想她可能去了伯恩利精神病院探望她朋友菲莉丝……

阿瑟 没有,她没去,探长刚说了她没去那儿,对吧?她没去。

艾丽斯 是啊。她没去。现在我们有点担心了。之前我们也担心。现在我们更担心。反正我很担心。

比尔 别担心,艾丽斯。你们家雪莉很机灵,对吗?她很聪明,很善良。

艾丽斯 她是个好女孩,对吗,比尔?

比尔 是的。我肯定她没事儿。

阿瑟 你希望她没事儿。你没法肯定她没事儿,因为你不知道。

比尔 毫无疑问,阿瑟,她平安无事。对吗?

阿瑟 是的。(停顿)不过探长好像很担心。

查理 探长没啥,阿瑟。他平常就这样。

阿瑟 (停顿)哈利好像很担忧。他平常可不这样,他一直蛮开心的。

艾丽斯 是啊,现在我们都担心,对吗?

阿瑟 对,你说得对。

艾丽斯 "担心"是件好事,对吗,"担心"?那是你爱她,对吧,"担心"?那是你在乎。

阿瑟 对,是这样。我去撒尿,憋好久了。

【他去了厕所，其余的人互相对视着。

比尔　真他妈见鬼，查理……

查理　我知道……

比尔　有时候我真不知他是咋回事，你呢？我知道他快聋了，可是天哪，"探长好像挺担心"。

艾丽斯　他是无意的，对吗？

比尔　没错，艾丽斯，他完全是无意。不然跟他待上一晚，你会感到世界的末日。

艾丽斯　如果真出了事儿，那就是我的世界末日。

查理　别这么想，艾丽斯。她会随时走进门来……

【门被撞开，穆尼走进。他甩去伞上的雨水。

穆尼　哇，这暴雨天太悲催了！英格兰北边和这雨都咋回事儿？韦德太太，我知道你想说啥……大伙儿好啊……现在我知道你想说啥，韦德太太，你想说，"这早上甩门走人，弄得我老公和大伙儿都傻了眼的白痴怎么又回来了？"更别提我骂你偷偷打电话给我的推荐人的混账话了，你凭啥不能给我推荐人打电话，你的房间，你的电话，对吗？凭啥不能给我推荐人打电话？凭啥不能背着我打电话？你们楼下没有电话，对吗？我后来明白了。你凭啥不能背着我给我的推荐人打电话呢？也许你还想问那些我不能听的隐私问题，你凭啥不可以？你凭啥不能问推荐人那些我不能听的隐私问题？比如"我会按时付钱吗？我会大声放音乐吗？我正常吗？"这些女房东们都会问的问题，再说你还是一个漂亮少女的妈妈。所以我把推荐信给你带回来了，在这儿，我就想说，如果你还愿意，我还是很想租那个房间。你再想想，我先来一杯竖琴，也请所有人喝一杯，上次我们聊过之后我弄到一笔小钱。

查理　哦，那太棒了，小伙子……

比尔　　好啊,你……

艾丽斯　　不……不……

穆尼　　什么不,韦德太太? 你只会说"不",是吗?

艾丽斯　　我得……我丈夫在楼上……

穆尼　　是吗? 他在楼上?

艾丽斯　　是啊……

穆尼　　他好啊!

艾丽斯　　我得去告诉他。

穆尼　　可他在楼上,对吗? 我们在楼下。 你干吗不倒了酒再找他? 干吗呀? 我们快渴死了!

【她心慌意乱地倒酒。

顾客是上帝。 不管怎样,我早上确实不应该,对吗? 我错得离谱。 说话难听。 态度恶劣。 太早了,我早上状态不好。你呢?

查理　　我们的老友阿瑟还在厕所,我肯定他也乐意跟你干一杯,先生……

穆尼　　行啊。 你稍稍有点过分,不过行啊。 阿瑟也来一杯。 那房间还空着,韦德太太,你还租吗?

艾丽斯　　不租了,不租给你。

穆尼　　不租给我? 你不肯原谅我,对吗? 我看出来了。 我从你脸上看出来了。 你那张俊俏的老脸。 我说话确实伤人,我知道,但你会了解我的,我不是那样。 我很随和。

艾丽斯　　这是你的酒。 我得去找我丈夫。

穆尼　　你还没给阿瑟倒酒,对吗? 要是他回来发现就他没酒会发火的。 给阿瑟倒一杯。

【艾丽斯继续倒酒。

查理　　阿瑟不会发火。 他就是个聋子。

235

穆尼　嗯，那跟我没关系，对吗？　艾丽斯，你也给你自己来一大杯杜松子酒？　那我们就不计前嫌了。　我觉得你那套房间很棒。房间从来不是问题。

艾丽斯　我不想喝酒。　不用你请。

比尔　怎么了，艾丽斯？

艾丽斯　怎么了……？

【阿瑟上，一边扯着裤子拉链一边在裤腿上抹手。

阿瑟　我记得这小伙子，他是新来的！

穆尼　我也记得你，阿瑟。　干杯！

阿瑟　你就是那喝杯杯香的人。

穆尼　（停顿）我不喝杯杯香。　我昨天说过了！　我这辈子没喝过杯杯香。

阿瑟　不对，你带了杯杯香。

穆尼　我跟杯杯香毫无关系！　你认错人了！

查理　带杯杯香的不是他，阿瑟。　带杯杯香的是那杯杯香人。

阿瑟　那你是谁？

穆尼　我就是个酒吧客，对吗？　希望成为未来的房客。　要是能谈成。　这就是我。

查理　他请你喝酒，阿瑟。　你要客气点。

艾丽斯　你不用对他客气。　我们家雪莉失踪跟他有关，我很清楚，我不是傻瓜。

比尔　啥？

【在穆尼说话时下楼来的哈利和弗莱看到了他。

穆尼　我知道怎么事儿。　哦，他下来了，你不用去叫他了。　你不用上楼。　我知道怎么回事了。　有人跟我老友希德·阿姆菲尔德说过了，对吗？　有人在传话……你好，探长，你好，韦德先生。　有人跟我老友，绞刑手助理，希德·阿姆菲尔德说过，对吗？

【穆尼的出现惊呆了哈利和弗莱，三老友知道出事了，但不知何事。

哈利 这他妈的啥事儿？

艾丽斯 他进来就这么胡说，哈利，我正要上来叫你……

穆尼 没错，艾丽斯说得对。我特为早上的冒犯来道歉。她完全有理由联系我的推荐人。在我摔门走人后，我扪心自问，"她凭啥不能联系我的推荐人呢？她凭啥不可以？"推荐人不就是让你联系吗？在过去，你可以给他们写信，不过那得很长时间，可不是吗，那就没啥意义了。

【弗莱绕到穆尼身后，堵住他出门的路。

穆尼 我看到你了。

哈利 行了，行了，说够了吧。我家雪莉呢？

弗莱 别发作，哈利。我们能搞定。一切都能搞定。

穆尼 你女儿雪莉？那张臭脸？她怎么了？

艾丽斯 我要上楼来叫你的，哈利……

哈利 闭嘴。

穆尼 老兄，别这么跟你妻子说话！我知道你干绞刑手的一切，不过去他妈的！你明白，我不尿你。

弗莱 你是谁？

穆尼 我？我是谁？穆尼。你呢？

弗莱 弗莱。警探弗莱。

穆尼 这名字不错。很牛。小弗莱。你看着办吧。

哈利 啤酒不错，是吧？

穆尼 我会说"是"，免得争吵，不过实话实说，哈利，我不知道是北边的酒都这样呢，还是你的酒特难喝。有股……咋说呢？有股尿味。也许是你的酒桶管道，这我不懂。阿瑟，你的酒

237

怎样？

阿瑟 我的还行。

穆尼 还行，是吗？

阿瑟 不凉。

穆尼 不凉，但没尿味。说得好！

弗莱 穆尼先生，下午你在哪儿，十二点之后？

穆尼 问得好，从你脸色和这气氛，这份紧张……我觉着希德·阿姆菲尔德先生，你那个变态前助理，已经跟你谈过了。我没说错吧，哈利？

哈利 你总该称呼韦德先生吧？

穆尼 你就凑合吧，老兄。你没想到吧，希德跟我算是朋友，对吗？

哈利 不对。他告诉我你两天前才见了他。

穆尼 我知道，我还给他看了一堆什么洛斯托夫照片一类的东西。当然都是胡编乱造的。我在说半小时之前。没错，半小时之前，我刚和希德吃了晚饭。你不知道？我吃了汉堡和薯条，不开玩笑，这北边不光是酒里一股尿味，连汉堡和薯条都做不好？怎么会呢？那是汉堡和薯条啊！连炖豆子也那样。怎么会连炖豆子都弄成那样？你只要打开罐头就成，对吗？我就这么干。我不知道这儿的人是咋回事儿。

弗莱 穆尼先生，你不是这一带的人，对吗？

穆尼 都知道我不是，探长。

弗莱 你是哪里人？

穆尼 小子，你可真是个优秀警察！对吧，比尔？你欠我一杯，比尔，我可没忘。我南边来的，对吧？诺福克地区。亨尼希家乡。那一带。

弗莱 洛斯托夫那边，对吗？

穆尼　不，我从没去过洛斯托夫。

弗莱　没有？怎么会？

穆尼　洛斯托夫，全是恶棍流氓。

弗莱　你从没去过怎会知道？

穆尼　我从没去过非洲，可我知道那里到处都是猴子。

阿瑟　（停顿）还有蜘蛛。

穆尼　（顿）还有蜘蛛。巨型的。狼蛛。

弗莱　洛斯托夫都是恶棍流氓，可你不是恶棍流氓？

穆尼　那得看谁眼中的恶棍流氓，对吗？要看谁来判断，对吗？在你和哈利眼中，同你和哈利相比，我当然不是流氓。因为你们是北方人。所以得看谁来判断，对吗？要是让索伦·克尔凯郭尔判断，那么，确实，同索伦相比，我多半是恶棍流氓。如果那天索伦判断感特强。或者正常判断，我不知道他会怎样。你们读过克尔凯郭尔的书吗？奥尔德姆会有人问这问题吗？我没读过克尔凯郭尔，我不读书，我不要读。我只喜欢他滑稽的名字。许多哲学家都有滑稽的名字，对吗？怎么会呢？（停顿）说到恶棍流氓，我的老朋友希德·阿姆菲尔德就是地道的恶棍流氓。其实他不是我的朋友，对吗？这毫无疑义，我几乎不认识他，他也不是他自称的什么无辜的北方人。说真的，如果你女儿真的失踪了，从你神情举止来看，我想是真的。不过，那也不该随意指认一个到你酒吧买花生、喝酒聊天的家伙，尽管他似乎有点凶相，其实我刚忘了，艾丽斯，给我来包花生？

【哈利示意艾丽斯——不给花生。

艾丽斯　不，不卖花生给你。

穆尼　我也会指认，或者，要是觉得指认失礼，我会用眉眼暗示那走过你酒吧门前的人，那人有变态和前科的纪录。可我没有，你明白吗？我没有任何犯罪前科。你，警探先生，我忘了你名字，你可以去查。皮特·阿洛西斯·穆尼，没有前科。那并不意味我没犯过事儿，只说明如果我有事儿，我干得漂亮，抓不着我。（停顿）还有，你知道，那也许是个假名。

哈利　我能说话吗，穆尼先生？你已经说得够多了。

穆尼　这是你的地盘，哈利，你想说啥都行，对吗？

【啪的一声。哈利用打过亨尼希的警棍猛击穆尼的后脑。穆尼单膝跪地。

弗莱　天哪，哈利！

哈利　她在哪？我已经客气地问过你。

穆尼　没想到还有这种下三滥。我还以为能文明对话呢。

【啪的一声。哈利又猛击穆尼。穆尼双膝跪地，头上流血。

穆尼　上天有眼，老兄……

弗莱　哈利！

哈利　闭嘴！

穆尼　只有两个词儿能说你，恶棍流氓！哦，恶棍流氓！对吧，组合词……

哈利　艾丽斯，把柜后那桶绳给我。

艾丽斯　好的。

【她从柜后抓起一卷桶绳递给他，此刻弗莱拦住哈利。

弗莱　哈利，我们带他去警局，在那儿审问他。

哈利　你松手。我很冷静。我让他坐下。

【弗莱慢慢松了手。哈利将打晕流血的穆尼按在舞台右前方一把椅子上，就在挂着布帘的屋顶横梁之下。

帮我把门锁上，比尔？你说，我再问你一次。她在哪？

【他用桶绳打了个绳圈，比尔走到前门。

穆尼　我从没想到我会说这话，不过，小子，我现在真想喝一瓶杯杯香……

【哈利把绳圈套上穆尼的脖子,勒紧。 就在此刻,前门被嘎吱推开,希德浑身湿透地进门,看到被勒脖的穆尼,他目瞪口呆。

哈利 希德,来得正巧……

希德 不,我只是路过……

哈利 你过来。 比尔,把门锁了……

【比尔锁上了门,把灯调暗,希德走上前去。

希德 不行,我得走人……

弗莱 哈利!

哈利 你,闭嘴,你一整天狗屁没用。 艾丽斯,给希德拿条毛巾,给大家倒酒,我们请客。

阿瑟 (兴奋)下手了,各位!

哈利 希德,这家伙说你和他是老友,今晚还一起吃饭,真的吗?

希德 当然不是真的,哈利! 这家伙就是我跟你说的,来给我看照片的那人。

【穆尼扯着绳圈挣扎,试图踢打希德。

哈利 找东西来捆住他手臂,艾丽斯。 我们还有啥?

艾丽斯 有条绑臂带!

哈利 太棒了!

【艾丽斯递上绑臂带。

阿瑟 那是啥?

查理 绑臂带。

阿瑟 太棒了! ……哈利把穆尼双臂绑到身后。

穆尼 别这样,我手臂有伤。

哈利 等完事后你就不止手臂有伤了。

穆尼 我吗? 你才会呢。

哈利　我们家雪莉在哪?! 你说?!

穆尼　问他,他知道。

希德　我不知道。 我咋知道? 你知道。

穆尼　希德,你知道现在什么最好? 一箱家庭装维他麦,你知道我上哪去找?

哈利　这小子疯了! 让他站椅子上!

【他把绳子扔上屋顶横梁,比尔、希德和哈利把穆尼架上横梁下方的椅子。

穆尼　你们在开玩笑,对吗? 刚才还挺开心,现在就要过头了。

【哈利拉紧挂在横梁上一头套着穆尼脖颈的绳子,穆尼只能踮着脚尖。

查理　天哪!

阿瑟　探长脸都白了!

弗莱　哈利! 上天有眼,别出格!

哈利　别慌张,乔治! 这事儿局子里可以干,在酒吧不行,对吗?

弗莱　我啥时候在局子里干这种事儿?!

哈利　那也许你该试试,没准就破案了。 我们家雪莉在哪?!

穆尼　(嘶哑)我说不出……

【哈利和比尔稍稍放松。

哈利　我们家雪莉在哪?

穆尼　这名字耳熟……

【哈利拉紧绳子,比尔帮着他,把挣扎的穆尼吊离椅子半尺。穆尼喘息、挣扎、脸色涨红。 哈利让比尔抓住绳子,自己走到穆尼身边。

哈利　你还有两次机会。 第三次我就搬走椅子,你就了结了,我们就出门自己找她了。 明白吗? 说吧,她还在奥尔德姆吗?

【他示意比尔把他放到脚尖碰到椅子处。

穆尼 我没法喘气……

哈利 你可以喘气。你只需一点点空气，真的，你需要的空气少得惊人。你该担心你的脊椎。说，她还在奥尔德姆吗？

穆尼 你在……绞死一个……无辜的人。

希德 问他是否把她带到海边，比如弗姆比一带。

【惟有弗莱探长听到这话后反应十分奇特。

哈利 你是否把她带到海边什么地方……？

希德 比如弗姆比一带。

哈利 （顿）比如弗姆比一带？

希德 也许在车库里？

穆尼 你们这群蠢货！

【哈利和比尔又把他吊起。查理和阿瑟喝着酒。

弗莱 行了，哈利，到此为止。我去叫辆警车。

【哈利盯视了一会挣扎中的穆尼。

哈利 （对弗莱）我一直比你厉害。我给你面子，你算个屁。所以闭上你的嘴，明白吗？

阿瑟 这话我听到了！

【哈利示意再次放下穆尼，让他双脚触到椅子。穆尼大喘，似乎挺不住了。

哈利 你最后一次机会了，小子。现在我小声说话因为我知道你能听见。反正你只能听到我的声音，对吗？这是你最后的指望。也许是你最后听到的声音。别错过，小子，别错过。（停顿）她在哪儿？

穆尼 她在……（大喘）她在……

哈利 在哪？

穆尼 她情况不妙……我觉得她没救了……非常危险……毕竟她体重不轻，对吗？

243

【穆尼和哈利对视了一刻,接着哈利和比尔再次吊起他。他两腿抽动着,于是哈利用绳子绑住他双腿。就在此刻,传来有人砸门的巨响声。

男子声音　你他妈的开门!

【人人面面相觑,砸门声继续。

哈利　(轻声)把他放到椅子上!

【他们放下穆尼让他双脚再次触到椅子,但绳子卡住了。

把他嘴巴塞住,别让他叫唤!然后遮盖住他!

【希德把块抹布塞进穆尼口中,他们拉上窗帘,这样从舞台入口就只能看到穆尼脚下的椅子。砸门声越来越响。

男子声　你他妈的快开门,外边下着大雨呢,我知道你在,我看到你在晃悠!

艾丽斯　我知道是谁了。

哈利　(阴沉地)我他妈也知道了。

【艾丽斯打开门,走进一个衣冠楚楚与哈利年纪相仿的男人,他甩去伞上的雨水。

艾丽斯　噢,你好,皮尔朋先生,你怎么来奥尔德姆了?

皮尔朋　艾丽斯,不是我冒犯,今晚我就是冲你丈夫来的。

哈利　你好,奥伯特。各位,这是奥伯特·皮尔朋!

皮尔朋　你个杂种,你少他妈的什么跟我奥伯特·皮尔朋套近乎,别把我介绍给你这帮狐群狗友,在你酒吧里喝酒的全是他妈的人渣。你瞧瞧他们,全是人渣!我今天看到一篇评论,登在一份叫什么《奥尔德姆宪报》的垃圾上……

哈利　那不是评论,对吗,那是篇访谈。还"一篇评论"……

皮尔朋　我管他妈是什么玩意儿!

哈利　再说那也不是垃圾,那是份很好的报纸,是吗,各位?奥尔德姆最好的报纸。

查理 （同时）是的。

比尔 （同时）最好的一种。

阿瑟 （同时）我没读过。

艾丽斯 来杯酒吗，奥伯特？

皮尔朋 不了，艾丽斯，我就走。我就来说一说。

哈利 那就快说，说完走路。我们忙着呢。

【皮尔朋慢慢走近哈利，哈利害怕起来。

皮尔朋 你刚才说啥？

哈利 啥都没说，奥伯特。就是……我们正有事儿干到一半。

皮尔朋 你有啥事儿干到一半？你这穿得人模狗样，干活像泡屎，满嘴牢骚不靠谱的东西？

哈利 不，别的事儿。（停顿）对吧，探长？别的事儿。

皮尔朋 噢，你好，弗莱探长……

弗莱 你好，奥伯特……

皮尔朋 你也是他这帮狐群狗友，是吗？

弗莱 我不是。我还跟他说过不要接受采访。

哈利 行了，乔治……！

皮尔朋 好，那我就不怪你。我就找这个混蛋。韦德，你还懂得"敬畏心"这词吗？

哈利 哼，"敬畏心，敬畏心，敬畏心"！在你们就是"敬畏心"，轮到我就成了"大嘴巴"！就是"得意忘形"！皮尔朋，我送你两个词。嫉妒和混账。就因为你不再是绞刑手了而我还是。

皮尔朋 你也不是绞刑手了，哈利。

哈利 我没这么确信，奥伯特。现在你赶紧说完，赶紧走人，我朋友和我都忙着呢。

【皮尔朋朝窗帘一旁的希德和穆尼脚下的椅子走去。

皮尔朋　哦,你好,希德,我刚没看到你。

希德　你好,奥伯特。

皮尔朋　还站在角落里像只老鼠,是吗?

希德　(叹气)是啊。

皮尔朋　把那椅子挪过来,希德。我得坐着说,我背不好。

【希德看看穆尼脚下的椅子,再看看哈利,不知所措……

希德　这把椅子?!

皮尔朋　对,哪把都行。

【……比尔从后面拉了把椅子给他。

比尔　来,皮尔朋先生,这椅子上有坐垫。

皮尔朋　好的,小子。

【众人都会意地松了口气,皮尔朋一脚踩椅子上,手中拿着帽子,开始说话。

我常常想起你,哈利·韦德……

哈利　呵,真他妈的……

皮尔朋　……我的思绪便回到我们的首次合作。40年代在彭顿维尔吊死那个无政府主义者,你还记得吗?法国青年,一头长发?

哈利　有点印象。

皮尔朋　我记得他。我清楚地记得他。我记得我从监视孔里察看了他一夜,那将是他的最后一夜。当然,他没法跟看守交谈,他是法国人,但就在他死前的最后一夜,每次教堂钟声敲响,他就用手指数着钟点:两点时他伸两根手指,四点时他伸四根手指,他就这么数着,数到早上八点,八点是他的死刑时刻。每次钟声响起后,他用手指指指自己,再指指天空,然后微笑。每小时过去他都这样。数着钟声,数到八点,他指着天空,微微一笑。(停顿)两个月前他在克拉肯威尔杀了个抢珠宝店的人，愚蠢的死罪，很常见，但那时我就认为，至今我依然认为，那个不信有天堂的法国人临死前指着天空的那根手指，都比你下贱的哈利·韦德要正直百倍；比你这个又臭又肥又下贱的奥尔德姆公差的这辈子要诚信百倍。 你不仅酒吧垃圾，你的绞刑手也一样垃圾！

哈利 我的酒吧不垃圾，我的酒吧很高尚，就说绞刑手我也干得比你漂亮，大家都承认，对吗，哥们？

皮尔朋 就凭你那领结、礼帽和你那下贱的咧嘴傻笑。 我可怜那些被你吊死的杀人犯，我可怜他们！ 这么些年了，我还是可怜他们！ "噢，太棒了，吊死我的绞刑手是他妈的一个马戏团的肥猪小丑！"我很惊讶他们居然没人投诉！

哈利 我告诉你，没人投诉我！

皮尔朋 我吃惊他们没人来找我！

【希德仰望着。

哈利 他们干吗找你？ 你大名鼎鼎还是咋样？ 别自作多情！

阿瑟 他就是大名鼎鼎。

哈利 闭嘴！

阿瑟 他就是名声显赫。

皮尔朋 你那狗屁领结！ 你永远迟到偷懒！ 你永远抱怨饭菜！ 你没有绞死过一个德国佬……！

哈利 那个礼拜我太忙！ 那个礼拜我实在太忙了！ 那是全国跑马大赛周！

皮尔朋 那远不止一个礼拜，韦德。 那是一场战争。 你那时就是个懦夫，你今天仍然是。 一个虚浮、狂妄、弱智的懦夫。 我一直为艾丽斯遗憾，跟你这懦夫苟合。

哈利 没错，因为你他妈的一直惦念着她，不是吗？！

皮尔朋 （停顿）没有，从来没有。 我对她从未有过非分念头。

抱歉，艾丽斯，这是你家哈利挑事。我一直认为她是个好女人，但从没觉得她漂亮。我和我家安妮幸福得很，你明白吗？我从来不是那种男人。你才是那种男人。还"全国跑马大赛周"。

【艾丽斯和哈利相互看了一眼。

哈利 没错，我是没绞死过任何纳粹战犯，但至少我头发没有气味！你头发有气味！一股臭味！

皮尔朋 我头发没有气味。

哈利 有。一直有。一股死人的臭味。不信，你可以问大伙儿。

【就在此刻，穆尼脚下的椅子倒在皮尔朋的身后，意味着被堵嘴的穆尼悄无声息地被吊死在窗帘后面。站在椅旁的希德一脸惊恐。皮尔朋慢慢走上前扶起椅子，把头靠向希德。

皮尔朋 闻我头发。

【希德闻了他头发。皮尔朋拉着椅子走向三老友和艾丽斯，挨个把头靠向他们。

闻我头发。

【他们闻了他头发。他拉着椅子走过哈利，来到弗莱面前。

闻我头发。

【弗莱闻了他头发。皮尔朋把椅子放到一旁。

我的头发什么气味？

弗莱 发胶。

阿瑟 （同时）发胶。

比尔 （同时）发胶。

查理 （同时）发胶。

艾丽斯 发胶。

哈利 不让我闻，对吗？

【皮尔朋来到哈利面前，哈利闻了闻。

过期发胶,是的。

皮尔朋 没闻到死人吧,哈利? (停顿)没闻到死人臭味吧,再闻吗,哈利?

哈利 (嘀咕)没有。 就是过期发胶。

皮尔朋 要说这里有死人臭味,那跟我无关。(对哈利)别再弄访谈了。 明白吗? 别再背后说我坏话了。 明白吗?

哈利 明白了,奥伯特,明白了。 我确实得意忘形了,对吗? 不会再发生了,你可以走人了。

皮尔朋 行。 你不用赶我,对吗? 我刚来一会儿。

【他慢慢套上雨衣,按上七粒纽扣……

我得倒两趟车。

【他戴上帽子,甩了甩雨伞。

下回见,亲爱的艾丽斯。 很抱歉,场面不太好看。

艾丽斯 再见,奥伯特。 我从来不会怪你。 是他不对。

哈利 你赶紧走吧!

皮尔朋 也向你家雪莉问好。 她现在一定长大了。

【艾丽斯流着泪点头。 奥伯特走出门去。雨停了,透过起雾的玻璃,他的身影徘徊一阵后消失了。 众人僵住片刻,一人拿着椅子冲向窗帘想去救穆尼……然而,他吊在那儿,已经死去。

希德 噢,上天啊,上天……!

弗莱 真他妈的见鬼……

【他们剪断绳子,哈利和希德把穆尼尸体放在地上。 他们解去尸体头颈的绞索和绑带。 弗莱试着脉搏,艾丽斯和希德惊恐地站在一旁。 弗莱慢慢站起。

没救了。 他死了。

【他扯下窗帘,盖住穆尼尸体,在自己胸前划了十字。

希德 见鬼。真他妈的见鬼。现在我们该咋办?

弗莱 希德,我们现在要你交代。我们不知道的事儿你知道,对吗?

希德 我不……

弗莱 你知道弗姆比,你还知道车库,你还知道雪莉会失踪……

希德 我不知道。我啥都不知道!

【哈利慢慢靠近希德和弗莱。

弗莱 那我们就去警局谈,好吗?

希德 警局?我可不去警局。我们不能开车出去闲聊吗?去海边转转。或许……你明白,比如,弗姆比那一带……我不知道,没准碰巧路过哪个车库什么的……也许能听到,你知道,有人大声说话……或喊叫……或者,你知道,窒息的叫喊声什么的。万——万——万一碰上呢?

哈利 你在开玩笑吧……

艾丽斯 他在开玩笑……

希德 我啥都不知道,哈利!我发誓我不……

阿瑟 哈利,把他也吊起来。把大家都吊起来。

【就在此刻,门被撞开,穿着光鲜的雪莉走进门来,她望着艾丽斯和哈利,张口就说。

雪莉 行了,我知道!我知道你们气得发疯,我知道已经过了大半天了,我知道应该打个电话给你们,可我不在乎,咋啦?!我在等我的男友,皮特,没错,皮特,我不管你们喜欢不喜欢,反正我喜欢他,我真喜欢他,我要跟他一起出走。可他一去不回了,你们笑我吧,我真傻,一天之内就爱上一个男人,就为他开车带我去伯恩利,那边关门了,他就带我去了雨中的海边,接着又去了他家,在那儿他待我真好,他总是那样,从不说我"一张臭脸",你们笑我吧,他说他起初觉得我不是他喜欢的那种女孩，看到真正的我之后他改变了想法，我信他的话，你们笑吧，我没料到他只想干那件事儿，也许我也只想干那件事儿，你们想不到，对吗，我也喜欢那样。你们笑我吧，我在车站和一群流浪汉等了四个小时，我不傻，两小时后我就明白他不会来了，对吗？可是雨又开始下了，我觉得落汤鸡似的回家还不如接着等。结果两小时等到四小时，现在我到家了，对吗，妈，我快饿死了，你们能明天再骂我吗？！

【艾丽斯走到她面前，温柔地抚摸她的脸颊。

艾丽斯 好，我给你泡茶，宝贝，还有我上午特为做的布丁，可以作茶点。

雪莉 布丁？好吃啊，哪种布丁？

艾丽斯 奶冻，你最喜欢。

雪莉 妈，奶冻，太棒了。你还会骂我吗？

艾丽斯 不骂你，宝贝。

雪莉 我跟个男人出门一整天，你不生气？

艾丽斯 我不生气，干吗生气？我只是爱你，对吗？

哈利 你跟个男人出门一整天，我很生气。

艾丽斯 行了，我们才不管你呢，对吗？

雪莉 就是，我们才不管你呢，妈，对吗？

艾丽斯 （轻蔑地盯视他）还"全国跑马大赛周"。

【母女俩挽着手臂欲走上楼梯。

雪莉 妈，那件事儿没啥呀，对吗？

艾丽斯 什么事儿没啥，宝贝？

雪莉 上床做爱啊。我以为全是天使和精灵，可没有啊，对吗，就是跟他搂紧了拼命地用力，半小时后他甚至就不爱你了。

艾丽斯 没错，都那样。

雪莉 妈！我知道这不对，可我觉得我还是爱他！你觉得他还会喜欢我吗？

【艾丽斯回看了一眼地板上穆尼的尸体。

艾丽斯　我们喝完茶再聊这事儿？

【她俩上楼。

哈利　（停顿）别让她一个人把布丁吃光！这家里还有别人呢！

希德　（停顿）唔，我先走一步。

哈利　你不能走！你得帮我们一起把这家伙处理了。

比尔　帮谁啊？我们？

查理　我不会帮你处理，韦德。

哈利　哦，现在叫"韦德"了，是吗？

比尔　（对希德和哈利）你俩干不就行了吗？哈利，你可以抬他胳膊，希德，你可以看他鸡巴。

【三老友大笑，起身欲离开。

查理　说得对，比尔！

阿瑟　鸡巴！

希德　我就看过一次！

比尔　回头见，弗莱探长。

查理　再见，探长。再见，哈利。

阿瑟　不管怎样，哈利，真高兴你们家雪莉平安归来。这最重要，对吗？

哈利　没错，你们说得对。

阿瑟　要是她死了那就太可怕了。

哈利　是的，阿瑟。你说得对。明天见，你们仨。

查理　（同时）明天见，哈利！

比尔　（同时）明天见，哈利！

阿瑟　（同时）也许明天能见吧，没准。

【三老友离去……

比尔　好啊，雨停了。看来今晚天气晴朗。

【哈利、弗莱和希德面面相觑了一刻。哈利向弗莱示意尸体。

哈利　你有车，对吧，乔治？

弗莱　没有。

哈利　你有车的。

弗莱　没有，你弄错了。我屁也不是，对吗？你受不了我，对吗？屁也不是和你受不了的人哪有车啊？

哈利　你有车，福特阿莱格拉。

弗莱　祝你俩好运。这事儿我不在场，明白吗？

【他离去。

哈利　他他妈的就一懒鬼混蛋。（停顿）他老婆是头肥猪。

【他俩盯着尸体看了一刻。

希德　穆尼那辆莫里斯小车在外面。我们把他放进去，再把车开到河里。

哈利　可以啊！（停顿）希德，你来弄吧？我刚才吊他时伤到腰了。

希德　（叹气）行，我来吧。

【他蹲下身子掏穆尼的裤子口袋。

哈利　（厌恶地）你干吗呢？！

希德　找车钥匙。

哈利　哦！好！我以为你……不是那样。很好！

【希德找到车钥匙，得意地摇了摇它，站起身。

这事你也有份，我还没原谅你呢。我就弄不明白你跟这事儿的关系。

希德　好了，先不说这事了，行吗，过去就过去了。现在我们还是朋友，对吗，哈利？

哈利　我们不是朋友，不是。我只是高兴雪莉活着，所以我不计较

253

了。（停顿）要是雪莉死了，我就绞死我自己。真的。

希德　"吊死"。要是雪莉出了事，你就"吊死"你自己。

【哈利瞪着他，然后笑了。

哈利　你没有以前那么讨厌了。我不知道为啥。

希德　谢了，哈利。你也是。

【哈利又看了他一眼。停顿。他指着尸体。

哈利　那他跟亨尼希的死到底啥关系？我还是没明白。

希德　我也不知道。之前我觉得没啥关系，但我现在说不清。不管他是谁，他是个很奇怪的人。

哈利　他现在没啥奇怪。他现在啥也不是。

希德　是的。他现在死了。

哈利　没错，希德。你开头总他妈的说些无聊的话，这是我对你生厌的另一原因。不只是鸡巴的事儿。（停顿）虽然鸡巴的事儿更讨厌。

希德　行了，我们不纠结这些事儿了，对吗，哈利？

哈利　没错，希德。我们不纠结了。

【他俩隔着尸体握手。停顿。

反正不是他就是亨尼希干的，对吗？所以，你明白，一个样。

希德　是啊，很可能就是其中一个，对吗？所以……

哈利　没错，或者俩人一起干的，也许。没准呢。

希德　（停顿）或者俩人都没干。

哈利　是啊，也许都没干。（停顿）我觉得事情总是自然发生，对吗？世道天理。（停顿）好，你抬胳膊，我抬腿。

希德　就像我们的旧日时光！

哈利　对，就像我们的旧日时光！（停顿）我会怀念。（停顿）我会的。（停顿）我会怀念的。

【希德点头，俩人注视着尸体。

【暗场。
【剧终。

      2021 年 12 月首译于纽约芮构公园
      2022 年 11 月复译于纽约芮构公园

穿越时空的血腥后殖民戏剧
——《暗黑阁楼》

胡开奇

马丁·麦克多纳(Martin Mcdonagh)《暗黑阁楼》(*A Very Very Very Dark Matter*)2018年10月19日首演伦敦桥剧院;首轮从10月12日预演开始至2019年1月6日。故事为世界著名丹麦童话作家汉斯·克里斯钦·安徒生哥本哈根家中阁楼上一只桃木箱中锁着一个为安徒生写童话的刚果黑人侏儒女。这部虚构的后殖民戏剧以时空穿越的舞台场景和后现代戏剧结构与颠覆精神,呈现了一个被囚禁被断肢的刚果黑人女侏儒被迫为作家安徒生写童话的舞台故事,并穿插了她被断肢剁目的妹妹在伦敦阁楼上为狄更斯写小说的剧情。从后殖民主义视角来看,《暗黑阁楼》的剧情极为黑暗,尤其是作者将暴力血腥的场景嵌入了殖民主义话语的叙事。与其之前回避政治主题的风格不同,麦克多纳在写了批判英国司法和死刑制度的《绞刑手》之后,又写了这部抨击19世纪欧洲血腥殖民统治的《暗黑阁楼》。

*   *   *

《暗黑阁楼》全剧共分上下两部十一场,上部为一至六场,下部为七至十一场;在桥剧场的演出时长为一小时三十分钟,无中场休息。

第一场启幕后,"一根粗绳悬着一只三尺见方的桃木箱从顶梁缓慢而夸张地摆动下降;箱子像钟摆般一左一右缓缓地来回摆动。"丹麦哥本哈根安徒生家阁楼上一个桃木箱中囚禁了刚果黑人女侏儒玛乔丽;被锯掉一只脚的她每日在箱中为安徒生写童话故事。当稿纸从箱板上细槽中滑出时,幕后响起了叙述声,"你可以称它为一道谜,或一首诗。我不会这么说,真的。但你可以。"[1]囚禁玛乔丽的箱子,一只囚禁着刚果土著妇女的箱子,钟摆似的来回:一个充满了挑衅的殖民主义形象,衡量着时间的流逝,衡量着人类文明史上被遗忘和忽略的恐怖;今日它们已成为历史,但却没有被赋予应有的定义和纪念。

第二场公园童话朗读会上,安徒生小丑般对着一群痴迷粉丝们朗读《小美人鱼》。在他享受着人们对他的赞美和崇拜时,发现人群中两个浑身是血的"红人"凶狠地盯着他。第三场为阁楼上安徒生和玛乔丽为《小美人鱼》故事而争论;两人以时空穿越的视界说起三十年后比利时刚果大屠杀的一千万受害者。玛乔丽暗示自己正是以时空穿越从未来倒回至安徒生时代。"反正,我得等它到来……我的未来。"[2]为制止未来一千万人被屠戮的刚果大屠杀,玛乔丽一直计划着逃出囚禁回到刚果,她也知道两个比利时"红人"要来杀她。

第四场中"红人"巴利与德克的对话为观众厘清了这段时空穿越的叙事:比利时国王利奥波德二世为攫取殖民地刚果更多的橡胶而疯狂屠杀刚果人民。第五、六场又回到阁楼,正当安徒生告诉玛乔丽他将去伦敦拜访狄更斯时,童话朗读会上的新闻记者闯入,他从"红人"处得知阁楼的隐秘,但他随即被安徒生用斧子砍死。记者临死前告诉玛乔丽,她妹妹奥吉琪被囚在伦敦狄更斯的阁楼上。第七场为玛乔丽和妹妹奥吉琪两人间梦境般的时空穿越。奥吉琪现身阁楼并演奏那架六角鬼琴,并对姐姐暗示那鬼琴的作祟。第八场则是狄更斯一家极度厌恶住着不走的安徒生;狄更斯矢口否认阁楼上囚着一个为他写小说的奥吉琪。

第九场巴利与德克来到阁楼,同意玛乔丽死前让她演奏一曲,"考虑到刚果,我们可以满足你这点小要求。"[3]于是玛乔丽拉起那六角手风琴,红人们则开始倒计时。场景跳至第十场狄更斯家中,狄更斯妻子凯瑟琳意外说出狄更斯占有的侏儒女已死,以致狄更斯无法完成《埃德温·德罗德之谜》;安徒生还得知吉普赛人给了奥吉琪一架藏有机枪的鬼琴。第十一场阁楼上"红人"倒计时的最后一刻,玛乔丽撕开鬼琴,用机枪扫射德克和巴利。当玛乔丽准备逃离时,安徒生出现了;最终他同意玛乔丽返回刚果去面对未来发生的大屠杀。

*　　　*　　　*

《暗黑阁楼》的叙事结构是两条故事情节线的交织。一条是玛乔丽最终离开阁楼返回刚果以阻止三十年后的大屠杀,另一条是安徒生拜访狄更斯的旅程并最终给与玛乔丽自由之身。剧中反复使用了时空穿越的手法;剧中下部的四场戏是玛乔丽在阁楼上和安徒生在狄更斯家中间的场景跳换,以每一场景不同视角在叙事中建立悬念;如前一场安徒生在伦敦得知那六角鬼琴中藏有机枪,下一场玛乔丽就在阁楼上用机枪扫射。有些评论家认为,《暗黑阁楼》虽在结构上保留了一些闹剧的结构特质,却显著地偏离而选择了一种非连贯叙事方式,改变了事件发展的时间线,以致《暗黑阁楼》的叙事不是一个凝聚的整体,而更像一个无序的小品集;其碎片化、后现代、不连贯和不舒适的风格使得传统的戏剧观众更加不安。

琼·菲兹派垂克·迪安(Joan Fitzpatrick Dean)指出《暗黑阁楼》以时空穿越突出其不连贯的叙事结构的风格,与麦克多纳 90 年代的两部三部曲迥然不同;两部爱尔兰三部曲具有"以时间顺序,通过表现性的戏剧性进行悬念驱动之叙事"的鲜明特征。[4]从后现代角度来看,作者在《暗黑阁楼》的叙事结构中巧妙地注入了殖民历史与流行文化的参照,比利时"红人"德克和巴利从未来倒回追杀玛乔丽,因为她在三十年后的刚果大屠杀反抗中将杀死他们。

该剧在叙事中还注入了互文性和元戏剧性;剧中提及安徒生的一些童话作品,如《小美人鱼》《丑小鸭》以及玛乔丽和安徒生所讨论人物在童话中的黑暗——在某些意义上隐喻他们自身情景的黑暗,而安徒生却不断鼓励玛乔丽写出更"光明"即更"正能量"的故事。[5]剧作还利用观众对狄更斯文学史的了解,为那些熟悉经典文本的观众设置笑点,如狄更斯生前未能完成的《德鲁德之谜》以及所谓的"中等前程"(《远大前程》)等。[6]

*　　　　*　　　　*

《暗黑阁楼》首演后反响十分热烈,有赞美有抨击,负面评论甚至多于正面评论。三家英国主流媒体均给出其四星佳评,《金融时报》(*Financial Times*)文章赞叹它为"一张漂亮的王牌,可说是麦克多纳本世纪最具魅力之作";《卫报》(*The Guardian*)评论指出"此剧证实了麦克多纳为一真正原创者,天赋惊人";《泰晤士报》(*The Times*)剧评人则直言"此剧会有争议。可我还要再看。请勿带儿童"。

但恰如当年萨拉·凯恩《摧毁》的首演之夜,《暗黑阁楼》令一些评论家和观众走出桥剧院时深感被一桶泔脚劈头盖脸地泼下而异常愤怒。埃文斯·劳埃德(Evans Lloyd)对首演《暗黑阁楼》的伦敦桥剧院破口大骂,"卑鄙、糊涂、白痴和愚蠢","桥剧院短短历史上一个耻辱的低点"。[7]无疑,麦克多纳试图在《暗黑阁楼》揭露一种对殖民暴力文化的常态与无知,他将这种常态与暴力并列于舞台,试图揭露并挑战这种暴力场景和暴力文化的深入。这种舞台暴露方式令人震惊而难以接受,而这正是导致负面抨击的原因,这种抨击是厌恶剧本真实性的一种宣泄。这些评论家们似乎决心以此剧批评麦克多纳创作力的衰退;指责剧中暴力过度,人物呈现中的种族或性别歧视,以极端粗俗的台词和暴力获取笑点以及蓄意或鲁莽地对待敏感的政治或文化问题。他们认为麦克多纳黄金时期的作品为《丽南镇三部曲》和未完成的《阿伦岛三部曲》；而《暗黑阁楼》的出现可能是作者江郎才尽的一种表现。

《暗黑阁楼》让那些对麦克多纳抱有期望的评论家们感到沮丧。马特·特鲁曼(Matt Trueman)在《综艺》(Variety)评论中指出，"尽管安徒生的文学遗产被白化，但他不可能把一个侏儒女人锁在阁楼桃木箱中，迫使她为自己写童话。"显然对安徒生和狄更斯这类19世纪怀旧与感伤作家的后现代解构和颠覆，激怒了众多文学评论家。特鲁曼竭力掩饰他对"蠢货安徒生"及狄更斯被扭曲人物的失望之情；"狄更斯被写成一个粗野的色鬼，甚至还睡了自己的代笔女侏儒。"[8]埃文斯也抨击剧作丑化安徒生，称《暗黑阁楼》为"关于安徒生的愚蠢刻薄的小品"[9]。显然批评者们的愤怒不仅在于令人震惊的安徒生粗俗残忍或狄更斯狡猾易怒的表现；而在于这种现象留给人们的余味与反思，还在于剧中的这些人物被简陋地表现为小丑，恰似玛丽·E. 勒克赫斯特(Mary. E. Luckhurst)批评《伊尼西莫岛的中尉》(The Lieutenant of Inishmore)将爱尔兰共和军表现为"彻头彻尾的精神病患者"。[10]

亚历克斯·谢尔兹(Aleks Sierz)在《英国今日戏剧》一书中指出，凯恩当年被称为"英国戏剧界的坏女孩"，而麦克多纳则一直被称为"英国戏剧界的坏小子"；他认为凯恩与麦克多纳这些直面戏剧作家的舞台特质掩盖了他们剧作的优点。这类剧作的内容与形式的价值和震撼力往往被主流文化刻板地归入青年剧作家的先锋舞台类别而受到抑贬。凯恩生前一直遭受这种压力，直到在她自杀后，学术界才对她《4·48精神崩溃》和其他剧作有了不同视角的探讨和高度的评价。[11]

* * *

在殖民主义背景下，血腥与暴力在《暗黑阁楼》中以多种形式出现,剧中首个暴力场景为安徒生用斧头砍杀记者,当受伤流血的记者仍坚持告诉玛乔丽她妹妹在伦敦的下落时,安徒生挥斧猛砍记者的喉咙。在这一血腥暴力行为中,后殖民主义视角十分清晰,揭露殖民主义暴行的媒体被立刻割喉噤声,安徒生在玛乔丽得知奥吉琪太多信息之前,让新闻记者闭嘴。这一暴行场景显示了暴力是统治者的工具。

剧中安徒生不仅本人残酷使用暴力,还竭力粉饰和篡改殖民统治的历史。面对殖民暴行他故意选择视而不见,或实施同谋行为。当两个"比利时血人"来到他的《小美人鱼》朗读会时,他选择无视他们;他甚至暗示,他们身上沾的不是血,而是果酱。《暗黑阁楼》揭示了安徒生拒绝承认殖民主义的暴行和暴力,并对刚果的殖民暴行的历史作正常性的洗白和粉饰。作者最终让安徒生向记者承认这种抹杀历史的伎俩;第六场中安徒生争辩,他与玛乔丽合著童话,"我自己不写,我改掉我不喜欢之处,然后去掉一切历史背景。我更像一个德国戏剧导演。"[12] 第三场中安徒生竭力洗白殖民历史,"《小美人鱼》,不提肤色。就是说,她是白人,你得接受。"[13]

显然《暗黑阁楼》显示了后殖民主义思想的不同视角,如殖民主义对文化的剥削和对历史的粉饰与控制;而代表主流文化的埃文斯则抨击《暗黑阁楼》"试图鹦鹉学舌,认为欧洲的财富是对非洲优越文化的掠夺",他认为麦克多纳的这种观点是"暗淡幼稚的轻浮"。[14]

《暗黑阁楼》无疑是一个充满分歧和争议的剧本,作者试图从19世纪感伤文学的视角来分析剧中的暴力,从而挑战剧中殖民背景下合理暴力的概念。鲜为人知的是剧中提及的比利时主犯、丹麦也参与的刚果大屠杀的历史时期,狄更斯和安徒生的文学成就被广为传颂。杰吉·沃尔施莱格(Jackie Wollschläge)断言,安徒生作品"已经在文化上渗透了西方的群体意识,易于为儿童们接受,也为成熟读者提供了在逆境中的坚毅与美德的教化"。[15] 在这两位作者的情感文学之下,流淌着他们各自国家在这一时期对许多殖民地实施的历史暴力的暗流。在考虑19世纪的感伤文学时,安徒生和狄更斯的相遇正是这种验证。

狄更斯与安徒生的作品将19世纪的生活感性化,而《暗黑阁楼》引起了人们对19世纪许多殖民统治事件的关注;狄更斯与安徒生的文学成功形成的这种情感,客观上造成一种逃避和否认殖民主义的心态。麦克多纳的《暗黑阁楼》叙事显然要批判和消除这种心态;他在叙事中使用人物与地域的元戏剧元素来批判丹麦和英国的文学遗产,批评他们对其民族的殖民历史缺乏歉意。从后殖民主义的视角来看,剧终安徒生坐在骷髅骨偶、新闻记者的腐尸、血泊中两具红人和溅满鲜血的板壁的场景定格揭示了安徒生美丽童话背后殖民主义血腥的暴行。

麦克多纳以《暗黑阁楼》中这两位作家作为一个时代的符号,提醒人们关注著名文化人物的同时不可忽略那个血腥扩张和侵略的殖民历史年代。在后殖民主义的今天,《暗黑阁楼》的意义就在于它揭示了这两位文学史上的伟大作家各自衣橱中都藏着一具殖民主义的"骷髅"。

2022 年 6 月一稿于纽约芮枸公园
2022 年 11 月二稿于纽约芮枸公园

参考书目

[1][2][3][5][6][12][13] Martin McDonagh, M. *A Very Very Very Dark Matter*, London: Faber & Faber, 2018.

[4] Dean, J. F. "Martin McDonagh's Stagecraft". *in Richard Rankin Russel*, *Martin McDonagh: A Casebook*, New York: Rutledge, 2007, p. 31.

[7][9][14] Evans, L. "Mean-spirited, muddled, idiotic and puerile": *Martin McDonagh's A Very Very Very Dark Matter*, The spectator. co. uk, 2018.

[8] Trueman, M. *London Theater Review: Martin McDonagh's 'A Very Very Very Dark Matter'*, Variety. October, 11, 2018.

[10] Luckhurst, E. M. "Martin McDonagh's Lieutenant of Inishmore: Selling (-Out) to the English". *Contemporary Theatre Review*, 2004, pp. 14, 34 – 41.

[11] Sierz, A. "In-Yer-Face Theatre: British Drama Today", London, Faber & Faber, 2001, p. 219.

[15] Wollschläger, J. "Hans Christian Andersen: The Life of a Storyteller", Chicago, University of Chicago Press, 2002.

暗黑阁楼
A Very Very Very Dark Matter

"*A Very Very Very Dark Matter* was first performed at the Bridge Theatre, London on 12 October 2018, presented by London Theatre Company Productions and directed by Matthew Dunster."

人　物

按出场顺序
叙述人
玛乔丽
汉斯·克里斯钦·安徒生
埃德华·科林
英格丽
新闻记者
德克和巴利
奥吉琪
查尔斯·狄更斯
凯瑟琳
凯特、沃尔特和小查尔斯

上　部

第一场

【19世纪末哥本哈根沿街住宅的一间顶层阁楼。各式各样精巧奇特的牵线玩偶，或横挂于发黑的板壁之间，或散放在肮脏的地板之上；这些五彩斑斓的玩偶中有狼蛛、螃蟹、稻草人、樵夫，还有更常见的猫儿、海马、鸽子、蜂鸟等动物。后墙上挂了一架大手风琴。后墙右端高处有一扇窗，窗下支着一架粗制木梯。窗外景观为哥本哈根黄昏暮色中低矮的屋顶和市河。

幕启，一根粗绳悬着一只三尺见方的桃木箱从顶梁缓慢而夸张地摆动下降；箱子像钟摆般一左一右缓缓地来回摆动。箱子正面上方有一圆洞，下方有一条恰够几页纸出进的细槽。看不到箱子背面，也看不清圆洞和细槽后的箱内，但从晃动的光影中，能察觉箱内有生命和动作。叙述人咳嗽一声清了下喉咙，粗粝的嗓音响起……

叙述人　你可以称它为一道谜，或一首诗。我不会这么说，真的。但你可以。我是说，有人可以，你知道吗……？

【在桃木箱钟摆式来回摇动中，一个黑人侏儒女的几根手指伸出圆洞，轻轻抓住圆洞的边，随后，那侏儒女的一只眼睛出现在圆洞后面。

如果你是个刚果侏儒，整整十六年被囚在这三尺见方的桃木箱中，每日只与纸笔做伴……你想怎样吊死自己？

【几张娟秀字迹的羊皮纸从细槽间滑出，轻轻飘落在阁楼地板上。

你没有绳子。你也没有鞋带。事实上你只剩了一只脚。你怎么吊死你自己？这事儿，你想了一阵子了。

【随着叙述人的话语，箱子缓缓自转，摆动也渐慢下来，露出箱子背面的玻璃，玻璃面上也有一孔和一槽，与箱子正面位置相同。箱内，有人擦亮火柴，在一点火光中，可见到刚才提到的黑人侏儒女。她衣着优雅，一只小小的黑色纱袋包着她被锯掉的左脚。

你很聪明。事实上，除了你妹妹之外，你是同辈作家中最具代表性的一位。但你是个侏儒，还是个女人，而且你生在1869年的刚果，有史以来最坏的出生年代和出生地区，对黑人侏儒更甚。所以，没人能知道你存在过，更别说你让你身后的十五代后人惊叹不已。那你该如何行事呢？

【她坐下，我们可以看到她身后箱板上贴满了她用小手写出的手稿笔记和公式。

你丈夫死了，他帮不了你，你的几个孩子也死了，他们也帮不了你。你妹妹自顾不暇，她被囚在19世纪黑暗英国的另一只箱中，她也没有鞋带。那你又该如何？

【她坐在箱内，点燃一根小雪茄，默默地边抽边向外凝视，火柴仍然亮着。

不过，也许你根本就不想上吊自杀。也许那样就等于失败。也许你将靠你的写作突出重围？（停顿）对，就是这样。也许你将靠你的写作突出重围。

【她注视我们片刻后，吹灭火柴，箱内灯光渐暗，然后整个阁楼暗去，只剩窗外幽蓝的夜空，焰火开始在远空中绽放。

第二场

【紧接前场，哥本哈根豪华的露天花园聚会。宾客如云，有埃德华·科林和他八岁女儿英格丽，一个帽檐上缀着"新闻"卡片的记者，还有其他一些显贵和他们衣着体面的孩子们。台上汉斯·克里斯钦·安徒生正朗读着他的童话新作《小美人鱼》，人们都伫立聆听，奇装异服的安徒生瘦高的身后的天空出现了前场焰火绽放的美景。

汉斯　"小美人鱼扬起她那明亮的双眼仰望苍穹，她第一次感到，泪水模糊了双眼……"焰火？！为我而放？！为汉斯·克里斯钦·安徒生而放？！（停顿）我说"焰火？为我而放？为汉斯·克里斯钦·安徒森而放……"（轻声）说对呀……

埃德华　对呀！

【宾客一起鼓掌。

汉斯　这焰火？！还有掌声？！都献给谦卑的汉斯·克里斯钦·安徒森？我要哭了！我知道我的新童话精彩绝伦、流芳百世，可焰火！天哪！很少有人知道，焰火是中国人发明的。他们发明了焰火和城墙。没这两样谁还能活呀？没法活！说起这，我老妈还说过一件不为人知的事儿，忘了哪国人！绝对野蛮。他们吃自家孩子的小狗崽，而且，要是没吃饱，就把自家孩子也吃了！（对记者）你别写这个！你不能啥都瞎写！

正常小孩会被这野蛮场景吓坏的,他们不仅是丹麦的未来,还是我的铁杆粉丝大军,你知道吗? 可爱的埃德华·科林,我读到哪儿了?

埃德华 小美人鱼拒绝杀死王子,现在看来她会死去。

汉斯 死去? 真的? 当然,"真的"! 我写的故事,对吗? (继续朗读)"那双明亮的眼睛仰望苍穹……泪水模糊了双眼……"噢,是的。 "她看到在她与那英俊王子离别的船上,王子正和他美丽的新娘在搜寻她……"

【两个"红人"出现了:上身赤裸,头部和身躯被鲜血覆盖,手臂和体侧有奇怪的缝痕,腰间都插着手枪;俩人慢步上场后盯视着汉斯;看到他们的怪模样,汉斯稍感不安。

这都啥玩意儿? 血人! 还是果酱? 黏糊糊的!

【宾客们四处张望,可似乎没人看到汉斯眼前的景象。

噢……别人看不到这俩浑身是血的人……啥浑身是血的人?! 就是! 这就是我在写的一篇新童话,我留着改日再写。 "来喝午茶的血人"。 瞧瞧,我有这么多故事,它们蜂拥而至,源源不断,对吗? 像一只套着紧身衣的章鱼! 这会我咋突然想到紧身衣了? 不知道。 虽然我妈发疯了! 是的,疯得厉害。她是个低贱酗酒的洗衣妇,后来她就疯了。 一辈子很惨,但这是丹麦,你明白吗? 埃德华?!

埃德华 "正在搜寻她……"

汉斯 正在搜寻她?!

【汉斯注意到一个红人清了下嗓子,双手合十。

埃德华 故事里……

汉斯 呵,是的! "正在搜寻她……好像他们知道她已纵身投入大海!"但猜猜结果怎样,"她飘了起来,和空中别的孩子一起,飘入玫瑰色的云朵,飘啊飘啊……也许……?"或许? 些

271

许……？"于是三百年后",仙女说,"我们将升入天国。要是我们每天遇上个好孩子,也许我们甚至能更早抵达……"你们都听着……"要是我们每天遇上个好孩子,一个让父母快乐的心肝宝贝,我们的刑期就会缩短。但要是我们遇上一个淘气或邪恶的孩子……"

【他指着一个胖孩子。

"我们会悲伤地流泪,每一滴泪会增加一天我们的刑期。"结尾悲哀了些,诸位,这就是《小美人鱼》;作者,汉斯·克里斯钦·安徒生!

【掌声雷鸣,鲜花抛撒。汉斯走下讲台与众人握手言欢,同时他也注意到那两个没有鼓掌的红人在向新闻记者示意,而记者走向他们,这让汉斯更加怀疑;此刻埃德华和他的女儿走上前来祝贺。

埃德华 哇,亲爱的汉斯!哇,这是你的最佳之作,汉斯!我觉得这是你的最佳之作!

汉斯 埃德华·科林,你真帅气!对吗?!瞧你!多帅气!不是长相,我没说你长得多帅。我是说你品位高雅。我可没爱上你哟!

埃德华 汉斯,你似乎有讲不完的故事。你如何能这样?

汉斯 过奖了,就是瞎编呗,对吗?这是我的本行,我得编故事。这是你那多病的女儿吗?你好!

英格丽 你好,我叫英格丽。我们以前见过。

汉斯 见过吗?

英格丽 是啊,见过上百回了。

汉斯 唔……我见过的人太多了,是吗,我的确鼎鼎大名。埃德华,去吃三明治吗?(转脸对她)你也来吧,英格玛……

【汉斯与埃德华挽手下场,最后又回过头来看了俩红人一眼,他们正一边指着汉斯一边对新闻记者耳语,惊惧的新闻记者最后一个离去。神色惶恐。

【暗场。

第三场

【夜间,挂满玩偶的阁楼。木箱搁置在横跨阁楼后部的一个宽大底架上,侏儒女"玛乔丽"正坐在箱内写作。两三页纸从纸槽中滑出,飘落在地;此刻,微醉的汉斯摇摇晃晃上场。

汉斯　掌声如雷啊!他在如雷掌声中谢幕下场!他谢幕的掌声如何啊?真他妈的掌声如雷啊!

玛乔丽　孩子们喜欢吗?

汉斯　喜欢?妹子,他们迷上了它。就连那些傻孩子。一大堆傻孩子,全都是富家子弟。

玛乔丽　他们迷上了?他们迷上了《小黑美人鱼》?

汉斯　唔……所有人都迷上了,真的。没错。当然,你知道的,我修改了两三处。稍作调整。

玛乔丽　修改?

汉斯　修改了故事的名儿……和少许内容,你知道的,故事的主人翁。

【玛乔丽担忧地贴着玻璃望着汉斯。

毕竟没有什么小黑美人鱼!大家都明白!

玛乔丽　可是……

汉斯　可是什么?

玛乔丽　本来就没有美人鱼啊!

汉斯 别计较细节！我至少保留了你那愚蠢悲凉的结尾。我觉得她应该嫁给王子！而不该在空中也许/或许飘上三百年。下回你得写个光明的故事。这下雪天死人够多了。孩子们喜欢有点暗黑的故事，但说真的，得让他们微笑着入睡。得反映现实生活；除非他们是扫烟囱的。我是说，我这辈子吃够了苦，一个疯婆娘洗衣妇的儿子；如今你瞧我，受人赞美，受人崇拜。有史以来最伟大的作家，对我来说，这一切毫不费力。

【玛乔丽颓然蹲下，无言啜泣。

好了，对我们俩。对我们俩。今年我们别再哭哭啼啼了，好吗？

玛乔丽 你不可以这样干！

汉斯 我可以，而且我干了，对吗？永远这样，《小美人鱼》。不提肤色。就是说，她是白人，你得接受。（停顿）行了，玛乔丽。我给你带来一根香肠！

【他把香肠塞进洞里，她接过香肠。

玛乔丽 你就不能叫我一下我的非洲名字吗？

汉斯 不行，我记不住。太多的"姆"和"布"，"姆布巴布布巴巴"。我记不住。就叫"玛乔丽"。我喜欢"玛乔丽"这名儿。英国丑公主一类的名儿！"有别的吗？"歌队叫着。

玛乔丽 那至少能让我从箱子里出来——晚上吗？我相信，要是我看到了小鸟绿树和屋顶，我们的故事就不会那么黑暗。

汉斯 你从这两英寸香肠洞里看到的世界已经够好了。

【她又陷入了沮丧。

不过……我在想……

【她面露喜色。

你记得上次我放你出来的代价吗，当然……

玛乔丽 不！你别想要锯我另一只脚！我只剩这一只了！

275

汉斯　哎呀，今晚我可不想再锯你的脚；血水四溅。再说那所有的赞美累坏了我。真他妈的掌声雷动啊！

【玛乔丽思考片刻。

玛乔丽　"每晚他都会放她到箱外，因为他没那么坏。可每到早上，他把她锁回箱内时，他就把箱子缩小一寸，所以当我说他没那么坏时，我在撒谎，事实上，他邪恶至极。"

【汉斯思忖着。

汉斯　噢，这挺好，每次把箱子缩小一点，这样我倒可以练练我的副业好手艺……

【他示意窗台下那架粗陋的梯子……

木工！

【他拧松箱子上固定玻璃的大螺钉。

缩小三寸……

玛乔丽　缩小一寸，你他妈的行行好！

汉斯　可以！臭脾气。

【他卸下那面玻璃，让玛乔丽从箱中跨出，任她伸展身躯、拄着那粗陋的拐杖一边踱步，一边注视架子上各种玩偶。

玛乔丽　（唱着）

那天我的王子会出现。

那天我的王子会出现。

他会叫着我的真名。

他会砸碎我的锁链

救我离开这地狱。

他会带上一支枪。

他会带上一支枪。

整个世界将悔恨。

整个世界将悔恨。

欧洲杀戮的血腥。

地狱中千万骷髅

发出声讨的怒吼。

清算你们的罪行。

清算你们的罪行。

【汉斯拿起锯子,按住箱顶的滑尺,锯了起来。

汉斯 (得意地)这样多来几次,你会被挤成碎片!

玛乔丽 没错。孩子们真的喜欢《小美人鱼》吗?

汉斯 他们爱死了,伙计!我的经纪人还说它会流芳百世。

玛乔丽 经纪人不都那样吗?满嘴屁话。

汉斯 嘿!瞧我给你做的小拐杖。你看,你不能说我那么坏!你就像那个《圣诞颂歌》里小小蒂姆!不过非洲人没那么滑稽。

玛乔丽 我喜欢小蒂姆。我喜欢故事里那注定要死去的瘸子。我很难过他最后又活了过来。就算那是圣诞之夜。

汉斯 你看,问题就在于你的态度完全不对。我们的新原则是"光明"。

玛乔丽 "光明……"

汉斯 "注定要死在圣诞夜的瘸子……"

玛乔丽 (微笑着)"也许……"

汉斯 (同时)不,没有"也许"。不可以。噢,想起来了!查尔斯·达尔文邀我去他伦敦家中做客……!

玛乔丽 查尔斯·狄更斯……

汉斯 查尔斯·狄更斯邀我去他伦敦家中做客,因为他觉得我太神奇了!我觉得他也不错,虽然我没读过他任何作品,都太长了,不过十年前在多塞特一次聚会上同他相见时,他待我真好,聚会上好像挤了一大堆多塞特高级妓女。打那时起我俩就一直通信。反正我一直在写。他太忙。不过我俩似乎心心相印。

玛乔丽　相印啥呢？

汉斯　我说不出。他是作家，我们都是作家。他喜欢穷人，你也喜欢穷人。我们都捐钱给非洲。我猜他母亲多半也死于疯病，但说不准，我得问他。

玛乔丽　别忘了这次给我留吃的。

汉斯　对，对。说起这我倒忘了……！

【他从上衣袋中掏出了一叠信。

我刚想起我粉丝的来信！哇！

【他开始翻看信封。

看看我们有啥……可怜的孩子，可怜的孩子，可怜的孩子……

【他把这些信扔到身后。

噢，这是啥！西班牙国王的信！我的天哪！皇家封印，哇！品位啊！

【玛乔丽过来坐他身旁，玩起了一个蛛偶。

玛乔丽　我也想收到一封盖了皇家封印的信。

【他看了她一眼。

汉斯　我说呢，西班牙国王的信！"亲爱的汉斯·克里斯钦·安徒生……"，哇，太正式了，不过还行。"你的小嘎嘎故事非常棒……"他一定是说《丑小鸭》。"小嘎嘎"！好可爱的国王！"你那些新童话通常会让我们宫廷上下欣喜万分……"这儿"通常"这词儿我不喜欢。"但是……"噢，这个"但是"就更糟了。"但是，《皇帝的新装》让我们困惑。""困惑"没问题，只是说他愚蠢。"我对皇帝一无所知，但是，作为和皇帝一样的国王，我不会晃着我的鸡巴在大街上满世界让人看。我绝对不会，哪怕它引领时尚。再说，毫无疑问，当看到我赤裸的大鸡巴时满街男女老少都会议论，怎会只有一个小女孩说话呢？这小女孩，她一定只有六七岁吧。童话故事里把我的鸡巴露给小女孩看，这符合我们的伦理规范吗？还是我的鸡巴对着她的脸蛋必定暗示了某些道德隐喻？而且直对着小女孩的脸蛋？也许这是我的错误解读。衷心地感谢你，西班牙国王。"（停顿）唔，我觉得他完全没有读懂故事的讽刺。

玛乔丽　他完全没有读懂故事的讽刺，是的……

汉斯　他太文字化这故事了，对吗？总体上，这是一封光明的信。而且还是国王的信，货真价实！收到一封国王的信真是辉煌，对吗？哪怕只是西班牙国王。

玛乔丽　总有一天，世上不再有国王也不再有王后。尽管人们本该相亲相爱，但他们仍会仇恨相争，不会万事大吉，不过至少这世上会少几个残害我们的恶鬼。

汉斯　你现在想回箱子里去吗？

玛乔丽　就像比利时国王利奥波德二世。

汉斯　比利时刚果国王？你的仇敌？

玛乔丽　他就是个恶鬼。

汉斯　你只是嫉妒，因为他有钱，你没钱，他杀了九百万非洲人而你没有。

【她起身转悠着。

玛乔丽　一千万非洲人。

汉斯　九百万，一千万，数字一大就难记住，对吗？反正就是"很多"。但我敢说，这百年内比利时还会竖着他的雕像。不会有你的一座。人们喜欢国王。谁在乎非洲侏儒啊。

玛乔丽　我们非洲也有国王和王后。

汉斯　真的吗？

玛乔丽　对，他们也是恶鬼。

汉斯 让我们别再说"恶鬼"这词儿了。哇，一封来自饿尔兰的信。八岁的小莫琳写的。行啊，我们来看看。字迹太模糊了，我猜是爱尔兰。

【玛乔丽拿着几只鸽偶爬上阁楼窗户下的梯子。

也许小莫琳拿了颗小土豆蘸墨水写的？！你说对吗？！

玛乔丽 如果她这封爱尔兰的信是1850年前后写的，如果她真能找到一颗土豆，我怀疑她会拿它来蘸墨水。

汉斯 啥意思，什么时代背景？我不理解。

玛乔丽 那时爱尔兰老百姓家里根本没有土豆。

汉斯 太悲惨了！他们盛产土豆啊。"亲爱的汉斯……"不够规范！"我读完了……"我用我的爱尔兰口音吧……"我读完了你的故事《卖火柴的小女孩》，它让我流泪，真的。它让我看到我自己苦难的生活……"你看，要钱的信……"我自己的苦难生活，八岁那年我就成了贫困的孤儿……"等等，她才八岁就会用"贫困"这种大词儿？我不相信这是小莫琳的话。应该是她妈写的……等等等等，"只好把家里最小的埋在康尼马拉的沼泽地里……"等等等等……"但我唯一的希望……"来了来了……"就是一张汉斯·克里斯钦·安徒生的照片……"噢……"那个教会世上孩子们重做美梦的人。衷心地感谢你，莫琳……柯——夫——勒——格——"我可不想去念那名字！比你的还难念！（停顿）嗯……信的结尾倒也没那么糟糕。可怜的莫琳。但还是算了吧，从丹麦寄张签名照到爱尔兰？我可没那邮票，莫琳！

【他把信扔到一边。

玛乔丽 他们会渡过难关，自由不久会到来。

汉斯 对了，你可别对那扇窗子动脑筋。那强化玻璃价格不菲啊。

玛乔丽 我要想逃走，我早走了。

280

汉斯 随你说吧。

玛乔丽 反正，我得等它到来。

汉斯 等啥到来？

玛乔丽 我的未来。

汉斯 我妈进疯人院前也是满嘴说胡话，你自己还是悠着点。

玛乔丽 对了，你把我那只脚弄哪去了？

汉斯 你那只脚？我把它卖给吉普赛人换了一架闹鬼的六角手风琴。唔，他们说它闹鬼。吓得我没敢碰过它！

【他恐惧地指着墙上那架六角手风琴。

玛乔丽 我讨厌闹鬼的乐器。特别是风笛。

汉斯 这礼拜最后一封粉丝的信来自……哇呜，"匿名"傻屁！"亲爱的安徒生……"唔，有点意思，我不知道这写的啥……

玛乔丽 很意外？

汉斯 很意外，是的。"亲爱的安徒生，为啥你所有的童话故事都像是一个被铁链锁在三尺箱中的黑人侏儒女写的呢？"

【他俩交换了一下眼色，随后玛乔丽下了梯子坐他身旁，边听边玩一只猫偶和一只鸽偶。

"比如《拇指姑娘》，一个小女人，与昆虫为友，被一只小鸟解救。或者《影子》这故事，一个作家，在一次奇怪的非洲之旅后，被自己的影子作祟，结果那影子比作家聪明，占据了他整个生活，还弄死了他。这所有的童话故事，最为可能，应该是一个极为聪明的黑人女侏儒的……梦境……她被锁在一只三尺见方的箱中……箱子背面是玻璃板，钻了一个两英寸塞香肠的洞。安徒生，你听到了我的话。一个女侏儒被铁链锁在一只三尺见方的箱内。"

【俩人对视，安徒生指着玛乔丽手中把玩着的猫偶和鸽偶。

猫入鸽群，惹是生非！（停顿）至少，那铁锁链他弄错了。

他或者她。

玛乔丽 或者他们。

汉斯 或者他们。

玛乔丽 （停顿）今天朗读会上没啥可疑的人,对吗?

汉斯 可疑? 没有。 我没感觉有人——怎么可疑?

玛乔丽 也许,有一对兄弟,浑身是血?

汉斯 我没注意到。（停顿）但今天来了好多人,你知道吗? 慕名而来（停顿）他们会是啥样子? 这些不在世间的兄弟们。

玛乔丽 也许带着枪? 比利时口音?

汉斯 比利时口音? 唔,他们没开口说话。

玛乔丽 谁没开口说话?

汉斯 （停顿）许多人。

【两人都盯视前方。

【暗场。

第四场

【满身血迹的比利时人德克和巴利,站在聚光灯下。

巴利　单车!
德克　你不会相信!
巴利　是为了单车,对吗?
德克　似乎它绝无伤害,但正是单车!
巴利　大家都爱单车,对吗? 但就是为了单车……
德克　我们不得不杀了一千万刚果人。
巴利　冲突无解! 我只能这么说!
德克　为了橡胶,你明白吗?
巴利　轮胎原料。
德克　他们那儿盛产橡胶……
巴利　而我们比利时没有橡胶,所以……
德克　市场动力,对吗?
巴利　利奥波德二世……
德克　留胡子的那人……
巴利　他喜欢单车,又想开辟一块非洲殖民地……
德克　大家都有非洲殖民地! 干吗比利时就不能有?
巴利　有理有据,不容辩驳。
德克　所以我们冲进那些没有完成橡胶指标的村庄……

巴利　砍掉几双手，开头这挺管用。

德克　你觉得这会让他们精神集中！

巴利　要是我知道我得拼命割橡胶，不然我会被砍掉一只手或两只手，或者我孩子的手会被砍掉，对吗？

德克　事后我们明白，手越少，干活越难。

巴利　而且砍了手，人会死。

德克　所以这成为一个恶性循环，对吗？

巴利　对，就像一个高速旋转的单车巨轮，永不……停转……碾杀……黑人。

德克　结果那鬼地方到处都他妈的一堆堆断手。

巴利　一个个村子被疯狂屠杀。

德克　来自安特卫普的狂人中尉。他是个杀人狂！

巴利　可并非我们所有人都喜好杀男人，杀女人和孩子……

德克　那是多可怕的嗜好……

巴利　所以我们会去那些侏儒村杀侏儒。

德克　杀那帮全是矮子的侏儒真是痛快。

巴利　而且你也不必追杀。

德克　事后想来，还是不合情理。

【停顿。

巴利　约瑟夫·康拉德《黑暗之心》的灵感来自比利时的刚果……

德克　所以你不能说刚果一无所获。

巴利　进出口贸易蒸蒸日上。

德克　不管咋说，我们就在那儿遇上了玛乔丽。

巴利　或叫穆卜特还是她别的啥名字……

德克　就在一个侏儒村。

巴利　她就在那儿杀了我们。

【停顿。

德克 这娘们!

巴利 当然,这一切尚未发生……

德克 一切将发生在二十七年后……

巴利 所以我们从未来倒回。

德克 要将它扼杀于萌芽。

巴利 她以为她可以阻止这一切发生。

德克 所以她也倒回过来。

巴利 她无法阻止它的发生,它会发生!

德克 她是聪明,但他妈的没那么聪明!

巴利 她无法阻止它的发生,对吗?

【两人对视片刻。 忧心忡忡。 然后目视前方。

德克 一千万人!

巴利 真他妈的那么多人!

德克 你要是想到这杀戮,你会惊恐万分。

【暗场。

第五场

【暗场,砍声和锯声。 灯光亮起,汉斯正在将箱子改小一寸,扩音器中玛乔丽或叙述人在讲述她的新故事。

玛乔丽/叙述人　他在田纳西一所教堂的地下室里长大,可他和七个哥哥关系不好。 就因为耶稣的谆谆教诲透过教堂的地板将关爱与良善深深植入了他叛逆的心灵深处,他哥哥们轮番殴打欺辱他。 但这一天,他小子,豁出去了! 他把哥哥们用捕网抓住的所有甲虫飞蛾全部放生,因为他觉得,要是耶稣也住在地板下面,一定会关爱这些小虫的。 但当他哥哥们发现时,小子,这是最后一根稻草! 他们抓住他,按住他那八条小腿,把他钉在了木板上,直到他死去,他死在那块……

【玛乔丽从她背后拿出一个蛛偶,轻摇着它……

但他的灵魂没有死去。 他的灵魂升起,穿过蛛网,穿过地板,穿过神父和教堂大众。 一路升上天堂。 可天堂的守门人说蜘蛛不可进入天堂,因为"那会吓到儿童"。 于是他又一路飘落回来。 而他现在不知自己身在何处了,他不知自己身在何处,他只觉得那儿非常非常非常非常的黑暗。

【汉斯把箱子缩小了一寸,玛乔丽转身看着它,颓然垂肩。

汉斯　我之前怎么说的?

玛乔丽　光明？

汉斯　正是这样。

【他懒懒地用拇指示意她钻进箱子。 玛乔丽手持着蛛偶。

玛乔丽　我能带着它吗？

汉斯　我说不行……那就不行。

【他从她手上拿过蛛偶。 她钻进箱子。

玩偶的引线和侏儒的脖子……不可……混在一处。 这是个瑞典俗语。

【他拉上玻璃，把她锁进箱内。 他轻推了一下箱子，箱子轻轻左右摇摆，他移步一旁。

你觉得这新改的小箱子怎样？ 舒服吗？

玛乔丽　你他妈缩小了不止一寸。

汉斯　也可能是两寸，我量得不准，不过这也许会使你更专注于写出光明的作品，玛乔丽，全新口号——光明，是的。 被钉在十字架上的蜘蛛进不了天堂，少写这种故事。

【他转动箱子，将玻璃一面转了过去，将有洞孔的正面转了过来。 他从外套袋中摸出一根长长的香肠。

噢，我忘说了，我呢，要去一趟英格兰。 去两个礼拜。

【玛乔丽的眼睛凑在洞孔前。

玛乔丽　两个礼拜？

汉斯　应查尔斯·达尔文邀请……

玛乔丽　狄更斯……

汉斯　应查尔斯·狄更斯邀请。 但我给你留了十四截香肠，我不在时你每晚吃一截。 祈祷我的船别沉没，不然咱俩都完蛋！ 别吃得撑着你自己！

【他把香肠的一端塞给玛乔丽，其余部分垂落在地板上。 他离去，传来锁门声和他走下楼梯声。 可看到洞孔中玛乔丽的眼睛和她伸出洞孔的手攥着的香肠，片刻后她把香肠扔向她碰不到的地板处。她的眼睛从洞孔移开，消失在黑暗中。
【暗场。

第六场

【底架上箱子依旧,玛乔丽扔掉的香肠还在地板上。后墙壁上挂着的所有玩偶似乎都维持原样;不知何故,似乎稻草人木偶塌下去了一点。此时有人试着弄开阁楼门,一会儿门锁被撬开,第二场中的新闻记者悄然上场。他划亮一根火柴,扫视着玩偶、香肠,然后目光落在箱子上。他慢慢走上前,从箱子洞孔往里看,此时稻草人玩偶鬼魅地晃动着,头盖顶起露出了汉斯的脸;汉斯窥视着一切,身旁的老爷钟敲响了七下。新闻记者还没发现汉斯;他缓缓转动箱子把玻璃面转向他和观众;汉斯悄悄从墙上取下一个伐木工玩偶,从玩偶手中拿过一把真的斧子。新闻记者又划亮一根火柴想看得更真切;他轻敲箱子玻璃。箱子里没别的,只有一条皱巴巴的毯子。汉斯咳嗽了一声,新闻记者才注意到他。

新闻记者 哦,他妈的,又见面了。

【汉斯用斧子挠着鼻尖。

你拿斧子干吗?

汉斯 砍东西啊,别问这么蠢的问题。

【玛乔丽虚幻的鼾声响起,也许鼾声被放大,但新闻记者辨不清鼾声来自何处,因为箱子里毫无动静。

新闻记者 砍啥呢?

汉斯 砍个谁。

玛乔丽　砍谁呢。

汉斯　噢,我以为说砍个"谁",就是我们不知道要砍谁。

玛乔丽　我们知道我们要砍谁。

汉斯　我们知道,可他不知道。

新闻记者　不过,我现在知道了!

汉斯　哦,他现在知道了。

新闻记者　(耳语,但声音被放大)告诉他你要杀他只是开玩笑。

汉斯　我要杀你只是开玩笑。

新闻记者　(耳语)向他保证。

汉斯　向你保证。

玛乔丽　不,别说你向他保证!

汉斯　不,我不说我向你保证。

新闻记者　你再走近,我就砸碎这玻璃,那时你就面对我们俩了。

汉斯　里面没人,蠢货。

　　【他指向后墙上挂在十字架上的一个"玩偶"。它抬起头,露出玛乔丽的脸,她轻轻招手。

　　我看到你上楼来了,傻瓜! 你以为你无声潜行? 你他妈的大象腿!

新闻记者　你的确在阁楼里囚了一个侏儒。

汉斯　谁说的? 是的,没错,我是囚了一个。但你说这话,也不会让我不杀你,对吗? 反倒让我更要杀你。

玛乔丽　没错,谁说他阁楼上囚了一个侏儒?

　　【他转身面对她。

新闻记者　哦……可是,一个好记者从不透露他的消息来源,对吗……?

　　【汉斯抢起斧子砍向记者脑袋。记者倒地,头部流血……

汉斯　一个好记者?! 你个盗砸!

玛乔丽 盗贼。

汉斯 盗贼。你个大象腿盗贼!

玛乔丽 谁告诉你的!

新闻记者 红人……!

【玛乔丽下了十字架。她和汉斯交换一眼色。

玛乔丽 他们咋知道的?

新闻记者 我不知道,我发誓我不知道!

玛乔丽 他们是比利时人吗?

新闻记者 我想是的。他们黑头发,一副强烈的自卑相。

汉斯 那肯定是比利时人! 他们身上是血还是果酱?

玛乔丽 天哪,汉斯! 当然是血,刚果人三十年的鲜血。

汉斯 那太不卫生。

新闻记者 我在流血……

汉斯 你当然在流血。你以为是啥,斧子润滑油?

新闻记者 丹麦最伟大的作家干吗在他阁楼里囚个侏儒?

玛乔丽 丹麦最伟大的作家干吗让一个汉斯·克里斯钦·安徒生住她楼下?

新闻记者 (停顿)你的故事都是她写的?

汉斯 不。应该说,我俩合著。我自己不写,我改掉我不喜欢之处,然后去掉一切历史背景。我更像一个德国戏剧导演。或者,你明白,我更像个德国人。

新闻记者 这叫是独家新闻啊。

汉斯 很不幸,一个死者的独家新闻。

玛乔丽 哇,我喜欢这说法,"一个死者的独家新闻"。

汉斯 你喜欢吗? 瞧,我还没蠢到不可救药,对吗?

新闻记者 求求你,我家中还有瞎子老妈要我照顾。

汉斯 (呵欠)真的吗?

新闻记者　我是她的独生子。

汉斯　哪来这哭哭啼啼的小提琴声？噢，是你嘴里的声音。

新闻记者　她不光瞎眼，还耳聋和痴呆，老妈可怜啊。

汉斯　她又瞎又聋又痴呆？你死了她多半不会知道！

新闻记者　（转向玛乔丽）求求你，女士……那俩比利时人还告诉我你妹的事儿……

玛乔丽　我妹怎么啦？

汉斯　行了，行了……！

玛乔丽　我妹早死了。

新闻记者　不，不，她在伦敦，她被关在查尔斯·狄更斯家阁楼上的箱子里。

【汉斯抓起记者，背对观众，一斧子劈开他喉咙，鲜血溅满玻璃，汉斯将尸体放倒在地，然后站起，负罪般抠着他的手指。

汉斯　"在伦敦查尔斯·狄更斯家里"！那般名望的大师居然……有一个……侏儒关在……

【玛乔丽盯着他，目瞪口呆。汉斯看了看他的怀表。

不管怎样，我说过了，我要去伦敦查尔斯·狄更斯家看他。我们得谈很多事儿呢。你最好回箱子里待着。

玛乔丽　她还活着？

汉斯　我不明白你在说啥。

玛乔丽　她还活着？

汉斯　来，进箱子。

【她回到箱中。汉斯上锁。

汉斯　还有你到底还要不要香肠，因为我看你又像过去那样拿香肠撒气。

玛乔丽　她还活着吗，汉斯？

汉斯　也许吧，我说过我和狄更斯之间有许多相通之处，对吗？

（停顿）你要我给你捎个口信吗？

【她欲开口。

我在开玩笑呢，我不是跑腿送信的，对吗？两礼拜后再见，玛乔丽。祝你好运！

【他把香肠串塞进洞孔，离去……又走回关掉门旁的煤气灯。

我把灯关了，行吗？省点煤气，我又不会生钱。

【灯光渐暗，他再次离去，楼下传来他的脚步声，月光照着玛乔丽。

玛乔丽 她还活着！

【她微笑着盖上毯子躺下，开始啃起香肠。叙述人咳了一声，开始述说。

叙述人 我这话说得太早……可时空穿越就是这样，所以，你知道……（停顿）上部的十八年后，刚果惨剧发生的十年前，声名显赫的丹麦童话大师汉斯·克里斯钦·安徒生在哥本哈根自然死亡，他从床上摔下死于并发症……对天发誓，句句属实！（停顿）在他死后遗物中，多数为尚未寄出的给男人或女人的情书，还有满满一阁楼的玩偶，全是当时尚未发明的材质做成，以及一个小小的桃木箱子。箱内躺着一具小骷髅。这具骷髅也像提线玩偶一样被线串起，臂骨上穿了十七根线，头骨上穿了十六根线……

【当我们听到这段描述时，我们透过玻璃板看到箱内玛乔丽的上方，悬挂着那具侏儒的骷髅，骷髅有线串着脖子和手臂……这具骷髅只剩下一只脚和一只手，我不清楚汉斯·克里斯钦·安徒生如何能从这故事中洗净脱身，但孩子们，请记住，这只是个故事，而此刻这故事也只讲到了一半，所以你脱鞋坐稳，下部将欢快得多，也光明得多。

【随着叙述结束，那具骷髅缓缓抬起头骨，它那空洞的黑眼窝直勾勾地盯着观众。

【暗场。

【上部结束。

下　部

第七场

【一个黑人侏儒女上场，用那鬼魅六角手风琴演奏着一曲怪异恐怖的东方民歌。当她转过身来，可见到她双眼已瞎，两个眼珠被剜去不久；此刻，玛乔丽在箱内惊醒，显然，观众发现，上场的侏儒不是玛乔丽……

玛乔丽　奥吉琪？！奥吉琪？！妹妹，是你吗？看着我，奥吉琪！

【奥吉琪尖声怪异地大笑，继续演奏。

放下那架鬼琴，奥吉琪。那声音太吓人了。

【奥吉琪停止演奏。

你能碰到箱子上的锁吗，奥吉琪？

奥吉琪　红国人！

玛乔丽　啥？

奥吉琪　红国人！你的美人鱼应该是个红国人。她们是最可怕的美人鱼。红国人！

玛乔丽　我不想让她吓着别人。我要孩子们都喜欢她。

奥吉琪　红国的鬼魂是世上最可怕的鬼魂，红国美人鱼是世上最可怕的美人鱼。我不知为啥。红国的孩子很可爱，但死去的红国孩子真他妈的可怕。就是红国人也这么说!

玛乔丽 我的天哪,又是个噩梦。

奥吉琪 现在我要给你讲个可怕的红国故事。你要来劲点!

玛乔丽 这可不是好兆头。

【奥吉琪轻柔地拉起那六角手风琴为自己可怕的故事配音。

奥吉琪 有一对红国连体儿,一个被割断了喉咙……

玛乔丽 我就知道!

奥吉琪 可他的连体兄弟啥都不知,因为他又聋又瞎。

玛乔丽 越说越黑!

奥吉琪 那个断了喉咙的兄弟这样死在他们都市的棚屋里,可他兄弟还活着。他只是不明白为啥他俩不再走动、不再说话、不再吃饭了。他以为他做错了事儿,可不明白错在哪儿。这世界对敏感的人多么残忍。杀掉连体儿的一半,却让另一半毫不知情地活在既没食物也没暖气的屋里,还是在冬天。那种绝境常人都无法自救,何况这可怜人。五天后他死了。有人说他被饿死,有人说他被冻死。还有人说他伤心而死,但都不是。他死于他连体兄弟的尸僵。他是第一个死于他人尸僵的人。尸僵爬到他体外,尸僵爬进他体内,爬进他肺部,爬进他手臂,爬进他下颚。最后爬上他左眼珠,就在他最后一滴眼泪落在他早已冰冷的脸颊上的一刻。细想一下,如果那时他还在哭泣,他也许真是伤心而死。也许真是伤心欲绝。(停顿)故事完了。

玛乔丽 这故事怎么让我来劲啊?

【奥吉琪奏完曲子,把六角手风琴挂回板壁原处。

奥吉琪 我得赶回伦敦去。他们会挂念我。

【她又诡异森然地大笑。

玛乔丽 (流泪)奥吉琪……!

奥吉琪　别忘了我挂在墙上的那架鬼琴。也许哪天你能用上它，没准你也想拉上一段吓人的红国小曲。

　　【她走向门口。

玛乔丽　你死去了吗，奥吉琪？你已不在人世了？

　　【奥吉琪悲伤地望着地面。

　　这不是梦境，对吗？这是鬼魂。

　　【奥吉琪悲伤离去，拉上她身后的门。

　　再见了，奥吉琪。

　　【暗场。

第八场

【查尔斯·狄更斯家中的大餐桌。桌子一头坐着狄更斯、妻子凯瑟琳和他们三个孩子,凯特、沃尔特和小查尔斯坐在桌子一侧,汉斯坐在另一头。狄更斯已气得发疯……

汉斯 抱歉!不过话得这么说,达尔文先生……

狄更斯 狄更斯!狄更斯先生!查尔斯他妈的狄更斯先生!我他妈的给你纠正了五个礼拜了!

汉斯 狄更斯,我知道!我老是这样,真是……?!

狄更斯 还要我说几遍?!

汉斯 我知道,我这人……?

狄更斯 我写的是《圣诞瘸子》!他写的是他妈的《物种起源》!

汉斯 再次抱歉,老弟,你要是想让一个丹麦来的乡巴佬听清你的话,你得说得很慢,很清楚。

狄更斯 那我就跟你讲清楚,我跟你讲清楚。你他妈啥时候走?这他妈的都五个礼拜了,哥们!你刚来时说两礼拜,我都差点昏倒!可你弄了五个礼拜!

汉斯 不,你怎么这样……我喜欢你说话的声音,可你这样,噢,你不能这样大叫大喊,你明白吗?

凯特 爸爸说他不喜欢你,他希望你赶紧走人。

凯瑟琳 凯特宝贝,你爸没这么说。

沃尔特 他说,你他妈的快滚。

凯瑟琳 沃尔特……

狄更斯 不是我不喜欢他。他把我烦死了!

汉斯 我听你一直在说果园的事儿。美妙啊,我也爱果园。因为在那儿我们能找到……(面对小查尔斯)查尔斯?

小查尔斯 (没好气)苹果。

汉斯 说得好! 苹果丹麦语怎么说?

小查尔斯 皮勾。

汉斯 皮勾,真棒! 好聪明的小子! 我能捏你脸蛋吗?

小查尔斯 不。

汉斯 漂亮!

狄更斯 五个礼拜的屁话! 我说……我可是有一大堆事儿呢!

凯瑟琳 查尔斯,这礼拜又是哪位幸运女士被你弄舒服了?

狄更斯 噢,你他妈别提这事。那苗条货可把我这辈子整惨,你就别在这儿发骚了。

凯瑟琳 来吧,孩子们。你们该上床睡觉了。你爸的公鸡又翘起来了。

沃尔特 公鸡!

汉斯 孩子们该睡了。多么愉悦。美剧啊!

凯特 妈,爸爸又要去外面乱搞了吗?

凯瑟琳 "又"就是说你爸有段时间没去乱搞了,只不过又要开始搞,所以,凯特,你这个用语不确切,对吗,宝贝?

沃尔特 还"用语",真牛!

汉斯 孩子们的话语,就像音乐,像亨德尔的水上音乐,对吗?

沃尔特 你个傻屁。

小查尔斯 蠢货。

凯特 走了! 走了!

【孩子们跑出去后,凯瑟琳关上门。

凯瑟琳 晚安,安徒生先生。我敢说明天早上,后天早上,在我和孩子们死去之前的每天早上,我们一定还会看到你。

汉斯 说得太对了!上楼吧,一路顺风!

【凯瑟琳一边下场,一边狠狠地瞪着狄更斯。

我见过的最棒的孩子们,老弟,我可见过太多孩子了。那帮瑞士人!

【狄更斯起身给自己斟了一杯威士忌。

狄更斯 你说的一切都是无稽之谈,全他妈的胡说八道。

汉斯 不,我不喝酒,查尔斯。

狄更斯 没给你喝。

汉斯 是吗。我妈一见酒就发疯。后来她见啥都发疯。我不知这两者有何关联,与我无关,所以我不在乎。你老妈咋回事儿,查尔斯?

狄更斯 你说十个词儿我只明白半个,其余全是胡说八道。

【汉斯做神秘状,示意狄更斯靠近,压低声音……

汉斯 我还没问过你那小写手的事儿呢,唔……写作怎样?(做手势)写作?

狄更斯 写作?哦,还行,汉斯,还行。

汉斯 还行?很臭?愁眉苦脸?不好?

狄更斯 确实很臭,《艾德温·德鲁德之谜》写砸啦。

汉斯 凄惨的德罗吉弄砸啦?

狄更斯 抱歉,汉斯,我老发脾气。我一直背着凯瑟琳搞女人,但不光为这。

汉斯 是吗?不是?也许,楼顶上?

狄更斯 楼顶上?

汉斯 (往上指)小妈妈?

狄更斯 汉斯，我说我的话，不搭理你。似乎那样最好。

汉斯 当然。半斤八两！

狄更斯 汉斯，我觉得我江郎才尽了。说实话，我不知道我还能否继续写作。

汉斯 我要实话实说了，趁你老婆在楼上。

狄更斯 趁我老婆在楼上，这话我明白，汉斯。我不知道我能陪你多久，但现在我陪着你。

汉斯 在哪儿，查尔斯·狄更斯……不是达尔文！狄更斯！

狄更斯 不是达尔文，没错，是狄更斯！

汉斯 狄更斯。查尔斯·狄更斯的玛乔丽……在哪儿？

狄更斯 我不明白。"查尔斯·狄更斯的玛乔丽在哪儿？"这五个礼拜以来你净说这种胡话。

汉斯 抱歉。（缓缓地）你有……

狄更斯 "我有……"

汉斯 一个。

狄更斯 "我有一个……"好。

汉斯 小小的……

狄更斯 "小小的。"这很好。"我有一个小小的……"可别说是鸡巴！

汉斯 你有一个……

狄更斯 "我有一个……"这我们已经说过了，"我有一个……"

汉斯 小小的……

狄更斯 "我有一个小小的……"快到位了，说慢些……

汉斯 侏儒……

狄更斯 "侏儒"？

汉斯 女系……

狄更斯 "侏儒女系？"

301

汉斯 锁在……

狄更斯 "锁在……"

汉斯 一只……

狄更斯 "一只……"

汉斯 箱子里。

【他用手势示意一只箱子。

狄更斯 "我……"我重复一下,以便……"我有一个……侏儒女士……"你确信这词儿吗?

汉斯 侏儒女系!

狄更斯 侏儒女系! "我有一个侏儒女士……"

汉斯 侏儒女系……

狄更斯 "侏儒女系……锁在箱子里"。

汉斯 明白。现在说得很明白。

狄更斯 我有一个锁在箱子里的侏儒女士。

汉斯 你跟我一样,老弟。

狄更斯 这句话简明扼要,可他妈的这话没有任何意义,"我有一个锁在箱子里的侏儒女士"。

汉斯 你有一个侏儒女系……(模仿一侏儒女)我有一个侏儒女系……(模仿另一侏儒女)

狄更斯 哦……我明白了……

汉斯 你懂了?! 明白了?! 侏儒女系?

狄更斯 这几个礼拜并非语言障碍,对吗? 关键就在,汉斯·克里斯钦·安徒生已彻底疯狂。跟他妈一样。成了一个疯子。

汉斯 我妈是疯子? 你妈才是疯子……

狄更斯 我妈不是疯子……

汉斯 你……

狄更斯 你妈才是。

汉斯　你的侏儒女系正常，我的侏儒女系也正常。 我的侏儒女系写作很棒。 你的侏儒女系写作……？ 问号！ 你说呀。

狄更斯　汉斯……你干吗还不回家？！

汉斯　而且还有……

狄更斯　你又来了……"而且还有……"？

汉斯　老弟你是否派……？

狄更斯　"老弟我是否派……？"

汉斯　派……到我家。

狄更斯　派？ 派了？ "我是否派了……？"

汉斯　我……

狄更斯　"我是否派了……到你家？"

汉斯　两个……

狄更斯　"两个……？"

汉斯　红人。

狄更斯　"红人？""我是否派了红人到你家？"人不会给人派红人的，汉斯！ 我知道丹麦文化完全不同，但丹麦人也不会给人派红人呀！ 汉斯，我敢肯定你前额脑残。 也许有药能治。

汉斯　没派红人？ 红色的男人，没派？

狄更斯　汉斯，你回丹麦后会有人来看护你。 我打赌你们的医疗体系比我们要好得多。

汉斯　（灰心丧气）没有红人？

狄更斯　你真得回家了，汉斯。

汉斯　（指上方）回楼上？

狄更斯　不，回家。 都五个礼拜了，哥们。

汉斯　（省悟）五个礼拜？！

狄更斯　我他妈的告诉你了，五个混账礼拜。

汉斯　嘿，玛乔丽！

狄更斯　噢,天哪!

　　【暗场。

第九场

【摆满玩偶的阁楼。上楼的沉重脚步声。玛乔丽在箱中醒来——憔悴、虚弱、干瘦。她凑近坡璃面听到撬门声,接着阁楼门被一脚踢开。两个男人的身影占据了阁楼间。她退到箱子后侧,两个红人边上场边悠悠地唱着一曲惊悚的伊丽莎白小调。他们边唱边慢慢靠近箱子,一个捡起蛛偶摆弄着,另一个拔出他的手枪,一把老式韦伯利转轮手枪……

巴利/德克

可惜屋里没有人。
没肉没酒又没钱,
可我照样乐翻天……
玫瑰——玫瑰——小玫瑰,
何时我能把你睡?
官人我嫁你随你意,
早早晚晚陪你睡。
叮咚叮咚响叮咚,
四月早晨婚礼钟,
青苔石上刻我名,
石上爬满青苔茸。
可怜小鸟锁铁笼!

快快展翅飞空中!
飞离伤心飞离愁,
飞离今夜苦牢笼。

【一曲终了,德克用枪敲着玻璃,巴利也掏出他的手枪。玛乔丽掀开藏身的毯子,来到箱子玻璃前。

巴利 又见面了。

玛乔丽 又见面了。

德克 这么多年又见到了你。

玛乔丽 是啊。你们有吃的吗?我他妈快饿死了。

【他们盯视了她一刻,随后巴利掏出一袋蛋酱薯条,塞进洞孔给她。

巴利 我有,蛋酱薯条。

玛乔丽 谢谢!(她狼吞虎咽)别有风味。

德克 巴利,我们是来这儿处死她的,不是来喂她薯条的。

巴利 那也得干得漂亮,对吗?

德克 那首吓人的歌都白唱了。见鬼,这里臭气熏天啊!

【玛乔丽用薯条指了指地板上新闻记者腐烂的尸体。

巴利 那个挺好的记者?被割喉了?谁干的?

玛乔丽 汉斯·克里斯钦·安徒生。

巴利 真他妈的!大家都以为他是个大善人!

玛乔丽 我最清楚!

德克 你另一只脚呢?

玛乔丽 被安徒生锯了。卖给吉普赛人换了个六角鬼风琴。

巴利 真他妈的人渣!

德克 不好说。也许他这么干就是不让她思念家乡,你说呢?(阴笑)

巴利 行了,德克。说话别那么狠。

德克 她可用一根竹竿戳瞎了我眼珠啊!

巴利 那都是过去的事儿,对吗? 我是说,那都是将来的事儿,对吗?

【玛乔丽把剩下的薯条递回。

玛乔丽 说真的,蛋酱的口味好怪。

巴利 会流行的。

玛乔丽 不好说……

巴利 会的,会流行的。

德克 行了,别再聊薯条了,让我们赶紧了结这事儿。

【德克举起枪正要射杀玛乔丽,巴利一把推开他。

巴利 我不会朝箱子里的侏儒开枪,德克。 对一个侏儒,那太不地道。 我们先放她出来,让她透口气,让她站着靠在那儿。 就像当年她丈夫和孩子们那样!

【巴利动手卸去箱子的玻璃板,德克用枪对着玛乔丽。

德克 别耍任何花招。

玛乔丽 这对我可很难。

德克 你个奸刁女人。 黑心矮人。

玛乔丽 你们另一个兄弟呢?

巴利 我们没有别的兄弟。

玛乔丽 你们有啊。 上次我杀掉你们时你们还是三胞胎。 连体三胞胎。 你们肯定在穿越时空时丢失了他。

【巴利困惑不解。 他仔细察看两人手臂和体侧的缝迹。

德克 别听她胡说,巴利。 她还想迷惑你。

巴利 还真他妈的管用,德克!

德克 她专干这种事儿,可不是吗? 她最会蛊惑。

玛乔丽 他说得太对了,我张口就来。

【而巴利依然困惑。

307

德克　你一直在写作,玛乔丽?

玛乔丽　是啊,打娘胎起就开始写作。

【两人似乎都迷惑不解了。

至今我已写了一千零二个故事。可我从未写在纸上,所以它们都在……

【她拍了拍她脑袋。

巴利　哇呜,她不仅写作好,记性也好!

德克　遗憾啊,这一切都即将完蛋。

玛乔丽　可故事还没完呢,对吗,小哥们?

【她朝他俩挤了挤眼。

巴利　对一个死到临头的侏儒来说,她充满自信。

玛乔丽　这是蛋酱的力量!

德克　你个耍花招的矮女人;你闭嘴,站在那儿。

玛乔丽　你们会像决斗那样,从十倒数吗?

巴利　可这不是决斗,对吗?

德克　我们是比利时人,不是法国人!

巴利　我们直接向你开枪,不会倒计数。

玛乔丽　可那样更有戏剧性,对吗,来个漂亮倒计时?我还能为我所爱的人拉一首告别曲。曲子惊悚,带点东方味,但很有气氛!

德克　我不赞成。

巴利　我赞成,考虑到刚果,我们可以满足你这点小要求。

德克　反正这是你的末日一刻。

玛乔丽　谢谢你们。

【她从墙上取下那架六角手风琴,开始演奏一首鬼魅的曲子。他俩各自举枪,上膛,瞄准了她……

玛乔丽　行了,开始吧!

巴利/德克 噢！我们开始！我还以为是你开始！十……！

【乐曲声继续着。

玛乔丽 我想要的一切……

两人 九！

玛乔丽 就是在我丈夫和宝宝身边入睡……

两人 八！

玛乔丽 让我脑中的故事……

两人 七！

玛乔丽 在静默中安息……

两人 六！

玛乔丽 可你们杀了我的丈夫……

两人 五！

玛乔丽 又杀了我的宝宝……

两人 四！

玛乔丽 我的故事成了我唯一的所剩……

两人 三！

玛乔丽 现在你们把它们也杀了。

两人 二！

玛乔丽 现在你们把它们也杀了。

两人 一！

【玛乔丽深吸一口气，紧闭双眼，将六角手风琴拉开到最大，正当红人欲开枪之时，舞台场景定格于一幅戈雅的风格画。

【暗场。

第十场

【狄更斯家中。汉斯的旅行包在桌上,狄更斯手忙脚乱地帮助汉斯穿戴长大衣和帽子,凯瑟琳上。

汉斯　我不……哎!我不明白这到底是咋回事儿……

狄更斯　那就对了!有时事情不明白更好,对不?留下多多悬念供未来探索……(对凯瑟琳)我已经说服他离去……

凯瑟琳　你又在蒙我!

狄更斯　别再乱说乱动让他改变主意!

汉斯　没有红人?

狄更斯　没有红人,没有……扣上,好了……他不只是丹麦人,凯瑟琳,他还有精神病!

汉斯　也没有侏儒?没有锁在箱中的侏儒?

狄更斯　没有,汉斯,没有锁在箱中的侏儒。伦敦绝无侏儒,鲜有人知,对吗,凯瑟琳?

凯瑟琳　没错,说得对。她去年就死了,小可怜。

【狄更斯强挤出一丝微笑,继续帮汉斯扣上纽扣。

狄更斯　没有,你这样……不是帮忙,凯瑟琳……

汉斯　你是说她死了?

狄更斯　她没说啥死了!

凯瑟琳　是的,她死在圣诞节那天。孩子们哭得心碎,直到我们给他们买了一套玩具火车。

汉斯　你的侏儒女系死了？

狄更斯　没有，没有，没有，没……

凯瑟琳　她死了，查尔斯没告诉你？

狄更斯　我刚说啥呢……现在他这混账的不会再走了！！

汉斯　达尔文先生说……

狄更斯　狄更斯！

汉斯　达尔文先生说你们家没有侏儒，从来，从来，从来就没有过侏儒。

凯瑟琳　我们一直以来就有个侏儒女。查尔斯，你在说啥呢？这些年你在外面不停地见女人就操，谁为你写了这么多小说？

狄更斯　（坐下）我不需要别人代笔。我需要代笔吗？不，我绝不需要！

凯瑟琳　所以现在你不仅对你睡过的女人撒谎，甚至连对你还没睡的女人也撒谎，对吗？

【狄更斯惶恐地避开视线。

查尔斯，我说，"甚至连……"噢，查尔斯，你不会连她……

狄更斯　我当然不会！你把我当什么人了！

凯瑟琳　哦，天哪……

【意识到他在撒谎，凯瑟琳心力交瘁地在桌旁坐下。

汉斯　侏儒小女系死了？狄更斯先生还在骗人？那安徒生先生没发疯？

狄更斯　这三个说法里有两个确凿无疑，我向你保证。

【他哀伤地起身，从橱柜中拿出一具做成提线玩偶的侏儒女子骷髅：臂骨上穿了十七根线，头骨上穿了十六根线。骷髅缺了一只手和一只脚。

孩子们想念她，所以我们把她尸体做成了提线玩偶。可一切都变了，我现在没法完成"德鲁德"，这房子也从圣诞节后变得空旷可怖。你不会感觉到那嗒嗒嗒嗒连绵不断的打字声……直到它永远的静默。

汉斯　尸骨？放在橱柜里？

狄更斯　是啊。放那里面也许有个笑话，可我不知道它！

凯瑟琳　没错，你得有人替你写，对吗，查尔斯？

狄更斯　行了，凯瑟琳！

【汉斯接过尸骨。

汉斯　你的小玛乔丽怎么死的？

狄更斯　我的玛乔丽怎么死的？

汉斯　对呀，死了！你个骗子老弟！她死了！

狄更斯　是的，抱歉，汉斯，我撒了谎。我很抱歉。承认你一生的作品都是被你囚禁在箱中的非洲女侏儒所写真是太难了。不过并非都是她的写作，我得声辩……

凯瑟琳　强词夺理！

狄更斯　她只写情节和人物……还有对话，以及所有细节描述。书名得我帮忙！《荒凉山庄》就是我取的书名。就是那座山庄……有些荒凉。（停顿）还有《小杜丽》……就是……唔，故事就写她本人嘛。（停顿）《中等前程》……不对，这个她改回去了，没错，是她的，所以这个不算。

凯瑟琳　查尔斯，我跟你离婚了。

狄更斯　凯瑟琳，别这样……

凯瑟琳　我带走一个孩子。

狄更斯　带走一个孩子？

凯瑟琳　是的，我带走凯蒂。还有两个太讨厌。特别是那迟钝孩子。

狄更斯　哪个孩子迟钝？

凯瑟琳　你不知道！

汉斯　你那小玛乔丽怎么死的？

狄更斯　唉，说来话长，反正我们知道你有时间。

汉斯　那倒是……

　　【他在桌旁坐下，摘下帽子，解开大衣扣子。狄更斯长叹一声。

狄更斯　显然，得说到吉普赛人……你们丹麦语有"吉普赛人"这词儿吗？

汉斯　有，叫"吉普斯"。

狄更斯　吉普斯，对，吉普赛人……无疑，就是吉普赛人——那时我还不知道——但显然，未来的吉普赛人特地倒回今天来告诫我们：工作毫无意义，规劝我们大家都走向野外享受自然，我得承认我接受这观念，我只觉得他们宣释的方式不对。不管怎样，反正我的玛乔丽……实际上我们叫她"帕梅拉"，是为纪念凯瑟琳在罗切斯特的已故姨妈……反正帕梅拉带话给当地吉普赛车队，叫他们倒回时给她从未来带回些东西，她觉得没准以后在刚果有用。当然她得攒够回刚果的路费，或者说，她能活到那天。于是圣诞节时，吉普赛人来敲门了。我把她的一只脚和一只小手给了他们，而他们给了我一架他们叫鬼琴的六角手风琴，还说他们总共只有两架。所以我把它给了帕梅拉，对吗，亲爱的？我亲手交给了她，这么多年来她第一次双眼闪亮……她小小的动人的双眼闪亮着……

　　【凯瑟琳悲伤地看了他一眼。

但这六角手风琴根本没有闹鬼，从未有过，它只是最适合藏匿他们给她带来的那架机枪。于是，你能想象，大祸临头了……！

　　【狄更斯家暗场，随即灯光亮起照着……

第十一场

【阁楼，正是比利时人倒数至最后时刻——

巴利/德克　一！

【此刻玛乔丽扯开藏在六角手风琴里的机枪，旋即在震耳欲聋的机枪声中两个比利时人被可怕地击碎，全身上下鲜血狂喷；他们的死亡之舞犹如佩金帕影视形象，血管中喷出的血把身后的板壁溅得噼啪作响，最终他俩倒在一片狼藉的血泊中。为防万一，玛乔丽又对准躺倒的他俩扫射了一通。接着她退后一步检视战果，德克死了，巴利奄奄一息……

玛乔丽　操你妈的比利时人！

【玛乔丽从他们手中和地板上拿到两把手枪，把它们和手风琴放在架子上……

玛乔丽　韦伯利枪，真棒。老式的，还是新款的，我总搞混！反正去解救刚果，枪越多越好！

【她四下打量，琢磨着下一步行动，但巴利吓了她一跳……

巴利　玛乔丽？

玛乔丽　哇呜，你还没死，好啊……

【她又抓起韦伯利手枪。

巴利　我们……我们真的还有一个兄弟吗？一个在时空穿越中走失的连体三兄弟？

玛乔丽 噢！ 没有，没有！ 我胡说的！ 你不会信我，对吗？

巴利 你好狠毒，玛乔丽。

玛乔丽 我名叫穆卜特，死鬼。

【她一脚踢他头上，他死了。 她把手枪放在六角手风琴上，把衬衣下摆塞进裤子，利索地抓起她的木拐杖……

撑起我的小拐杖！

【她看到箱子上的物件，跛行上前，喜出望外地拿起它——那个提线蛛偶。

现在没那么黑暗了，对吗，小蜘蛛？ 现在没那么黑暗了！

【就在此刻，门口出现汉斯的身影，他进了门。 玛乔丽冲向手枪和鬼琴，但汉斯抢先挡住她。 他拿起两把手枪，挎上鬼琴。 两人站立，久久地对视。

汉斯 你不会相信那混账查尔斯·狄更斯的狗胆包天！

玛乔丽 不会吗？

汉斯 他只想让我以为我自己发疯了！

玛乔丽 发疯？！ 你？！ 永远不会！

汉斯 我正是那么说的！ （停顿）哇呜，我看到红人们来过了。

玛乔丽 嗯……我只能杀了他们。

汉斯 我看到了！ （停顿）我觉得他们是罪有应得。

玛乔丽 他们是罪有应得。

汉斯 时空穿越这档子事让我困惑不解！

玛乔丽 我妹怎样？

汉斯 （停顿）好吧……

玛乔丽 （带着希望）好吗？！

汉斯 不，不"好"！ 不，天哪，不"好"……点点点，省略号，她已经"……点点点，省略号……"死了"。 句号。

玛乔丽 哦。 我知道她死了。

汉斯 你知道？侏儒的直觉？

玛乔丽 不。我就是知道。

【她伤心地坐下。

汉斯 我很抱歉，玛乔丽。这是真话。

【他从包中拿出奥吉琪的尸骨，一具提线玩偶。

但我为你把她带回来了。

玛乔丽 什么？！我知道她死了！我不知道她头骨上还他妈的穿了那么多偶线！

汉斯 这不是我干的！别冤枉我！是查尔斯·狄更斯那狗日干的！他就是那样！

【她把她妹妹抱在怀中。

看他胡子你就知道他是个蠢货。我再也不去那狗屁小人国了。那里的孩子世上最丑。我们不该用《丑小鸭》这个书名，我们应该把书名改为《英国丑小孩》，那会更可信。只是他们就一辈子长不大了。

【玛乔丽深情地轻抚着妹妹的尸骨，满脸泪水。

可怜的老妹……她名儿叫啥。

玛乔丽 奥吉琪。

汉斯 奥吉琪？像日本人名。

玛乔丽 意为"时间之灵"。

汉斯 是吗？你还说我坏，我至少只砍了你一只脚？

【他指着奥吉琪身上缺失的一只手和一只脚。

所以谁才是最佳抚养人，那是我，对吗，真的！我赢了。

玛乔丽 她在刚果时就被砍去了一只手和一只脚。

汉斯 哦，真的？这就怪了。那他就是个混账的满口谎言的骗子，是不是，那个狄更斯？我敢打赌他们还是会把他葬在诗人角的。和其余那帮男妓们埋在一起。（停顿）狄更斯肯定和你妹睡过。至少我没那么干。

玛乔丽 （泪流满面）什么？！

汉斯 哦，没啥！

玛乔丽 你干吗非要告诉我？

汉斯 因为……这是事实，你知道的。因为它是真相，就像刚果大屠杀。（停顿）虽然事情还没发生，但未来一定会发生，对吗……我告诉你，我感到困惑。

玛乔丽 它不会发生。我不会让它发生。

汉斯 好样的。（停顿）不过你就在哥本哈根阁楼上的一个箱子里，你能干啥？

【停顿。

我的确胜过狄更斯，对吗？至少我从来没有对你动手动脚，我从来没碰过你！

玛乔丽 那是因为你喜欢男人。

汉斯 我不喜欢男人！谁说我喜欢男人？就因为我做刺绣？

玛乔丽 不。就因为你深爱着埃德华·科林。

汉斯 我爱他吗？是谁呀？是我？我吗？（停顿）不过他是挺帅，对吗？

玛乔丽 我不知道。我从没见过他。我一直待在箱子里。

汉斯 噢！刚在路上我收到一封埃德华·科林的信，我全忘了！我着急赶来怕你大开杀戒。也许他也喜欢我？"亲爱的汉斯……"好兆头……（读信）噢，不是，全是些家事儿……他有个女儿死了。他有几个女儿？！好在我从没见过她！（读信）没提我一个词儿，没有。有些人哪，自私啊。（收起信）不过我还是喜欢他！那双眼睛！

【玛乔丽站起，把她妹的尸骨轻放在一个架上。两人对视。

好了！我觉得这会儿你该回箱子里去，对吗？（停顿）说实

317

话，你跑出来多久了？我觉得公平起见，我们得相应调整时间了。

玛乔丽 那当然。不过汉斯，也许我能给你拉一小曲儿？在你干木工活之前？

汉斯 你知道我发现这六角鬼琴挺吓人的。

玛乔丽 听了几个音符后你就没事儿了。

汉斯 （停顿）你知道吗，我设想故事是这个结尾。箱子越缩越小，你日益悲伤，直到有一天……啪的一声，（停顿）你脑袋炸开，啪！

玛乔丽 这结尾太烂。

汉斯 是吗？

玛乔丽 我们的原则是啥？光明。悲伤的侏儒女被挤压到脑袋炸开……不妥！

汉斯 （同时）也许……我同时还说了也许！

【停顿。两人久久对视。

玛乔丽 你明白你别想让我再回到箱子里，除非你杀了我。

汉斯 （停顿）我明白。

【停顿。他把两把韦伯利手枪递给她，再把六角手风琴挂她脖子上。

一路平安。

【她手握双枪对着他，两人对视了一刻。

我还没读到它……因为它尚未发生，无法得知，但19世纪晚期的刚果，听起来并不像一桶笑料。

玛乔丽 这次会不一样。

汉斯 一千万人。那可真他妈的人山人海！它应该会定义一个世纪！

玛乔丽 不会的。

汉斯　不会吗？

玛乔丽　因为它不会发生。杀他两百个比利时人，所有人都会乖乖地闭上嘴滚回家去。

汉斯　为你祈祷，对吗？（停顿）说到杀比利时人，谁来收拾这俩比利时死人？

【她看着两具尸体。

玛乔丽　反正这他妈不是我的家，对吧？

汉斯　噢！混账！

【停顿。

玛乔丽　行了，我现在走了！

汉斯　往非洲去，对吗？好吧。

玛乔丽　对，没必要再耽误了，是吗？

汉斯　你要走时空穿越去那儿吗？

玛乔丽　不，我会搭大巴过去。

汉斯　是啊，我也喜欢丹麦的公交系统，干净快捷，不过我肯定他们没有直达非洲的班车。至少你得中转。

玛乔丽　那没问题，我有时间。

【两人对视了片刻……两人握手。

汉斯　没错，丹麦巴士真干净。（停顿）不像意大利巴士！天哪！他们好像只让麻风病人乘车！这不合法，对吗，就人口学而言，意大利全是麻风病人吗？（停顿）那更像耶路撒冷。

【停顿。

我会想你。（停顿）你会想我吗？

玛乔丽　不会。

【停顿。他点头。她欲转身离开，又觉六角手风琴太重，便撕开琴箱，拿出里面崭新的机枪；她随手扔掉风琴——

汉斯　这样更好，巴士上轻松点。

【她手持机枪，两边口袋各装一把韦伯利手枪，准备出发。她低头看着地板上的红人尸体，用双手蘸了点他们的血，抹在她脸上和衣服上……

哇呜，你这样上不了176路车！

【玛乔丽掏出一根雪茄，咬在双齿间。

你哪儿弄来的？

玛乔丽 古巴！

汉斯 你个狡猾的小妖精！

玛乔丽 再见了，汉斯·克里斯钦·安徒生。

汉斯 再见了……玛乔丽……克里斯钦·安徒生。

【她厌恨地看着他。

汉斯 再见了……穆卜特·马萨克利。

玛乔丽 也没他妈的那么难，对吗？

汉斯 有点难，这"穆"啊"马"啊。

【玛乔丽站在门口的光亮处，点燃雪茄……

叙述人 她点燃一支雪茄。收起枪械，大步跨出玩偶阁楼，走上了拯救刚果之路。

【此刻舞台时空奇怪地定格。

究竟她会成功还是失败，只有时间会告诉我们。然而，真相就在，一个悲哀而令人遗憾的真相，直到今天，比利时仍然到处矗立着利奥波德二世的雕像……留着胡须……双手握剑……不见血迹……正如玛乔丽自己也许会说……

玛乔丽 小哥们，我很久未见一座侏儒雕像了。

叙述人 但是，穆卜特也可能会说……

玛乔丽 故事还没有结束。对吗？

【她向观众眨眼……然后下场去拯救刚果了。汉斯看着她离去，她长长的身影缓缓地消失在门口。汉斯起身，拿起奥吉琪的骨架，小心地把它挂在桃木箱中，关上玻璃箱板，骨架玩偶挂在箱中，诡异的灯光照着它，汉斯在一旁坐下。他四下打量了片刻：骷髅骨偶、新闻记者的腐尸、倒毙的比利时人和溅满了他们鲜血的板壁、玛乔丽走出的门口。随后他望着前方，微微点头。

汉斯 光明！不管怎样。（停顿）如果她来写故事结尾，那就更好了，对吗？

【他微微点头，灯光渐暗，响起了惊悚的手风琴曲，最后一束光照着汉斯和骷髅骨架，然后……

【暗场。

【剧终。

2022 年 5 月一稿译毕于纽约芮枸公园
2022 年 11 月二稿复译于纽约芮枸公园